激荡1911

何 竞 著

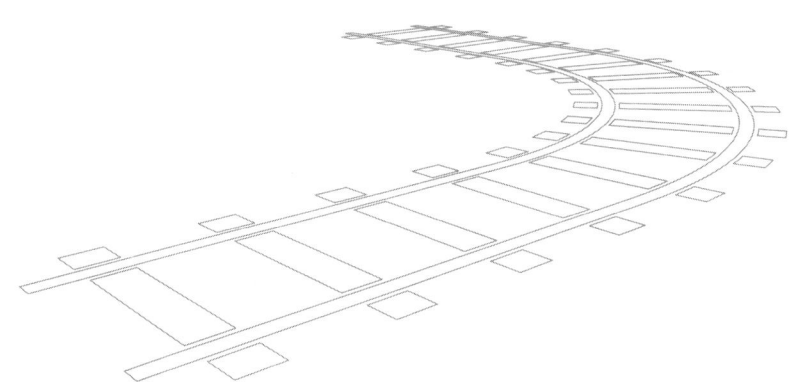

四川大学出版社
SICHUAN UNIVERSITY PRESS

图书在版编目（CIP）数据

激荡 1911 / 何竞著．— 2 版．— 成都：四川大学出版社，2024.4
ISBN 978-7-5690-6592-3

Ⅰ．①激… Ⅱ．①何… Ⅲ．①长篇历史小说－中国－当代 Ⅳ．① I247.5

中国国家版本馆 CIP 数据核字（2024）第 029450 号

书　　名：	激荡 1911	
	Jidang 1911	
著　　者：	何　竞	
选题策划：	欧风偃　王　冰　王　军	
责任编辑：	毛张琳	
责任校对：	罗永平	
装帧设计：	墨创文化	
责任印制：	王　炜	
出版发行：	四川大学出版社有限责任公司	
	地址：成都市一环路南一段 24 号（610065）	
	电话：（028）85408311（发行部）、85400276（总编室）	
	电子邮箱：scupress@vip.163.com	
	网址：https://press.scu.edu.cn	
印前制作：	四川胜翔数码印务设计有限公司	
印刷装订：	四川省平轩印务有限公司	
成品尺寸：	145 mm×210 mm	
印　　张：	9.25	
字　　数：	217 千字	
版　　次：	2021 年 9 月　第 1 版	
	2024 年 4 月　第 2 版	
印　　次：	2024 年 4 月　第 1 次印刷	
定　　价：	58.00 元	

扫码获取数字资源

四川大学出版社
微信公众号

本社图书如有印装质量问题，请联系发行部调换

版权所有 ◆ 侵权必究

目 录

引　子	…………………………………	(001)
第一章	惊雷劈初夏 ………………………	(004)
第二章	志士结友盟 ………………………	(024)
第三章	关圣人疤爷 ………………………	(054)
第四章	与尔丰夜饮 ………………………	(082)
第五章	热血沸会场 ………………………	(105)
第六章	成都起血案 ………………………	(127)
第七章	袍哥革命者 ………………………	(152)
第八章	创新水电报 ………………………	(174)
第九章	九死传情报 ………………………	(200)
第十章	军政府独立 ………………………	(225)
第十一章	乱兵打起发 ……………………	(243)
第十二章	瓮杀赵尔丰 ……………………	(265)
后　记	…………………………………	(285)

引子

"现在大家看到的是辛亥秋保路死事纪念碑,它建于1913年,是当时川汉铁路总公司为纪念1911年四川保路运动中牺牲的烈士而修建的,大家可以靠近一点来看看碑座,四面雕刻的浮雕图案分别是铁轨、火车头、信号灯、转辙器和自动连接器,这是相当有铁路特色的。"穆元茗嗓子痒了一下,他不得不停下讲述,轻轻咳了两声。这样,视线再一次游移,投向那位长身玉立的女子。

他刚带着这队白皮肤、蓝眼睛的外国友人走进人民公园时,就见这女子站在金水溪畔的垂柳之下,柳丝绵绵如絮语,女子身材高挑,着一件纯白宽袖丝衣,配黑色小脚裤,显得腰身窈窕、气质清朗。

成都这座城市从来不缺美女,再说,四川大学年轻教授穆元茗见过的美女还少吗?他自问学术严谨,情调风流,身边总是聚集着一大群倾慕才子的佳人，微醺时最爱自夸："我是'万花丛中过，片叶不沾身'。"今天太阳竟从西边出来了，第一眼便觉这白衣女子眉眼熟稔，心中别别一跳，脚下差点踩空。人家却不给他机会，目光在空中撞见，面色不起微澜，漠然地转过脸，一心一意打量池中的金鱼，鱼儿憨态，尾巴摇摇，自由自在。

穆元茗倒也识趣，知道绅士原不该瞪睛鼓眼地死盯着人家不放，再说自己还带着讲解名迹、友好交流的任务呢，他领着这队兴高采烈的洋朋友，大步走到了"辛亥保路纪念碑"下。

穆元茗已数不清来过这里多少次了，闭着眼睛也能将它的来历出处说个明明白白。他刚用英语讲解完"铁路特色"，眼睛瞥到那女子竟走到美国教授汉斯背后，她仰着脸，若有所思地听着。有风细细拂过女子的脸庞，她面色瓷白如玉，发丝调皮地掠过嘴角，穆元茗的心又无端慌张起来，简直要痛骂自己今天神经过敏，就连咬牙背书都有些结结巴巴："大家再看这碑身，碑身为此碑主体，上建有尖塔，围以四座小塔，这里取的是五岳朝天的样式，而碑顶上的瓦作二龙戏珠图案，装饰有云龙和蝙蝠，象征着此碑高耸入云霄，并寓有祈祷之意。"

汉斯背后传来一阵细细的声音，女子的声音很好听，软软糯糯如芝麻小汤圆："请问，您姓穆吗？"

穆元茗吃了一惊，现在，他终于敢将目光大胆地搁到女子脸上，她神色从容，眉目如画，左腮一颗朱砂小痣，如梨涡轻点，不笑亦有三分动人。小痣，素衣，长发，穆元茗忽然神色一凛，仿佛冥冥之中，有一股强大到不可思议的力量牵扯着他，越来越重，越来越快，他往下坠，往深落，往历史的隧道拼命滑去，那

引　子

一粒小小的朱砂痣，如同开启旧时光的钥匙，让百余年前的旧事都清晰如洗，历历在目。

是的，我姓穆，我当然姓穆。

第一章
惊雷劈初夏

1

"跑啥啊?穆少东家,小心地上滑,摔掉您两颗大门牙!"

时令才刚入初夏,年轻小子火气大,已性急地脱掉上衣,露出胸前两扇肋骨,也不管自己光着上身是否不雅,冲慌慌张张向前奔跑的小伙柱生高声嚷道。

柱生回过头,狠狠瞪了同伴一眼,两条长腿飞快地向前奔,还忙里偷闲地回骂他一句:"谁姓穆?你爹才姓穆呢!"

街上的熟人不约而同爆发出一阵欢乐的大笑。

这是看上去十分平常的一天,成都街道和往日一样喧嚣热闹。特别是在东大街,这儿商贾云集,卖货的买物的,人山人海,络绎不绝,骡马老板悠闲地坐在车架上甩着响鞭,轿夫额上青筋暴突地吼着"快点走,格老子的,莫挡到路嘛",抬滑竿的汉子昂首挺胸,快乐地哼唱着一首他们家乡流传的小调。平时柱生最爱在街上游荡,东瞅瞅西看看,哪里热闹哪里有他,但今天他心里揣着正经事,脸上的神情就格外不耐烦,恨不能从这些黄包车、板板车、鸡公车,从这些长袍子、短褂子、阔腿裤子间砍出一条通途来,他好赶紧一鼓作气跑回家,告诉穆老板一个惊天动地的大消息。

柱生今年十九岁,长着和圆团团脸的穆老板截然不同的长脸孔,身量虽不高大,臂膀上倒鼓凸凸地伏着几坨肌肉,暗暗运气,肱二头肌能像被柱生驯服的小老鼠,乖巧地在他手臂上轻轻走动。凭着这身肌肉,柱生在东大街上也没怕过谁,哪个敢惹他?小爷奉陪!大不了就是一个"打"字,男子汉大丈夫,怕个甚?

柱生不怕挥拳头,也不怕被人家用拳头招呼,但怪得很,他莫名有些怕穆老板。不过几年前看他懂事了,骨架子拉开了,在街上和混混流氓打得鼻血长流也不吭一声了,穆老板便不再像之前那般对他婆婆妈妈,"好好读书"的话翻来覆去能叮嘱一万遍。

到底从哪天起呢,穆老板看柱生的眼光变得平和了,言语也寡淡下来,父子俩有时坐着闷头吃饭,一顿饭吃完,谁也不说一句话,安静得像两个聋哑人。

现在,柱生没时间细想穆老板是从何时开始对他越来越冷淡、越来越客气的,他急急忙忙跑进大丰米行的大门,差点被倚着门槛打瞌睡的花猫绊了一跤,伙计白脸亦吓了一跳,问柱生青天白日是不是撞到鬼了?柱生来不及喘匀一口气,鼻孔呼呼拉风箱,指着店铺柜台的高板凳,拿手势发问。白脸到底是聪明人,很快理解了柱生的意思,摇头道:"不晓得今天你们两爷子咋的了,刚刚绸缎铺的马老板、竹编店的张掌柜都来了,跟咱们穆老板咬了下耳朵,三人一起出门了,啧,你看咱掌柜账都没算完,有啥家国大事等着他们去商议啊……"

柱生没时间跟白脸啰唆,一个小伙计哪里懂什么家国大事,和他扯也扯不清楚,当务之急,是先找到穆老板!柱生转身又往外跑,既然马老板、张掌柜都来了,他心里有了底——这几爷子肯定是去了锦春茶楼。

锦春茶楼妙就妙在有个牛皮哄哄的茶博士,每每茶客一落座,刚点罢茶,茶博士便已麻利地提起一把亮锃锃的紫铜茶壶,左手像耍杂技一般,卡着一大摞黄铜茶船和白瓷茶碗茶盖,摆起了架势。

茶博士虽然天生一张白麻子脸,沟壑纵横,却自有一股威严自信的态度。茶博士含了三分浅笑,趋身上前,就像武林高手过招,还没待茶客回过神来,只听耳畔"哗啦"一声响,十几二十只黄铜茶船已飞快地搁到了各人面前,那些生瓜蛋子忍不住"呀"一声,嘴巴还没合拢呢,茶博士手中的"武器"缓缓一点,紫铜茶壶犹如谦卑鞠躬,滚开的水已从茶客的脑后、肩头、耳畔唰唰射出,如一道悠长银线,从两米开外的地方准确无误地注入茶碗,根本不会有一星半点儿洒到外面。

最后,茶博士抿着嘴,收起茶壶驱前一步,用小拇指将散在桌上的茶盖往上轻轻一挑,只听得"当当"几声,这一二十只茶盖如同听话的小娃娃得了指令一般,忙不迭地纷纷跳起脚,乖乖地盖在了茶碗上。

每次茶博士耍完这一整套过程,爱大惊小怪的马老板都要激

第一章　惊雷劈初夏

动得两颊通红,"哎呀哎呀"惊叹半天,内心将茶博士视作武林高人,佩服得五体投地。

今天可怪了,柱生跑进锦春茶楼大门时,只见自家的穆老板和马老板、张掌柜分坐三方,面色凝重,平日里咋咋呼呼的马老板这会儿只一味地吸着手里的水烟,像是谁借了他谷子还了糠,一脸的闷闷不乐。

柱生跑到穆老板跟前,用低得别人听不到的声音喊了一声"爹",旁人毫无察觉,他自己脸先红了,大事要紧,他赶紧通报消息:"爹,我刚听到消息,说咱们四川的铁路要被朝廷收回去了!"

柱生的话没有起到预期效果,他原先以为穆老板要惊奇得一蹦三丈高呢,但这个身穿蓝布长衫的中年人眼睛里总藏有一分稳重,沉淀着儒雅之气,说他像生意人,倒不如说更像书生。穆老板不忙着捶胸顿足,亦不流露半分颜色,只淡淡地问柱生:"你是从哪儿听来的消息?"

柱生脸上的红略略加重几分,他瓮声瓮气地答:"今天我去春满园送米,是妙姐儿告知我的。"当然,柱生省略了一些细节,比如妙姐儿拉着他,亲亲热热地吩咐贴身丫头小红赶紧拿好吃的。这个比柱生大三岁的青楼头牌姑娘用手捏了捏柱生手臂上的"小老鼠",又捏了捏他的腮帮子,由衷地感叹一句:"柱生,眼看你都长大了,成男人了!"

柱生认识妙姐儿也有好几年了,她总说柱生长得像自己家乡的小弟,所以平时对柱生青眼有加,遇到好吃的,总偷偷给柱生留一份,等着柱生来送米时悄悄塞给他。从恩客那里听到什么消息,她也不辨真假,遇到柱生就像见到亲人,赶紧讲一讲。

今天,妙姐儿还没开口,倒先红了眼眶,拿丝帕子揩了揩眼角,不知骂了谁几句"瓜娃子,砍脑壳的",这才正视柱生,道:"你爹手里买了不少川汉铁路的股票吧,听说朝廷要颁布'铁路干线收归国有'的上谕了,这样一来,这股票岂不成了废纸?"

妙姐儿这么说自然有她自己的忧虑,她是春满园的头牌,这几年手里不知不觉、稀里糊涂地,竟也积攒了一大把川汉铁路总公司发行的股票。那些恩客说得天花乱坠,什么"车轮一响,黄金万两",只要四川到湖北的铁路一修通,妙姐儿手里的股票还不是白花花的银子吗?谁晓得会这么背时,晴天起霹雳,惊雷炸平原,朝廷说颁发上谕就颁发上谕,当老百姓的血汗钱是废纸一张啊?

柱生没工夫陪妙姐儿擦眼泪,他得知消息后,心急火燎地赶紧跑回家找穆老板报信。穆老板倒好,这都火烧屁股了,他还不慌不忙地和朋友喝茶,听了柱生的话,仍稳坐钓鱼台,圆团团的白净脸蛋波纹不兴。柱生愣了,不晓得穆老板这茶壶里卖的是哪门子药。

爱咋呼的马老板坐不住了,他看柱生通报了消息,伸手啪的一拍桌子,茶碗盖都惊得跳了一跳。马老板眉心打了个结,嘴角下撇,像是受了委屈的小孩子,如果再得不到安慰就要哭出声来,回家找妈妈撒娇去。

马老板眼睛有点斜视,因此,他看上去是对着柱生,其实眼睛斜向穆老板,怒气冲冲又不无哀怨地嚷道:"你说现在啷个办嘛?当初,就是听信你的话,我手里捏的股票比你还多!"

第一章 惊雷劈初夏

柱生吓了一跳，虽然他明知马老板愤怒视线的目标人物不是他，但还是害怕马老板一触即发，跳起来找他们两爷子算账。毕竟，不管如何想撇清，整条东大街的人都认呢，认柱生是穆老板的儿子。

2

"少安毋躁，老弟。"唉，穆老板不劝说还好，这施施然的潇洒态度，连素日稳重的张掌柜也坐不住了。张掌柜平时整天和竹子打交道，性格倒也有几分君子的恬淡之气，但瞧瞧这老穆带的好头，现在眼看要将大家都带到沟里去了，张掌柜这散淡人也忍不住插嘴道："当时我就说咱们别听那个留学生娃娃蒲殿俊的，毕竟他年轻啊，嘴上无毛，办事不牢，现在果真应验了！"

张掌柜抱怨的是两年前的风头人物蒲殿俊。这小子是四川人，从小精明能干，最厉害的就是他一双脚都踏在日本了，竟然也能以留学生身份在东京大胆地隔海上书，操心自己国家的国事，说什么"向外国借款修路之事，断不可为"，又说什么"列强是工业社会，中国也必须实业救国"。说一千道一万，朝廷也不是不想修铁路啊，没有钱怎么办？只能干瞪眼！还不让列强插手，国库早空了，有心无力，还能怎么办？蒲殿俊聪明啊，人家不但想了"坚拒列强"，还想好了下一步对策，他出的主意是号召川人自筹路款，自修铁路。

几年前，也是在这个锦春茶楼，穆老板难得两眼放光，亢奋得如同刚打了鸡血，给各位哥子弟兄讲论了一通"股票"这个新名词。说真的，马老板、张掌柜自认读书不如穆老板多，见识也短浅，只要穆老板说"对头""有搞头"，他们还有什么好犹疑的呢？于是，他们纷纷跟在大丰米行的穆老板背后，喜滋滋、乐陶陶地购买了不少川汉铁路总公司发行的股票。

又过了一晌，好乖乖，四川简直是"十步之内皆股东"啊，讲起这件事来，爱惊叹好打听的马老板那时还发表过长长一通感叹："这川汉铁路总公司正式成立伊始就真真洋气啊！你看，人家的律条明明白白写在白纸黑字上的嘛：不招洋股，不借外债。兄弟我去细细打探了一下，总算不负众望，不负众望，弄清楚了这公司股本原来是有四项的，分别是认购之股、抽租之股、官本之股和公利之股。咱们唯穆兄马首是瞻，跟在穆兄屁股后面购买的，当然是认购之股，但好乖乖，你晓得啥才是股本最大头不？是抽租之股哟！

"说起这抽租之股，人家也是细细立了规矩的：'凡收租十石以上者均按该年实收之数，百分抽三'，咱四川的老百姓聪明，脑瓜子一个比一个好使，他们马上就给这抽租之股换了个大家都懂得起的名字：铁路捐。这样一来，咱们四川子民，不管是乡下种地的老农，还是城里商会的老板，个个都是股东，人人手里有股票啊！"

大家对马老板当年这通议论还记忆犹新，可不是嘛，以50两银为一"大股"，5两银为一"小股"，官绅豪富家里藏着不少"大股"，郊野穷苦小子的箱底也存着"小股"呢，大家彼此彼此，谁都是川汉铁路的一分子不是？既然是一分子，今天朝廷忽然变脸，要将这关系撇清，不准咱川人当"一分子"了，倒要那万恶的洋鬼子来作威作福,这到底是谁定的野蛮规矩?老祖宗倘若地下有知,听到这狗屁消息,也要气得双脚跳起!

穆老板请爱激动、爱红脸的马老板消消气,先将气喘匀了,再消消停停继续抽他的宝贝水烟,免得为一条"狗屁消息"气伤身子,那也是得不偿失的事。

一个青年茶客原本在邻桌坐着,此时听到这桌说得热闹,也捧了茶杯不请自来,对着马老板同情地点点头,插嘴道:"自古以来,说起咱们四川,哪怕不识字的,都晓得摇头晃脑地吟诵一句'蜀道难,难于上青天',咱们四川的路实在是太不好走了!想要出川就得靠走水路,但放眼世界,英美法日俄……哪一国不是铁路四通八达呢?我们讨厌洋鬼子,恨洋鬼子欺负咱,自己就要首先变强大啊,总不能人家打上门来,咱们还摇着渡船去请求援军支援吧?所以我也劝我家老爷子买了不少股票,为了四川有朝一日能天堑变通途,花几个钱买股票算什么呢?"

说到这里,众人肃然起敬,都觉得这身穿西服头戴礼帽、一根油光水滑的大辫子的青年言之有理,说到了大家的心坎上。是啊,能让蜀道不再险阻艰难,的确是大家一个共同的梦想,为了早日修好铁路,就连乡下穷汉子都拴紧裤腰带,二话不说就入股呢,白花花的白银1400余万两,哪一分一毫没有浸润着川人的心血汗水呢?看着川汉铁路东端,从湖北宜昌到四川万县的一段开始动工,大家那个高兴啊,欢天喜地的,自豪地认为"自修铁路"的梦想成真,通车仪式已经是指日可待了!哪晓得这几年下来,铁路没修多长,倒是坏消息不断传来。

青年拱手向穆老板致意,他刚旁听了一耳朵,也晓得穆老板一片赤诚之心，才会带头购买铁路股票，这也引得如今朋友们纷纷怨怼。青年皱紧眉头，咬了咬嘴唇，双目炯炯有神，继续大声演说："从1903年到今天，八年过去了，诸位请看看，咱们川汉铁路总公司募集了这么多银子，除去工程所用外，更因贪污、挪用而大大损耗，仅剩下不到一半的钱。而这八年来，我们'天堑'离'通途'的距离又缩短了多少呢？我很痛心地妄议一句：几乎看不出成效！仅仅在宜昌至秭归段'已成通车运料者30余里，桥峒未完未通车者80余里'。这么多年，就做了这么一点事，讲起来都让人痛心流泪！如果照此速度，我看就算再耗100年，恐怕也修不成川汉铁路！

"两年前，朝廷对全国商办铁路进行了前前后后十五次调查，认为各省商办铁路弊端太多，筑路权只能由朝廷统一筹划，而且只有引进外资才能奏效，因此，那时朝廷就萌动了心思，想要将路权又从咱们手里收回去！收回去怎么办呢？让那些外国资本再来接手，但这不就等于变相卖国了吗！"

一直站在桌旁默默听着的柱生此刻插了句嘴，他说铁路公司的钱被拿去购买墨西哥橡胶股票喽，亏了一个大窟窿，这是咱们四川老百姓的血汗钱，朝廷难道就不管了吗？

柱生冷不丁抛出这样一个问题，倒叫穆老板有了几分刮目相看之意。当然，穆老板并不知道这个消息也是几个钟头之前，妙姐儿从恩客那里听得，又原封不动地转述给柱生的，柱生其实稀里糊涂，并弄不懂这"橡胶股票"怎么又和"铁路股票"扯上了关系，此刻他嫌站着无聊，又觉得三位老板都垂头不语，只听一个黄毛小子口沫横溅，偏私地想，实在是灭了自家威风，长外人志气！因此他不管懂不懂得，明不明白，先将妙姐儿那儿听来的话照猫画虎地丢出去再说。

不光是穆老板，一直慷慨演说的青年也重重看了柱生几眼，他比柱生年长几岁，却在心里瞬间将柱生视作同道中人，因此看向柱生的目光多了一道朋友的坦诚和热情。柱生不习惯被一个男子这般直愣愣地盯着，暗自思忖自己说错了话，正不知如何解围才好，幸好茶楼外有人喊他："柱生，你在那儿杵着干什么呢？"

3

柱生眼睛往外一瞄，看到三个年轻人并排站在茶楼牌匾下，招呼柱生的恰恰是他最讨厌的戴子厚。柱生虽讨厌此人，却又不得不垂头丧气地承认戴子厚相貌堂堂，身材高大。戴子厚乍一看上去貌似文弱书生，夏天的时候柱生和戴子厚一道下锦江游过泳，知道这"弱"不过是表象，作为四川武备学堂的学生，戴子厚肌肉饱满，匀称结实，一身的好腱子肉并不在柱生之下，就算柱生要和他对打，恐怕都不是其对手。

为何柱生一看到戴子厚就想和人家过招呢？这和此刻站在戴子厚左边半垂着脑袋默默不语的云杏有关。说起云杏，柱生莫名其妙又不得不扯出妙姐儿来。

柱生也不晓得自己走了哪门子狗屎运，城守东大街拐进去，有一条著名的"胭脂巷"，那春满园是"胭脂巷"里最有名的一家青楼，头牌姑娘妙姐儿在那些富商名绅、文官武将嘴里，传说得像是天上有地下无的嫦娥娘娘。

这么大有来头的妙姐儿偏偏对柱生高看一眼，平日有事无事，只要看到柱生往妓馆送米，就会招他到楼上坐一坐，花生、杏仁、玉带蚕豆，看上什么随便吃。

柱生的小伙伴们纷纷羡慕他的桃花运，他自己倒觉得稀松平常，反而一心一意相信妙姐儿说的话——正因为自己长得像她弟弟，她才对自己百般照拂。那么，柱生也就愈发像弟弟，平时在街上偶尔还痞里痞气，到了妙姐儿跟前，立马规规矩矩，绷紧了脸孔做人，倒有几分"乖巧弟弟"的模样。

饶是如此，外人也只一厢情愿地认为柱生是妙姐儿看上的小白脸，经常扯着他的袖子好奇地问："那妙姐儿国色天香，你是给钱，还是白嫖啊？"柱生瞪大眼珠，一掌将来人色眯眯的脸孔推到丈远处，气哼哼地回骂。柱生生气，不仅仅是因自己和妙姐儿之间清清白白，倒被冤枉扣了屎盆子，还有一层深意他从没对人讲过，就算对自己，深夜里躺在床上，摸摸自己的心，都是羞于承认的——他哪里敢对人说呢，其实在他心头，妙姐儿长得并不算最美，最美的要数云杏，从小和他一道长大的云杏！云杏若笑一笑，他整日都会阳光灿烂春风拂面。

看到云杏站在戴子厚身边低眉顺眼的样子，柱生真是气不打一处来，这小子，凭什么呢？你看他这会子端端站着，看似闲散，身上却自有一种武人挺拔的姿态，左边是梳着两条乌黑麻花辫的云杏，右边是他武备学堂的同学，一个名叫福全的八旗子弟，小时候也和柱生下河摸过螺蛳，上树掏过鸟窝的，所以彼此并不陌生。这云杏和福全，单拎出来，女的康健娇美，男的英挺魁梧，但分别站在戴子厚两边，倒像他的贴身丫鬟和侍卫。这杀千刀的戴子厚,竟能将左右两人的光彩都夺过来,实在厚颜无耻!

电光石火间,柱生脑子飞快地转过无数个念头,他的确不喜欢戴子厚,两人光屁股时就在一起玩泥巴、玩"官兵捉强盗",谁叫戴子厚家境好,长得好,还文武双全,看上去像是无一点瑕疵的美玉,倒衬得柱生身世模糊,来历不明,和人吵架斗嘴,往往都在这地方卡了壳,灰头土脸地败下阵来。

想是想,嫉是嫉,当戴子厚亲亲热热地问柱生,要不要和他们一起去登望江楼时,柱生拿眼睛看看穆老板,等待示意,刚刚听了青年一通演说的马老板,此刻抚平了胸口怨气,又有滋有味地抽起水烟来,他笑骂柱生:"平时你爹说一百句,你能听进去一句就算孝顺了,这会子怎么充当乖儿子,巴巴等你爹的指示了?"穆老板也难得面皮一松,挤出半个微笑,朝门外努努嘴:"去吧。"

柱生想要和云杏说话,福全却很兴奋地插在他们中间,一直冲柱生问东问西:"你怎么和你爹在一起呢?你平时不是顶讨厌和他待一块吗?那个穿西装的家伙是谁?你们认识啊?马老板刚刚是不是吃了一碗朝天辣椒,我看他脸膛红得可以,好好一件丝绸马褂,也被他当胸揉成了盐菜……"福全就是这样,如果你不回答他的问题,他就会继续问下去。柱生已经忘记了福全到底想知道什么,只觉得耳边像有一千只苍蝇嗡嗡乱飞,搅得他脑仁疼。柱生好不容易才在福全喘气停顿的间隙,偏头插嘴问云杏:"你今天怎么有空出来,你们老板娘肯放你假?"

云杏在陕西街一家裁缝铺里帮工,幸好她心灵手巧,才谋得这半碗饭吃,能勉强养活家里的瞎子娘。说起来,能得这半天假也真真不易呢,但表哥戴子厚好不容易才从学堂回来,约了同学福全，又来找云杏，问她愿不愿意一起去望江楼，她怎能扫表哥的兴致？老板娘虽把嘴巴噘到了天上，但看在旗人福全以及一举一动都极有公子派头的戴子厚面上，还是别别扭扭地放云杏出去。云杏懒得和柱生解释这一大通，只淡淡地说："我是在裁缝铺帮工，又不是卖给她家的，怎么出来不得了？"

柱生偏执地认为云杏美，别人即使笑骂他"情人眼里出西施"，也不会驳斥云杏面容秀丽的基本事实。云杏美就美在腮边长着一颗小小红痣，那颗痣位置奇特，刚好长在左腮的梨涡里，所以不管是笑是怒，只要牵动腮边肌肉，红痣都像活生生的小物事，一闪一闪招人疼。这会儿，柱生听到云杏不软不硬的话，不敢再惹她生气，只偷偷打望云杏的红痣。

戴子厚回过头来，招呼大家走快一点，要不然赶不上看望江楼的"夕阳西照"了，他兴致勃勃地说将来想学拍照，如果能将晚霞映照中枕着锦江的望江楼的庄严美态拍下来，那该有多漂亮啊！福全总是赞成戴子厚的话，此刻听到"拍照"两个字，他高兴得很，说总府街的劝业场那儿新开了一家照相馆，那家拍照师傅还专门从上海学了技术的，能把人的头发丝丝都拍得一清二楚，技术好得不摆了！干脆，下次我们大家一起去拍照吧！

福全就是这样，也不管人家心里怎么想，他自说自话高高兴兴就安排了"下次"，柱生在心里翻了福全一个大大的白眼，但其实他也是糊涂的，不晓得如果下次还能和云杏相处，就这样走走玩玩，即使身边多了一个他从头讨厌到脚的戴子厚，再多一个他并不那么讨厌但嘴巴比碎嘴婆娘还爱叨叨的福全，他是否还愿意一起去劝业场？

第一章　惊雷劈初夏

也许再给柱生一百次选择机会，他也会去的。自从前年开始，云杏被她瞎子娘送到了裁缝铺，柱生感觉云杏仿佛是被亲娘押送进了监狱，每天天不亮就要去铺子，不但要忙活裁缝铺的活计，还要给老板买早点，给老板娘生炉灶，甚至洗东家小儿的尿布！数九寒天的，云杏双手浸在冰水里，没完没了地洗啊搓啊，冻出了无数小冰口，红红鲜鲜的就像娃娃嘴巴，连柱生看了都咧嘴替云杏喊痛。但云杏不去裁缝铺又能怎样呢？她和她娘的日子是怎么也过不下去了。

想当年家乡闹水灾，一大家子十几口人，竟然只活下来云杏和她娘两个，娘儿俩摇摇晃晃地一路寻亲寻到成都时，瘦得成了两个纸片人儿。云杏那时穿一件到处都是破洞的破袄子，小脸乌漆麻黑，柱生本来在街上抽陀螺玩儿，一晃眼看到这对母女，竟大吃一惊，他从没见过长得这么好看的小姑娘，哪怕瘦得皮包骨头，云杏腮边的红痣还是活泛泛的，就算哀哭也比旁人多了几分娇俏。

天可怜见，戴家和云杏的死鬼爹有些七拐八绕的远房亲戚关系，说起来云杏该叫戴子厚"表哥"，戴家让云杏母女在自家铺子后面堆杂货的偏房安顿下来，又送了些衣物吃食，让云杏和她娘到底缓过气来，心里也作好了盘算，即使咬碎牙齿，也要在成都这富饶的地界扎下根去，这才是活命之道。

但亲戚相帮毕竟力量有限，再说又不是什么血亲近戚，这两年眼看云杏大了，戴家姆妈和云杏瞎子娘提过两次姑娘的亲事，还兴冲冲地愿意保媒，介绍的是自己麻将桌上牌友的儿子，人家家境小康，本人又是读过书的，不知云杏犯了哪门子邪，死活都不答应，气得瞎子娘摸索着烧火棍将犟脾气云杏打了好一顿。那边戴家姆妈倒是冷了心，云杏挨不挨打她并不放在心上，反而隐隐觉得这瞎婆子刁钻装怪，故意在她面前打自家姑娘，闹得她里外不是人，劝也不是骂也不是，看看吧，这就是当好人的下场！

戴家姆妈不再管云杏家的闲事，走动得少了，接济自然更少，原本瞎子娘只是半瞎，她没日没夜地熬煮烂布，打鞋壳子卖给那些下力气的穷人们，但穷人毕竟消费能力有限，这两母女的锅里便不太稳定，有时有粥米，有时只见清水。

云杏从小就跟着母亲学做针线，她心灵手巧，针线工夫比同龄女孩都要好，瞎子娘眼看这女儿犯犟，嫁人的路走不通了，干脆让她去裁缝铺学个手艺，哪里料到裁缝铺不是一般的辛苦，也多亏是云杏，之前两个乡下姑娘都受不了老板娘的苛刻，待了不到一个月便收拾包袱走人，云杏能稳稳当当做到今日，和她能忍能受是分不开的。

柱生被福全热情地拖着快步走，满脑门想的却是云杏的事，这福全也真是讨厌，哪壶不开提哪壶，他一边脚不沾地地催促柱生快点再快点，一边又神神秘秘地将嘴巴凑到柱生耳朵眼来说悄悄话："咱们走远些，让云杏和子厚能说点体己话，别这么没眼色没见识哈。"福全以为自己说了多俏皮的话，捂着嘴，嘻嘻笑起来，满脸都放着当媒人的红光。

这红光让柱生讨厌之极，心头涌上一股熊熊燃烧的无明业火，他也不知自己是怎么回事，额顶一热，一拳已兜将过去，福全不敢相信地慢慢放下捂嘴的手，幸好隔了一层肉掌，现在他只是感觉嘴里渗出一股腥甜的血味，拿舌尖顶了顶牙齿，还好没松动。

福全哇了一声："柱生你发什么疯?!"柱生骑虎难下，只能硬着头皮跑开一步，冲着戴子厚和云杏惊诧的脸大声嚷："你们自己去看望江楼吧，哪怕掉到锦江变成王八，小爷我也不奉陪了!"

柱生一溜烟跑远了，边跑边后悔，他不知道现在自己在云杏眼中，是不是已经变成了一个彻头彻尾的怪物？

4

有时，柱生真的觉得自己是怪物，不折不扣的怪物，来历不明的怪物！

柱生讨厌别人叫他"穆少东家"，谁叫他打谁，打不过，也要丢两个大白眼儿过去示威！虽然穆老板养了他十九年，他不得不硬着头皮喊穆老板一声"爹"，但他是爹吗？压根不是！

可柱生的爹到底是谁呢？这件事大概只有天晓得了。十九年前一个暴雨滂沱的傍晚，雨像鞭子一样抽打东大街的青石板路，很快，喧嚣扰攘的人群各自回家或找地方避雨，素来繁华的一条街冷冷清清，只剩暴雨如注，狂泻而下。

下这么大的雨，米行也不可能继续做生意，让雨水斜着飘进来，把白生生的大米都淋湿了，穆老板便指挥伙计将门板一块块装好，前门关得严严实实，移到后院准备吃晚饭。那晚因为大雨，提前用餐，穆老板吃得就比平日更慢，细细咀嚼，仿佛担心自己放下筷子，漫漫长夜就真的无聊了，还不如和伙计围坐一桌，一根凉拌海带丝都能分成四段来慢慢咬。伙计看老板吃得这么慢，也不好意思做出猴急猴抓的举动，这场雨，倒是让大家都变得斯文起来，个个放慢速度，安安静静地吃。

这时，一个癞子伙计忽然"哎呀"叫了一声，这一声是多么不和谐，大家都吓了一跳，坐在癞子旁边的账房先生问："是不是绿豆稀饭烫着嘴巴了？你要学我，吹一吹再吃嘛，老是像饿鬼投胎，没见过世面唉……"癞子打断了账房先生的亲切说教，脑袋摇得像拨浪鼓："不是，不是，你们听嘛，尖起耳朵听嘛，外面是不是有哭声？"大家听癞子这么一说，无端有点紧张，因为暴雨，外面天黑如锅底，狂风骤雨，如果说有声音，该不会是雨夜闹鬼吧？鬼魂在外面游荡，还尖声尖气地啼哭，谁听到了，就勾去谁的魂儿！

癞子本来就有三分害怕，这会儿被大家一打趣，特别是听说自己要被勾掉魂魄，简直吓得快要哭出来，耷拉着一张脸，问最有见识、他又顶顶佩服的穆老板："掌柜的，您说，这世上到底有没有鬼啊？"穆老板神色自若地扫了伙计们一眼，个个都将视线转向他，仿佛穆老板是红彤彤的太阳，伙计们是地里数株向日葵，太阳说啥，向日葵都会一起点头称是。穆老板伸出一根指头轻轻叩击桌面，给自己漫不经心地打着拍子，笃笃定定地说："哪有鬼？就算有，鬼也只住在人心里，心里没鬼的人，看天看地都宽敞。"穆老板刚文绉绉地发表完他的论调，忽然，他自己停了拍子，又将食指竖在唇上，对大家"嘘"了一声，尖起耳朵吩咐伙计们："你们听。"

大家刚喘了一口气，这会儿又顿时紧张起来，不知所措地望着穆老板，穆老板已提了煤油灯，抓起油纸伞，匆匆往门外走去。伙计们纷纷跟在后面，又惊又怕，这下，连他们不怕鬼的老板都听到鬼哭了,这可如何是好?走到最后面的是癞子,他两条腿一直在发抖,筛糠一样抖个不停,他走在最后面,就是担心自己现在双腿不听使唤,到时跑不快,被鬼抓住就惨了!

现在,穆老板已经打开了铺子门板,他准确无误地听到了"鬼哭",不是做梦,不是虚幻,是真的啼哭,而且还是两个鬼,一大一小。大鬼紧紧抱着米行外面的大木柱子,仿佛抱着亲亲的恩人,看到穆老板一席人也不撒手。大鬼头上的发髻已经散开一半,胡乱披在肩上,被大雨一淋,厚厚的贴着脑袋,像是戴了一顶烂毡帽子。而小鬼躺在大鬼的腿弯,四肢扑腾,拳头捏得死紧,哭声竟像初生的小猫。

天哪!走到最后的癞子倒是第一个反应过来,他是成过家的男人,比那些愣头青伙计更有经验,他离房间最近,所以自告奋勇折返跑回,去找剪刀,找洋火,将剪刀用火燎了两面,消好毒才递给穆老板。

作孽啊!第二天,整条东大街都听到了癞子绘声绘色的演讲:"那个女人怎么会想到抱着柱子,自己就把孩子生下来了嘛?造孽得很!你们是没看到,如果不是我家掌柜好心,赶紧将这对母子抱进内堂,这孩子恐怕被雨淋一晚,不死也要淋成呆子傻瓜!"

又因为癞子主动递剪刀给穆老板,让穆老板给刚刚诞生的婴孩剪掉脐带,他得意于自己的英明神武、聪敏过人,只要一有时间,就会溜出米行,去找人不厌其烦地言说他在看到那一团"小红肉"时,比任何人都要更快速地反应过来,知道这是孩子,不是小猫、小狗,更不是小鬼!有他眼神这么好的伙计吗?有他见识这么广的伙计吗?有他心地这么良善的伙计吗?

终于有一天,当癫子又赖在茶铺,口沫横溅地对人言说他的丰功伟绩时,茶铺的伙计不高兴了,翻了个大白眼说道:"耳朵都要听出茧子来了,癫子你难道就没有一点新鲜话吗?我听说你们掌柜要结婚了,怎么,你这么英明神武智勇双全的,能不能坐上头把位,喝上头碗茶啊?"

癫子吃了一惊:"啊!"不怪他消息不灵通,这些天,他辛辛苦苦地到处宣讲那个造孽女人抱柱生子的事,倒没仔细去观察穆老板的神色变化。穆老板向来不苟言笑,但最近仿佛春暖花开,河床破冰,就算伙计说了一个不怎么好笑的蹩脚笑话,他也会凑合着呵呵笑几声。那女人被穆老板伺候着,坐了一个好月子。别的伙计都亲眼看到他们堂堂的老板将长袍下襟别在腰里,不顾斯文地蹲在屋檐下,拿了大蒲扇扇啊扇啊,给女人煨一锅浓浓的鸡汤,香喷喷的热汤,放在木头搁盘上端进去,满脸都溢着柔情笑意。

癫子往米行走的路上,一边走一边用脚尖踢一颗小石子,肚里的话像是茶壶煮饺子,看似咕噜咕噜,翻腾跳跃不休,其实怎么也跳不出来,他总不能蹦到自家掌柜面前质问吧?

穆老板娶了女人玉娘,白捡了一个大胖儿子,他倒不怪罪癫子四处宣讲玉娘的来路,反而喜滋滋地给孩子取名叫"柱生",也希望孩子长大了,能记得母亲抱柱生他的恩情,那样大风大雨,母亲拼了全身力气,才将这条小命带到人间。

大家都说玉娘福气好,冥冥之中又有菩萨护佑,否则,她怎么哪里也不去,专抱了大丰米行铺门外的柱子呢?偌大一条东大街,谁不知道穆老板是出了名的慈善人,遇上荒年,他将自己米

第一章 惊雷劈初夏

行的大米拿去煮粥给灾民吃，平时左邻右舍有个什么难事，穆老板也是当仁不让地施以援手。这么好的穆老板，谁知道会到三十多岁还没成家呢！之前那些街坊邻居急啊，也热心地帮穆老板介绍过好多姑娘，没想到人家个个婉拒，遇上玉娘，却宛如天注姻缘，三生已定，也不嫌弃她带着一个拖油瓶进门，也不对玉娘的往事刨根问底，她若想说，他就默默听着，她若懒得开口，他尊重至极，一个字都不发问。

所以，和玉娘做了六年夫妻，穆老板竟只晓得玉娘头一个男人是在拳馆打杂的，人老实，虽然加入了哥老会，但一直是微末角色，没有翻过什么风浪。男人死了，玉娘去帮过佣，再后来，就流落到成都这块宝地，遇上穆老板这个好人。

娘死了太久，柱生的记忆已经有些模糊，他快要记不清娘的脸了，但只要有人一叫他的名字，他马上就会条件反射地想起那个暴雨如注的夜晚，大雨冲刷着地上的红血，蜿蜒如一道红色小河，娘就是靠抱着柱子，才生下他。

虽然娘早早死了，柱生晓得，娘还是放心他的，因为穆老板对他一直很好，当他是亲生儿子，倒是他，对穆老板似乎怎么都亲不起来，众人都晓得他不是穆老板的儿子，他这个"少东家"当得那叫一个有名无实，惹人笑话。所以，比起好好读书，光宗耀祖，甚至打算盘学管账，柱生更喜欢锻炼拳脚功夫，他是一厢情愿地将自己当成了那个"拳馆打杂汉"的儿子。

第二章 志士结友盟

1

1911年5月,在柱生的记忆中,有着不同寻常的燥热与说不出的气闷。他感到很奇怪,街还是那条街,城还是那座城,为何每天睁开眼,看到的街景好像都和昨天不同。人们的面相也在变化,比如刚从妙姐儿那儿得知消息时,柱生急慌慌跑到茶楼去找穆老板,当时一起喝茶的马老板一张马脸耷拉老长气得通红,既心疼自己手里的股票,又对未来局势充满了担忧。

过了几日,柱生在街尾遇上马老板,他像是换了一个人,红光满面,眉飞色舞,对着另一个长袍先生大声武气地说:"颜先生分析得不错,我们就是要团结,只要团结在一起,拧成一股绳,我就不信前面没有个出路!"那位连连点头,深为佩服。柱生不知道谁是"颜先生",但他看到马老板不像当初那般焦急忧虑了,也

第二章　志士结友盟

打心眼为他高兴。因为从穆老板身上，柱生是难以看出分毫情绪变化的。马老板无形中成了柱生的晴雨表。

穆老板这个人，怎么说呢，往好里说是"喜怒不形于色"，往坏里说就是"城府深"，谁都不晓得他肚皮里装了些什么机密，他平时思考的时候像是在发呆，愣怔的时候脑子却在一秒不停歇地高速运转。也许正因为这样，柱生才有几分莫名惧怕吧，因为他拿不准自己哪天忽然就惹了祸，而他和穆老板说穿了非亲非故，人家养大他已经仁至义尽了，真生了气发了恼，一脚将他踢出门去也是可能的。柱生敢在街上耍横，在家里倒收敛得多。

成都地处盆地，一年倒有三百天都对着阴沉沉的天空，难得这日好天气，太阳像是脱了束缚，硬邦邦地跳出来普照众生，柱生倒不适应了。这天有批新米到九眼桥码头，柱生跟着过去搬扛，他肌肉紧实，搬这么几袋米，流几滴汗水不在话下，但那天白脸不知哪根筋不对，说了让柱生火冒三丈的话。

说起来白脸还是癞子侄儿呢，癞子年龄大了，想要回乡下种田过活，便将侄儿举荐到了米行。白脸比柱生大几岁，平日里两人常开玩笑，说话也不忌讳。这天柱生心里有把无名业火，偏偏白脸那个不开眼的还来拨他的弦，嬉皮笑脸"哎哟"了一声："穆少东家，你怎么也和咱们这些工人一起扛大包呢？快将肩膀上的白米灰掸一掸，别人看到了，还说咱大丰的伙计偷懒，合伙儿欺负少东家呢！"

若平日白脸讲了这俏皮话，柱生虽然也会大眼瞪小眼，但不至于像这天这么心慌气急，外有明晃晃的大太阳，晒得人眼睛只能睁开一条缝，五脏六腑都被那股无名火炙烤得发滚发烫，他不假思索，豹眼环张，抬脚就是气冲冲的一记，竟将白脸一脚踢进了水里。

白脸呛了几口水，头昏脑涨地被人拉起来，还在码头上跳脚骂柱生："王八蛋！狗坐筵筵不识抬举！以为自己真是少爷了啊？其实你还不如我们，连亲爹都不知道在哪里的杂种！"白脸这一番气急败坏的乱骂，倒让柱生心里舒服了很多，甚至还有些豁然开朗了——他这几日担惊受怕，到底操的哪门子心呢？说到底，他自己都不敢承认，他也怕穆老板米行生意受到川汉铁路股票拖累，弄得捉襟见肘，甚至破产呢！要真破了产，他柱生该怎么办？

被白脸撕破脸皮痛骂一顿，柱生恍惚觉出了自己内心的矛盾，一方面，他知道自己不是真正的"穆少东家"，穆老板就算有家财万贯，若不乐意留给他，他把眼睛瞪出眼眶也轮不上！另一方面，柱生又渴望着养父能承认自己，真正从内心接纳自己，而自己除了不是穆老板的血脉，这么多年在脚跟前长大，连脐带都是穆老板亲手剪断的，这丝毫不比亲生父子逊色啊！

这矛盾纠结的心思缠住了这个更善于用武力解决问题的年轻人。

等白脸骂够了，柱生的脸色已经平和如镜，他将脸探到浑身上下湿漉漉如一尾江鱼的白脸跟前，认真建议："不解恨，你也踢我一脚吧。"白脸骂这一大通，早就泄了气，再说也知道自己有不对的地方，柱生从小就因为一句"少东家"和街上的孩子打架，他白脸是柱生家的伙计，哪能不知道这个忌讳？大嘴咧咧地讲出来，换来窝心一脚，虽然委屈，倒也活该，再说人家柱生都低三下四来请罪了，哪还有死缠着不放的道理？于是，白脸嘴里嘟囔了几句，翻了个白眼，只是不轻不重地在柱生肩膀上推了一下，这事就此过去。

白脸就是这点好，一旦消了气，马上兴高采烈的，看到桥头有人打着堆儿在"扯场子"，拉了柱生一把，让柱生跟他一道去看闹热。两人挤进人群一看，原来是卖打药的，看上去像师徒两人。

师父是一个红脸汉子，长得腰粗膀圆，说话带北方口音，围着人群内圈拉锣吼叫时，柱生闻到了他嘴里迸出的浓烈蒜味。那徒弟岁数和柱生差不多，但体量瘦小，更衬得细脖子上一颗大脑袋摇摇晃晃，看上去有种古怪的弱不禁风之感。

徒弟不怎么会说话，对于走江湖跑滩的人来说，他是太安静了，不过，师父很快就为大家打消了疑虑，他说他徒弟虽然不怎么会应酬老少爷们，但是小徒是有着一身硬本事真功夫的！这就要出来，让老少爷们喝个彩，解解闷儿。

在师父的眼色下，徒弟耍了一套罗汉拳。说真的，外人看热闹，内行看门道，柱生虽然没正式拜过师，但他好歹对拳脚上心，自己琢磨着偷看偷学。青城山的玉虚子道士是个中高手，柱生"偷"人家的拳艺也有几年时间了，怪就怪在玉虚子八成晓得柱生这个偷儿的存在，却从不点破，让柱生从从容容，将不少拳路都默记到了脑子里。这徒弟一要打，柱生简直想笑出来——就这三脚猫的功夫还敢行走江湖？真是太自不量力了啊！

耍完花拳绣腿，师父又要徒弟表演"吃玻璃"，柱生打小就看过这套把戏，那些跑滩匠个个比鬼还精，你以为他们真会傻乎乎地吞玻璃啊？一张嘴，一扬手，一仰脖，咕噜吞进去，看得现场的观众提心吊胆，那些胆小的妇女还夸张地尖叫，又拿纤纤玉指遮住眼睛，却忍不住从指缝里看这生吞玻璃的奇人如何解围。

接下来，吞玻璃勇士会吃下一颗他家传的"大力神补丸"，那丸子黑乎乎，龙眼大小，勇士还会在嘴里用力嚼几下，伸长脖子，鼓圆眼睛，才能将丸子嚼烂吞咽下肚。一旦下肚，那就"好啦"。

"好啦"的意思，是说这"大力神补丸"功效奇妙，如果说敌人是腐肉，它就是硫酸；对方是老鼠，它就是猫咪。碎玻璃算什么，就算杂七杂八的奇难怪症，吃下"大力神补丸"统统药到病除！

那时柱生年龄小，真信跑滩匠这一套，还哭着闹着要穆老板买"大力神补丸"给他，他做梦都想变成武林高手，仿佛一颗下肚，功力倍增，打通任督二脉，马上就能天下无敌了。

穆老板并不直接揭穿跑滩匠用了障眼法，你看他吞玻璃，其实人家早就在手中换成了冰糖，穆老板只是温和地对柱生说："如果这药丸子这么厉害，吃到肚里，那岂不是肠子会穿，肚皮会破？"柱生一听，细细琢磨，果然有此隐患，当即吓得半死，也不敢再提什么买药的非分要求了。

现在忆起童年趣事，柱生嘴角扯起一个淡淡的微笑，他两手抱拳，横在胸前，侧头且看这对师徒怎么表演"吃玻璃"。

按照惯例，师父是先拿出几块碎玻璃，托在盘子里，绕场转悠了一圈，确认大家都辨了真假，这才从中捻起大小最适于入口的一块，拿给徒弟当场吞下。按照穆老板的说法，托盘里是真玻璃，但师父这一"捻"，却将衣袖里早就藏好的冰糖顺进了手里，再递给徒弟，一切都天衣无缝，外人看不出破绽。

但今天这场面有点古怪，柱生看到那徒弟接过"玻璃"时，

第二章 志士结友盟

眼神一下子发直,身体还抖了一下。

"老少爷们,给点掌声啊!"师父又拱手作揖,大声说道,亦用眼神示意徒弟,不要磨磨蹭蹭的,赶紧开始吧!

白脸之前毕竟是乡下孩子,看这种把戏的机会不多,现在激动得要命,双脚高高跂起,为保持平衡,一只手一直拉着柱生的白土布褂子,眼巴巴地看着被人们围成一个圈儿,位于中央的徒弟。

白脸不小心将柱生衣兜扯豁的瞬间,柱生暗叫一声"不好",他想冲进去阻止那个愁眉苦脸、一套罗汉拳都能打成醉拳的徒弟,但已经来不及了,在师父的眼神威逼之下,那孩子眼睛闪烁着绝望之光,眼看就要化成泪水跌落了,忽然仰头将手中亮晶晶的物事一口吞了进去。

"啊,血,血!"白脸率先叫了起来,他一蹦三尺高,不顾自己的布鞋还在淌水,绷着湿鞋的他和其他人跳到了远点的地方。柱生没动,不顾身边人群惊恐退去,他蹲下来,想要抱住这个豆芽菜小徒弟,徒弟两手卡在自己脖子上,五官都移了位,嘴角和鼻孔,源源不断地流出鲜血来。他吃了真玻璃,这个傻瓜!太傻了!

看热闹的市民大多心地良善,看到活生生一条人命就在他们面前抽搐流血,他们于心不忍,但又将希望寄托在可笑的丸药上,大声怒斥不负责任的师父:"瓜娃子,你不是有打药吗?赶快给他吃一丸啊!"柱生回头一看,那位红脸汉子竟然能从人群中拨出一条路,脚底抹油扬长而去,他简直呆住了——世上竟有这种人,心比石头还硬!比煤炭还黑!

柱生再回头看豆芽菜徒弟，他的抽搐幅度已经越来越小了，脚尖再蹬两下，两眼瞳孔变大，最后一口长气呼出时，血泡泡像是螃蟹口沫，溢得满下巴都是滑腻鲜艳的红色。柱生不敢相信，这么短短的时间，一条人命竟从他眼前永远地消失了。

已经有好事者跑去报官了，白脸已经跑开几步，又觉得不仗义，跑来使劲扯柱生衣襟，"快走，快走！"白脸嘴里的热气喷到柱生脖子里，痒痒的，让柱生清醒过来，他再不走，说不定也要惹上官司呢。

柱生跟着白脸下桥洞时，听到有人说，地方长卫军的尹昌衡尹大人恰好在附近，这会儿听说出了事故，神速赶过来了。柱生回头，只看到有个年轻英挺的背影翻身下马，急匆匆往尚未冷却的尸身处赶赴。

"喂，柱生，你怎么不说话？是吓傻了吗？"白脸担心地摇晃着柱生的手臂，喊魂般大声喊他的名字。柱生的确走神了，但他并不完全是害怕，他脑海里颠三倒四，想的是一个奇怪的问题：现在看上去风平浪静，养父也好马老板也好，谁都没再吵吵嚷嚷说铁路股票是一张废纸的事，仿佛朝廷真的在认真考虑民众的呼声，大家便泰然处之，也不去瞎担心从川人手里夺走铁路主权的事了。但如果朝廷使诈，你以为朝廷给你的是一颗冰糖，人家却将真玻璃硬塞到你嘴里呢？怎么办？到底该怎么办？这玻璃，是吞是吐？还是跳脚骂他撕破脸皮？

2

柱生和白脸两个人魂不守舍地往米行走，彼此心事重重，都

第二章 志士结友盟

懒得开口说话，街面上一个报童抱着报纸奔跑而过，稚气的童声划破初夏暑热的空气，倒把柱生吓了一大跳。那报童喊的是："卖报啦，卖报啦！邮传部大臣盛宣怀向四国财团借款600万英镑！"

柱生心底一沉，强烈的不好的预感告诉他：就是这样，你以为吃了冰糖，结果玻璃碴来了！四国财团那钱是好借的吗？洋鬼子早就对咱川汉铁路虎视眈眈了。借钱？哼，说得真好听啊，黄鼠狼花言巧语，也会巧设名目来借鸡。

回到米行，柱生没有看到穆老板的踪影，账房先生说他有事去岳府街了，柱生心里有数，穆老板一定是得知了"盛宣怀卖国"的消息，他们一帮乡绅行商、大小股东，都到岳府街的川汉铁路总公司去商量对策了。

柱生猜想得没错，此刻，外面阳光依旧耀眼夺目，透过花玻璃，照进偌大一间房中，岳府街的铁路公司在这么耀目的阳光下，竟也浮动着一种哀伤情绪。房里或站或坐，满满一屋子股东，因为激愤，一位白胡子垂到肚脐的老者讲着讲着就哭了出来："盛宣怀这是在卖国！他倒会花言巧语蒙骗我们老百姓，朝廷捉襟见肘，拿不出真金白银来修铁路，就找我们老百姓摊派苛捐杂税，眼看现在花了不少钱却只修了短短一段路，又忙不迭地向朝廷讨巧卖乖，要出卖咱们的路权，说什么'铁路干线国有'。欺着哄着收回去，朝廷逼我们将川汉铁路又改姓'国'字，我等小民，即使愤慨，也无可奈何吧！但哪晓得盛宣怀这厮背信弃义，一边蒙骗我们这铁路姓了'国'，一边却又和英、法、德、美四国银行签订借款合同，这不是卖国行为是什么，卖国贼实在太可耻！可恨！"

眼看老者就要激动得哭出声来，几个年轻的商人忍不住附和，摩拳擦掌挽袖子道："对头，卖铁路就是卖国！盛宣怀和端方都只顾自己私利，不惜拱手将主权送给洋人，实在是我中华之耻！""哪个挨千刀的龟儿子敢卖铁路，老子第一个跟他拼了！""在咱们四川地界上修铁路，关那些洋鬼子球相干？老子就是想不通，他们怎么哪里都想插一脚！"

一时间场面乱哄哄，慷慨陈词者有之，痛哭流涕者有之，悲伤绝伦者亦有之。穆老板交叉双手，默默坐在窗边，一道光映在他脸上，他面上喜怒难辨，但内心波涛汹涌，和在场的这些人相比，似乎还多了一点亢奋与激动。昨天，他接到密信，说吴先生已秘密抵达成都，很快将和他见面了。

吴先生何许人也？他就是大名鼎鼎的吴玉章。穆老板和吴玉章的交情，要追溯到1898年的戊戌变法。机缘巧合下，穆老板结识了吴玉章，也从吴先生那儿学到了不少革命道理，深感自己之前虽多行善举，却都是"小善"，力量有限，助人有限。要真的改变国家和民族的命运，须得行"大善"，而这"大善"因为推行困难，看上去并不含情脉脉，而是有着革命的暴力和粗犷品质，也许还伴随着流血牺牲。但中国若不行"大善"，实在难以在列强夹缝中求得生存之机，唯有革命，才能真正国富民强，山河永固。

吴先生的言论令穆老板深感佩服，当时他还暗中资助了吴先生一笔钱，作为戊戌变法的经费。谁知道，这场变法以六君子血洒菜市口匆匆结束。那一年，穆先生不但目睹了戊戌变法的失败，还送走了身体虚弱已卧床半年的爱妻玉娘，接二连三的打击令他刚过四十就生出华发，之前一直挺得笔直的腰背亦微微佝偻。前几年，在吴先生的指引下，穆老板秘密加入了同盟会，他时刻准

第二章 志士结友盟

备着要为国效力,而发动乡绅带头购买川汉铁路股票,也是他作为一个同盟会会员、一个爱川如家的四川商人的本能举动。穆老板隐隐有些期待,不知吴先生此时约见,会传达给他怎样的指令呢?

几天后,穆老板果真与吴先生如约碰面,吴先生却要穆老板暗中劝服乡绅,暂时不要采取过激的举动,因为川汉铁路已准备向朝廷呈交"请暂缓接收"的请愿书,现在能做的,就是心平气和地等待。

怪得很,穆老板在比自己年轻的吴先生面前,反而显出一种与他年龄不符的浮躁,他盯住吴玉章的双眼,慷慨直言:"等?我们还需等多久?等何种结果?我们川人其实并不怕流血的……"吴先生打断了穆老板的话,他的声音和缓,却有一种不怒自威的霸气:"倘若是毫无意义的流血,那又有什么意义?"

穆老板哑然,他承认吴先生说得对,就算革命真的需要流血,也要"先礼后兵",现在,就看朝廷收到川汉铁路公司的请愿书后,会怎么答复处置这件事了。

穆老板和吴先生见面,是约在陕西街一家不起眼的"且慢"茶馆。这茶馆设在院坝里,从外面看,门面并不壮观。穆老板特意选择了角落的位置,这儿不引人注目,又有半扇屏风遮挡,外面的人看不清他们的脸孔,他们倒是将外面的人喊马叫听了个一清二楚。

成都茶馆自古以来就是繁华去处,三教九流,东拉西扯,斗牌的斗牌,采耳的采耳,揉肩的揉肩,斗蛐蛐的斗蛐蛐……就算日子一如既往,波澜不惊,穆老板还是从茶客的议论中听到了几句关于"盛宣怀、端方卖国"的激愤话语,他和吴先生相视一笑,那神情有几分无奈,像是在说:"您说静心等候,那就等候吧,但我也只能尽自己最大能力来维持这摇摇欲坠的虚假稳定,诚如我所讲,川人不怕流血牺牲,不定什么时候,成都就会风云变色了,说不定,到时咱少城还会冒出些少年英豪呢。"

想到"少年英豪",穆老板不知怎么就联想起他的养子柱生,当然这话不好对吴先生讲,讲了总有自大自夸之嫌,两人又喝了一道茶,吴先生不宜久坐,起身告辞了。穆老板略停了停,让茶博士换了一盏新花茶,正细细品着,细细回味刚刚和吴先生的见面经过,忽然听到身旁有人轻轻唤他:"这位大爷,您想要算一算吗?"

穆老板仰头一看,原来是一个算命先生。算命先生身穿月白长袍,难为他将衣服浆洗得挺括体面,一尘不染,如果不是脸上怪里怪气的墨镜和凸出的一颗金光闪闪的大龅牙,这算命先生倒真有几分雅士之风。

穆老板不信算命的,他原本就是个不信命的人,平日就算被算命先生缠住,他也懒得应付半分。但今天不同,今天穆老板刚和吴先生见了面,吴先生行踪神秘,不能轻易暴露身份,穆老板担心算命先生别有"探子"身份,心想干脆邀他坐下,听听他到底说些什么,若有异样早作应对也好。

两人相对坐下,算命先生还是不肯摘掉墨镜,穆老板看着好笑,一本正经地提醒他:"你戴着墨镜,能把我的脸孔瞅清吗?难道不用观面相?"

"啊,正是,正是。"这算命先生仿佛小学生偷糖吃被家长逮住,听话地摘下墨镜,倒更让穆老板觉得好笑了。穆老板几年未见吴先生,今日能相约喝茶,心情舒展,闷在心头多日的乌云也消散不少,放松之下,倒生出几分顽皮捉弄之心,他决定主导这场谈话:"你算命,是算八字呢,还是习惯看面相,抑或摸骨?"

"都可以,看大爷更喜欢哪种?"

"我啊,我喜欢你观我面相,便算出八字。"穆先生说得庄严正经,倒让算命先生额头都冒出密密冷汗来,他又不敢说自己并未学会这门绝技,只能支支吾吾,一急之下,红晕都爬上耳郭。

穆先生难得有了顽童心理,如此游戏,憋了一肚子的笑意,好不容易才忍住没在算命先生面前失态,现在看对面这人一脸紧张,月白衫子也跟着主人有些无端发皱,穆先生于心不忍,拿手指弹了弹茶桌桌面说:"算啦,你就观我面相,随便说说吧。"

现在,穆先生差不多认定这算命先生是在茶馆混饭吃的了,别看他长衫金牙,装得人五人六的,道行却浅显,嘴巴也笨拙,要照他这样动不动就张口结舌的,别说想赚到茶客的"玄钱"了,可能每天不挨几个耳刮子都难以走出茶馆。

算命先生如得了大赦般,暗中呼出一口气,眯眼细细观看穆先生面相,从左看到右,从上看到下,看了足足一炷香的时间。看罢,他竟从衣衫口袋里掏了掏,掏出一本线装的《易经》来!

穆先生简直想笑得喷茶,他见过打着算命幌子混口饭吃的酒囊饭袋,但还没见过这么笨的人,就这么对着书看看看,瞎子都知道他不够称职,打胡乱说,就算批出什么金玉良言来,人家也可质疑他是满口开火车吧。

算命先生认认真真看了一会书,手指神经质地捻动,将纸页捻得哗哗响。末了,他终于冲着穆先生开了金口:"大爷,最近谨防有血光之灾啊。"穆先生还是想笑,他想随便在街头拉一个骗子,恐怕都会吐出这句口头禅吧,反正,先定了你有血光之灾,你下一步就该惶惶不可终日,拉着他的袖子哀求他,请他想出良方对策来解救困厄,那么,他也才有了信口开河骗财之机。

算命先生看穆老板一脸不以为然,他额头的汗珠又多了一层,来不及揩干,慌慌张张地很快说道:"这血光之灾,不是说大爷您,而是您身边最亲近的人。"穆老板面皮一紧,眼睛死死盯着算命先生,仿佛能将算命先生脸上活活烧灼出两个小窟窿来。算命先生被逼视得更为紧张,汗流浃背,简直词不达意,他结结巴巴问:"大爷,命中有时终须有,那亲近的人,若命中注定不属于您,您也不必太在意。"

穆老板忽地站起身,将一串铜钱丢到算命先生脸上,他不想听下去了,他自己都觉得奇怪,明明是不相信的,为什么会坐在这里跟一个算命的骗子东拉西扯这么久,还偏偏被他戳中软肋。对,穆老板不怕流血,但在不久的将来川人真会为革命牺牲流血,他自私地希望,不要流自己儿子的血。

也许是因为心情不好,穆老板走出"且慢",心里乱糟糟地像长了一团野草,他顺着街巷慢慢走,内心忽悲忽喜,许多以为已遗忘的往事竟然一幕幕从眼前闪过。

玉娘下身赤裸,抱柱生子,初次相见,母子俩脸上都有一种寡淡的死灰色;柱生六岁那年,穆老板送他去学堂念书,他却总是淘气,不肯好好识字,一天放学回来,他竟像懂事了,踱到穆老板身边,伸出小手轻轻摸他的脸,问他:"爹,您哭什么呢?你们为啥用白布盖着我娘,她很冷吗?为啥我喊她,她都不应我?"柱生十六岁,打死也不肯再去学堂了,儿大不由爹,只好随了他的性子,他想去偷偷学拳脚就学拳脚,他在街头和人打架挂了彩,回家只要他不说,自己是从不开口问一句的。

柱生大了,猜不到这个孩子心里到底想着什么,也许老话说得对:家鸡打得团团转,野鸡打得满天飞。毕竟不是自己的亲生骨肉,你还想打他?管他?教育他?给他结亲事讨媳妇,看他成家立业,当一个顶天立地的男人吗?甚至想抱孙子享晚年福啊?

穆老板心乱如麻,也不知怎么的,就走到了周氏裁缝铺,铺子里胖胖的老板娘正在骂云杏:"死女子,这点事都做不好,今晚返工!做不好不准回去,通宵给老娘待在这儿!"顿了顿,老板娘又气不过补充道:"灯油钱,死女子你来出!"

3

云杏抬起一双泪眼,正好撞见穆老板关切的目光,她顿觉狼狈,羞愧万分地复又重重低下头去。其实这会儿穆老板心里不见得比云杏好过。

云杏当年比桌子高不了多少,和母亲一起逃水灾到了成都,千艰万难数不清吃了多少苦头,虽然瘦得皮包骨头,一双大眼睛倒是水灵灵的,不屈不挠的精灵劲儿都在里面了。

后来,云杏娘寻着亲戚,娘儿俩得了一间容身之所,云杏小小年纪,什么活都肯干,穆老板至今还记得,云杏晃晃悠悠提了一大桶水,勉力踮脚将水桶提到胸口,提到半路,已洒掉一半,她坐在马路边无声地哭,哭完了拿袖子擦擦眼睛,又继续往家走,两只瘦长的小胳膊伸得老长老长的。

穆老板有心事,又无意撞见云杏挨骂,虽双脚已踏进店里,却一时不知找什么话来说,只勉强自己一味呆呆地站着。胖老板娘看来了客,欢喜无限地将手里的葵花籽往木桌上一扣,摇着蒲扇,扭着粗腰晃荡过来。"客官,不是说的话,就是说的话,您到这条街上访访,就数咱裁缝铺的师傅手艺最好,用料最佳,穿上咱家的新衣,真是乞丐都能变皇帝,乌鸡都能成凤凰了!"

穆老板听到胖老板娘这么驴唇不对马嘴地一说,倒忍不住扑哧笑出声来。胖老板娘还以为自己奉承得风趣幽默,讨了客人欢心,越发现出得意扬扬的嘴脸,肚里积攒了不少俏皮话,刚想一句一句往外掏呢,穆老板却手指尖指了指云杏,转头对胖老板娘说:"我看这个小姑娘不错,让她帮忙介绍一下布料吧,我想给自己和儿子做两身清爽的夏衣。"

云杏略略吃了一惊,但她是个聪明姑娘,很快就悟过来,知道穆伯伯装着不认识她。受了大主顾的青睐,胖老板娘眼睛笑成一条缝,赶紧让云杏起身,扯出进口布料给穆老板详细介绍。穆老板打量了几段摆在上面的夏布,不置可否地征求云杏意见:"我儿子和姑娘差不多大,你们年轻人喜欢什么色泽花式,我是真落伍不懂了,还请姑娘帮忙代我挑拣两样布料。"

云杏碍于胖老板娘的监视,还是一本正经为柱生挑选了两段料子,胖老板娘看云杏挑中了一款价格昂贵的绸缎,喜得双眼都盛开牡丹,扯着这缎子跟穆老板言说:"客官,您千万莫嫌这贵,这可是我们铺子刚从南洋购来的好料子,穿在令公子身上,夏天再炎热,也是一滴汗都不会出的。"

穆老板和云杏大概都想到了平日总与工人混迹一处的柱生,若穿上这么"少爷"的料子,不知脸上会摆出何种尴尬的神情。他们默默一笑,这笑自然没逃过明察秋毫的胖老板娘,她自作聪明地打了个肚皮官司,心想这位中年来客看似气度不凡,穿得也人模人样,想不到却有这嗜好!看来男人不管是二十八还是五十八、八十八,照样只喜欢云杏这样年轻貌美的!

胖老板娘的肚皮官司打得正高兴,穆老板又提了新要求:"老板娘,我那儿子平日总是瞎忙,看不到人影,不知你可否行个方便,让这裁缝姑娘到我家去一趟,给我儿子量量尺寸,好裁剪衣服。"

胖老板娘肚里快要滚出一阵阵狂笑了,她想就凭你这老癞蛤蟆还想吃嫩天鹅肉?老板娘的诸种猜测并非空穴来风,因为之前真有位老爷看上了云杏,想讨她做小,但云杏刚直不屈,倒弄了那位老爷一个灰头土脸。所以,当胖老板娘亲耳听到云杏说"好的,等会儿下工我就去您府上"时,还以为自己耳朵出了毛病,她现在全然忘却逼云杏熬通宵干活儿还要人家出灯油钱的事了,惊异和好奇让她的脑子一时有点转不过弯来。

这厢,穆老板已经极其爽快地预付了布料钱与制衣钱,令胖老板娘除了欢天喜地地点头应允,简直别无他法。她不但不让云杏加班,还让云杏带上布尺,赶紧去穆老板家里,一定要好好量少爷的尺码,做出质量上乘的好衣裳。一边说着,一边把小肉手搭在云杏肩上,一下一下将人推到门口。

云杏和穆老板一前一后出了裁缝铺,穆老板知道自己今天的所作所为颇为越矩，根本不像长辈所为，他沉思片刻，又不知如何解释，只没头没脑地讲了一句："云杏，你有时间可以多来找柱生玩，我是很欢迎你来家里做客的。"云杏点点头，轻声回答："晓得了，穆伯伯。"

两人恢复了正常称谓，不在胖老板娘面前绷着演戏，穆老板这才觉出几分尴尬来。知子莫如父，他何尝看不出柱生这傻小子对云杏的一往情深？这两个孩子从小一起长大，穆老板倒真心希望他们能有个花好月圆的美妙结局，但柱生那愣头青，他压根不知道找云杏摆谈摆谈，末了还要当老子的来牵红线。想到自己一个顶天立地的堂堂男儿，竟然也做了这么无聊的事，穆老板又自觉好笑，脸上浮出丝丝微笑来。

他想自己到底是在干什么呢？难道真信了那算命先生的话，害怕柱生会有血光之灾？还是担心目前局势迷茫不清，自己会有不测？若真出了什么变故，能安慰柱生的，恐怕也只有云杏一个人了，他这般煞费苦心为两个年轻人制造机会，到底是在作媒还是在托孤呢？

穆老板思绪乱纷纷，相比之下，云杏倒单纯得多，快走到大丰米行时，她轻声向穆老板道谢："谢谢您，穆伯伯，否则我今晚肯定回不了家，我娘会担心死的。"穆老板嗯了一声，深为同情这对母女，又不愿云杏尴尬，借故问正在帮客人扎米袋子的白脸："柱生呢？告诉他云杏来了，赶紧过来。"

"稀客啊，稀客。"白脸和柱生相处若兄弟，岂能不知柱生那点别别扭扭的小心思？他扮个鬼脸，拖长声音跑到后院去喊："柱生，柱生，你个莽娃子还在弄什么？云杏来了，云杏来了！"云杏受了这般待遇,不觉好笑,她和瞎子娘住的地方离这儿不过百余步路程,这大丰的老板也好,伙计也好,被他们这一闹,云杏倒像是九天仙子下了凡,不列队欢迎简直说不过去。

柱生刚刚在后院忙着清点陈米,他跑过来时一脸的白灰,眉毛都挂着两道白霜,云杏一看到他,扑哧笑了。宛若寿星公的柱生脸红红地站在原地,举起一只手歪着脑袋不断搔头,既为见到云杏高兴,又为自己这身难看的打扮懊恼。

穆老板让柱生带云杏去屋里,云杏拉直了布尺给他丈量,但每次云杏挨柱生近一点,两人都感觉不自然,心也慌了,手也抖了,云杏偷瞥了柱生一眼,觉得他也没多好,耳朵根儿都红了。

进去送茶的白脸出来,笑得那叫一个前仰后合,和诸位好奇的伙计实时通报:"哎呀,两个人扭手扭脚的,就像是新郎官初次见到新媳妇!"伙计们哄堂大笑,穆老板暗觉欣慰,却故意板着脸,让白脸赶紧去照看铺面,哪来这么多废话呢?

"那天,你们去看望江楼了吗?"柱生好不容易才找到一个话题。

"没有,你把福全鼻子打破了,我们满街找棉花堵,哪还有心情去看望江楼?"柱生不提还好,一说起来云杏简直满肚子的邪火。无缘无故,柱生就发了疯一般将福全打倒在地,又像个惹了祸不知善后的孩子,拔腿逃跑,弄得表哥又是向福全道歉,又是觉得深深对不起云杏,如果不是他突发奇想约柱生这个天棒参加他们的游玩活动,又怎会发生恶性流血事件?

"那天的事,是我不好嘛。"云杏吃惊地盯了柱生一眼,他向来是不会认错的,今天能承认自己"不好",简直是太阳从西边出来了。

云杏自来正直善良,又和柱生一起长大,小时候被街上的孩子欺负,不知受了柱生多少庇佑,倒也心底一软,不再难为柱生,假装不看他尴尬噘嘴的窘态,淡淡地说:"其实我并不是那么喜欢望江楼呢。"

柱生见云杏愿意搭理他,还同他聊天,如同捡到宝,喜不自胜地问道:"为什么啊?"云杏想了想说:"也许因为我不太喜欢薛涛吧,到了那儿,免不得又要去看薛涛井,也不晓得那口井有什么好的,惹得那么多人去看,看了还赋诗,还留句,上次见一个白须老翁站在井边哭,我以为他有什么想不开的,他却只说是思念起大唐的佳人薛涛,一时忍不住才涕泪交加。这薛涛死了那么多年,骨头早就化成灰了,这老者还'佳人佳人'地议论,简直是笑死先人嘛。"

柱生很少听到云杏发表这么大一通议论,他觉得新奇,不禁兴致勃勃地追问:"我还是不明白呢,你为什么那么讨厌薛涛?"云杏已经量好了尺寸,此刻正在收拾东西,听到柱生发问,她举起桌上的茶杯,放到唇边轻啜一口,看了看窗外夕阳,悠悠地说:"我虽然读书少,但小时候,娘常常给我讲故事,我就顶不喜欢故事里的薛涛。"

柱生呆头呆脑地"哦"了一声,云杏接着讲:"中书令韦皋这个官儿啊,很是附庸风雅,又把自己当作伯乐,感念薛涛才学,觉得这女子诗写得好,人也长得姿容俏丽,一来二往的,便结下一段情缘。但后来中年薛涛遇上了诗人元稹,又被元稹的年轻俊朗与出色才情吸引,有了这般疯狂爱恋。我总觉得,女子是要从一而终的，既一开始将心意给了一个男子，就算之后再遇上多好的男子，也应当如泰山坚毅，毫不动心嘛。否则，那岂不是女子也和世间男子一样，可以随意变心，毫无自律可言吗？"

柱生听了云杏这席话，内心擂鼓般敲打不停，他既欢喜又忧伤，喜的是自己喜欢的女子竟如此忠贞，忧的却是难知云杏心意。倘若自己不是住在她心尖的那个男子，那么就算穷极一生，不管他如何示好，云杏也会冷酷绝情，不顾念他半分的。

不知不觉，太阳落山，外面天色微暗，柱生提出送云杏回家，云杏虽觉得只有短短一程没什么好送的，但见柱生今日神色不似以往，端然凝眉，似有不乐，于是便点头应允他当这护花使者了。

云杏的瞎子娘向来刚强，虽双目都快失明，她还在家中做一些力所能及的活儿，为云杏贴补家用。瞎子娘不知从哪儿找到这么多破布，她没完没了地熬煮糨糊，打鞋底儿，卖给那些干苦力的，到底能赚几个铜板。成年之后，柱生不好意思像小时候那般随意串门了，隔了这么长时间没来，他差点被空气中这又酸又臭的气味刺激得摔上一大跤。想到云杏每晚就在这样的臭糨糊味道中入睡，天不亮又要赶到裁缝铺去辛苦劳作，柱生心里犹如被蚂蚁咬噬。云杏何等敏感，她觉出柱生突然脚步僵直，便止了步，淡淡道："就送到这儿吧，穆伯伯还等你回去吃饭。"

柱生嗯了一声，刚转身却又回过头，他问云杏："你娘……你……你们卖鞋吗？"云杏仿佛没明白柱生的问题，老老实实作答："我们不售鞋，娘这鞋底子，多半是批给鞋店的，当然也有些街坊邻居上门来要，多多少少卖一点罢了。"

柱生点点头，低着脑袋往米行走，他心里涌动着一股酸涩的情绪，但又庆幸云杏当下不曾明白——不明白他口中所说的"鞋"，其实是一个男子希望收到他心爱女子的爱情信物。

4

1911年6月1日，一封由邮传部尚书盛宣怀和督办大臣端方联名发给川督王人文的"歌电"，让王人文如捧烫手山芋，他知道此电若宣，必将引起全省大乱，他实在不想看到自己治下的四川变成一锅乱粥。于是，王人文麻起胆子，压下"歌电"不发。可惜他的拖延政策并未奏效，盛宣怀、端方又转而询问川汉铁路总公司驻宜昌总理李稷勋，询问他是否见到了"歌电"。李稷勋马上致电成都总公司，要求索阅，总公司便又转询督蜀。于是，王人文的好心挡不了这滚滚洪流，局势逼人，他只得抄示公司，公开电文，引得全省哗然。

这封川督王人文曾想千方百计压制不发的"歌电"到底写了什么呢？为了偿还在上海橡胶股票风暴中向列强的借款，盛宣怀和端方告以度支部决定的川汉铁路股款处理办法：对公司已用之款和公司现存之款，由朝廷一律换发为国家铁路股票，概不退还现款。如川人定要筹还现款，则必借洋债，并将以川省财政收入作抵。此电明示，不许川省股东保本退款，而只允换发铁路股票，即政府不但收路，而且还翻脸夺款。

此消息一出，茶馆里的茶碗杯盖都无辜粉碎了好多只，茶馆老板气得直翻白眼儿，茶博士也在一旁嘴里咻咻倒抽冷气，平日大家都视这茶博士为奇人，技艺高明，深受尊崇，此刻却成了桌

第二章 志士结友盟

子板凳一般的摆设,众人捶胸顿足,将茶博士的独门绝技抛之脑后。

还是在锦春茶楼,马老板和他最信服的颜先生对坐,一张马脸上汗水密布,神情大恸,双目涣散,只会一味重复"完了,这下完了哟!"颜先生颜楷倒是镇定如常,但他也连连点头,同意当下消息不妙,头头是道地分析局势:"之前,我还是对朝廷行动预计得太乐观了,以为只是接收路,但想不到朝廷贪婪至此,路也要,钱也要。"

"就是啊!"一说到钱,比说到"路"还触痛了马老板的心尖尖,他一个小生意人,赚点钱容易吗?一会儿闹兵荒,一会儿闹天灾,现在还剜了他一大块肉,告诉他作为股东,只能认栽,不能保本退款!天底下还有这么蛮不讲理的朝廷吗?还有这么厚颜无耻的官员吗?苍天啊,这叫啥朝廷?干脆改名叫土匪窝子算了!

马老板眼看又要摔杯子了,颜先生眼疾手快,夺下他的盖碗茶茶杯,温言劝说:"发脾气解决不了问题。"马老板呆呆地望着颜先生,颜楷斩钉截铁道:"这是关系川人存亡的大事,唯有川人团结一心,力量都拧成一道绳儿,方可有一线生机!"听了他的话,其他茶客转过脑袋来,纷纷点头称是,朝廷的卖国举动不但点燃了大家的愤怒,同时也激发了大家团结的决心。

今天又是柱生给青城山玉虚子道士送米的日子了,传言玉虚子武功高强,身怀绝技,当年是因为躲避仇家追杀,才隐于道观,悄然避世。

从几年前,每月上、中、下旬各一天,轮上米行给道观送米,柱生都会主动请缨，平时他干活并不那么积极，很多时候靠的是"兴之所至"，看他对一个道观这么上心，穆老板倒诧异了，诧异之余，当然是去暗中调查，这一查，倒知道了柱生的心思——他之所以不愿再读书了，原来心里早就"弃文从武"了啊，玉虚子虽不收徒弟，性格古怪孤僻，但他似乎并不介意柱生鬼头鬼脑地躲在树丛中看他练武。穆老板拿不准玉虚子到底是怎样的人，不过在江湖上漂泊的，多多少少会有一点神秘来处，不会轻易对外人道出的。只要这玉虚子不会伤害柱生就好了，穆老板只当自己儿子偷偷拜了个师父吧——虽说师父本人是打死都不肯承认这个徒弟的。

自那以后，穆老板便将去青城山道观送粮食的活儿正式派给了柱生，柱生总是早早出门，要等到天色黑透才回来。说来也奇怪，在柱生去的那一天，玉虚子连中午都不休憩片刻，会呼啦啦打上一整天的拳，或连续舞刀好几个时辰，仿佛故意将自己平生武学展示给树丛中的柱生。但既然"师父"不说透，"徒弟"也不敢造次，一个哑教，一个瞎学，彼此之间倒有一种默契。

今天也不例外，柱生又躲在山上看了一整天玉虚子耍剑，只见玉虚子穿一身宽松的纯白道袍，脚蹬软鞋，银丝在头顶梳成道髻，他左手虚指，右手出剑，快若一道闪电，让人目不暇接，长剑如一条白练，在手中呼呼生风。腾、挪、跌、跃……玉虚子脚步轻移，多年的修为使得他身轻如燕，动作行云流水一气呵成，倒是看得柱生热血偾张。

柱生天黑才踱回家。白脸眼巴巴地站在门口等柱生，已经等得脖子长了一截，他一见柱生尊容，气哼哼地跑过来就抓柱生的

第二章 志士结友盟

袖子，快快说道："祖宗，今天怎么这样晚，大事不好了！"柱生吃了一惊，他听到白脸颠三倒四说完"歌电"的事，也急出一身汗，穆老板倒好，他见柱生回来，点点头说："先洗洗吃饭吧，吃完了去房里看看，裁缝铺今天送了衣服过来，云杏说如果有不合适的地方，她好及时改改。"若换了平时，柱生听到自己和云杏这般擦肩而过，恐怕又要顿足痛悔，今天只觉烦闷不已，倒暗怪这都火烧屁股了，穆老板却有这闲情逸致说什么新衣裳的事！

柱生当然不知道，此刻穆老板的心情一点都不比他轻松。吴玉章托人送来口信，让穆老板准备"随时行动"。穆老板原本以为自己对于革命早已是全身心的交付，不会有一丝一毫的迟疑与犹豫，但事实上，当他今天看到云杏送来的衣服，看到柱生那崭新的夏布衫子时，他心底忽然冒出了可耻的念头，甚至对明天的局势发展充满了忧心焦虑——如果革命要让他流血，他作为同盟会会员，是责无旁贷的，可柱生还太年轻，虽一直在米行帮忙，却从未真正做过管理的工作，如果现在将米行和这么多伙计的身家性命交给柱生，他能行吗？能从此挑起家担子，让自己毫无思想负担地去行事吗？

6月16日当晚，穆老板因为心里有事，在床上辗转难眠，最后还是靠服了两粒"好眠丹"才勉强睡着，他并不知道在自己被失眠困扰的夜晚，铁路公司举行了紧急会议，决定马上组织保路同志会，因为事发突然，加急处理，所以不能等待召开特别股东会，穆老板虽"心有戚戚焉"，也并未第一时间得到消息。

不管穆老板有多忧心，该来的还是会按时到来。这是柱生一辈子都难以忘却的一天，他在传给自己子孙后代、作为"家谱"

一般神圣的日记中，为公元 1911 年 6 月 17 日这天画上了浓墨重彩的一笔。

　　成都岳府街平日里是一条不那么起眼的安静的街道，但在 6 月 17 日这天，人们仿佛如雨后蘑菇，从地里嗖嗖蹿出来，将岳府街挤了个水泄不通。仅仅是岳府街的川汉铁路公司内，便人挤人、肩挨肩地聚集了 4000 多人。

　　老翁伍肇龄时年已有 85 了，他的白发在脑后结了一根干瘪的辫子，虽被晚辈扶着，但每走一步都颤颤巍巍，看似脚尖绷直，用足了浑身力气。担任全省政法系统最高官员的是四川按察使周善培，他看到连一年到头难得轻易出门的老人家都来岳府街了，惊异地问道："老前辈怎么肯出来？"伍肇龄激昂地说："此事关系四川的存亡，走不动抬起也得来呀！"因为激动，老人被呛得咳喘连连，周善培赶紧上前抚背，又着人火速找一条凳子，并端来茶水，他虽身为朝廷命官，也深为老人的爱川真情所感动。

　　柱生和穆老板挤进川汉铁路公司时，看到一个英姿勃勃、风华正茂的男子正在拍桌高叫："存亡所系，吾川人皆愿继之以死！"旁边有热心人善为人师，为柱生传道授业解惑，指着慷慨激昂的男子说："喏，那位就是四川咨议局副议长罗纶，啧啧，你看人家，才 35 岁已经大有成就，这举手投足的，哪样不是派头十足？"

　　柱生被人群挤得汗流浃背，仍然认真听着，间或回头看一眼穆老板，穆老板也盯着罗纶，一派若有所思的神态。柱生那时不知道，穆老板其实和罗纶早就相识，彼此渊源深厚。想当年戊戌变法，罗纶与李蔚华、蒲殿俊成立强学会、蜀学会，出版《蜀报》，满腔热血宣传变法。戊戌变法失败，罗纶改名并借父丧丁忧，回乡暂避，那时穆老板还专门悄悄送了一笔盘缠给罗纶呢。

罗纶刚说完，只见一个情绪更加激烈的男人迫不及待地上台，他就是《蜀报》总编辑朱山，一个平日里文质彬彬、素来形象温和的人，竟会在大庭广众之下拍打胸脯，发出擂鼓般咚咚的声响，一双脚狠狠顿地，扑起尘土拂面，朱山的怒吼带着满腔血泪，柱生觉得，那不是从喉咙里发出的声音，而是从胸腔底部，从灵魂深处，从一颗已经滚烫炙热的苦心之中发出的嘶喊，如新春爆竹，砰然炸响："非鼓动吾国、吾民、吾军，无以拒外国借债之野心！"朱山似乎不解恨，眼冒血丝地说完这句，又伸手拼命猛击桌案，但不小心砸到了茶碗上，碎掉的瓷片割伤了他的手腕，瞬间热血飞溅。

出血了！出人命了！我们要当亡国奴了！鲜血震撼了民众的神经，也唤醒了大家深藏的愤怒和悲郁，一时之间，会场大乱，挨会台最近的人手忙脚乱地找干净纱布和云南白药，要为朱山包扎伤口，而排在后面的人不明就里，只听前方坍塌般乱叫一气，自己又参与不进去，急得跺脚乱骂，更加用力地挤推人墙，迫切地想要一探究竟。

柱生惊恐地瞪大双眼，他几乎是本能般伸开双臂，保护身形比自己瘦小一圈的穆老板，人们虽然拥来挤去，但并未伤到被柱生牢牢护在臂膀之中的穆老板，穆老板经过的事儿不算少，他之前在看到柱生不肯好好读书时，也常常痛心疾首地骂他："我吃的盐比你吃的米都多，小子，你现在不听我的话，将来看你怎么后悔！"现在，被柱生一双筋肉结实的铁臂牢牢保护的穆老板，内心百感交集，他是压根想不到什么盐巴什么米了，一种酸涩的欣慰在心里淡淡漾开，如此乱糟糟的环境，他竟然还偷闲向虚空中默念一句："玉娘，你的儿子长大了，他是好样的！"

场面大乱，有人被踩痛脚背，号啕大哭；有人被罗纶和朱山的激昂打动，"不做卖国贼"的民族大义令他们激动抽泣，还有人痛骂朝廷负义，顿足不已。喧哗声浪，一浪更高过一浪。柱生一心忙着保护穆老板，紧张得满头大汗。这时，有人维持秩序，又不断有人登台演说。

邓孝可、刘声元等都相继演讲，声嘶力竭，泪如雨下。柱生看到台上乱哄哄的，一个首如飞蓬的男人正在大声痛呼："川汉铁路完了！四川完了，中国也完了！"这种悲伤的论调引得全场大恸，原本只是小声抽泣的，此刻也迈过了"男儿有泪不轻弹"的门槛，索性放声哀嚎，就连冲进会场维持秩序的八个警察也丢了警棍，伏在桌子旁跟着大家一起哭。

不知过了多久，哭声感染着在场的每一个人，柱生也哭了，从嗓子眼传出小兽一般的呜呜声。他看到两行清泪缓缓滑过穆老板苍白的脸颊。柱生从小和养父不亲，很少有机会离穆老板这么近，但正因为这样近，柱生才看到穆老板其实已并不年轻了，他的发辫中偷偷夹杂着花白霜发，额顶皱纹如同刀砍斧削，因为流泪，情绪激动，他还大咳了一阵，咳嗽令他弓起腰背，顿时显出老人的佝偻与脆弱。柱生自己也说不清，为什么看到养父这衰老的样子，他会哭得更用力一些，心里酸得如同醋海涨潮。

柱生还来不及整理自己的思绪，又听到有人以拳砸桌，奋声吼道："我们要誓死反对！我们要组织一个临时的机构，一致反抗,反抗到底!商人罢市!工人罢工!学生罢课!农人抗纳租税!"此言一出,众人宛若在沙漠行走忽见绿洲,难掩内心欣喜,异口同声地呼喊回应:"赞成!"

保路同志会就此成立,蒲殿俊被推举为会长,罗纶是副会长,下分四股办事,为总务股、文书股、交际股、游说股。柱生这才看到,蒲殿俊是个身穿纺绸长袍、中等个头、脸色黑黄的男子,看上去其貌不扬,就像东大街常年做生意的掌柜,但当他引领大家前往总督衙门向总督大人王人文请愿时,柱生看到了蒲殿俊身上奇异的领袖之光。

"爹。"柱生迟疑地喊了穆老板一声。他是想去的,能拥挤在滚滚人流之中,内心抱持同一个理想,为同一件事请愿,这是多么伟大的事啊!但柱生担心穆老板不同意,穆老板说到底就是一个米行老板,一个安分守己的生意人,他老老实实地做买卖,何必要与这些激动得几近癫狂的人混迹一处,还跑到总督衙门去请愿呢?

要知道,那位马老板虽上门找过穆老板好几次,嘴里怪怨当时自己吃猪油蒙了心,听信穆老板的话,白白攒下半箱子不值钱的川汉铁路股票,但若被刁钻如白脸的伙计刺激一下,让马老板有冤报冤有仇报仇,该报官尽管报官,不用整天翻来覆去唱他的老皇历,马老板就会被这话蜇得挤眉弄眼,牙缝嘶嘶抽冷气,完了,泄气皮球一般为自己找个台阶下:"我才不去,生不入官门,死不下地狱!"

柱生已经做好了穆老板反对他的准备,毕竟,在本分生意人眼里,"官门"其实等同于"地狱"。但他绝对没想到父子心有灵犀,穆老板轻轻推了他一把,几分催赶,急促地说道:"咱们也赶紧走吧,一起去总督衙门!"

柱生响亮地"哎"了一声,他骄傲地跟在几千人后头,浩浩荡荡的队伍像是一条长龙,这龙舞从岳府街摆到了总督衙门,向王人文请愿,要求代奏。

说起这位王人文,他是以布政使的身份担任"护理四川总督"的,虽然看上去名不正言不顺,却是一个实实在在为四川民众谋福祉的好官。想当初,当四川人民得知"铁路国有化"的"上谕"后,反抗情绪激烈,几乎一触即燃,王人文体恤民心,遂将川人的两项爱国请求——"暂不接收铁路"和"暂缓公布停征股租"电奏朝廷。朝廷却无视王人文的爱民行为,反而多加斥责,逼王人文对生事者"严行禁止,倘有匪徒从中煽乱,意在作乱者,照惩治乱党例格杀勿论"。

待到请愿的民众来到总督衙门,王人文听到外面山呼海啸般的演说,他再也忍不住满腔沸腾的热血,说只要于国计民生有利的事,他无论怎样当据理力争。因为自己身材矮小,怕大家看不到,就令左右赶紧搬了张方桌来,王人文站在桌上慷慨陈词:"我立刻代你们电奏、力争,就算丢官也是乐事!"

王人文的话引来大家的热烈掌声和不绝于耳的欢呼。仿佛在暗夜之中见到了一点希望之光,仿佛在困顿之下得到了一条救命绳索,有王人文这样的好官上奏朝廷,朝廷总不会将全川人的殷切期望和泣血请求都当个屁吧?一时,保路同志会率领的群众队伍喜不自胜,宛若胜利在望,有些跟在大人屁股后面看闹热的小孩子,此刻见到大人不再跺脚痛哭,个个面色转晴,欢天喜地,他们更是开心得蹦跳不休,在队伍中穿来跑去,一会撞着这个,一会碰到那个。

柱生听到一声熟悉的女声,"哎哟"。他回转头,拿眼睛细细搜寻,其实,他对云杏的声音早已烂熟于耳,根本用不着眼睛当雷达,只需耳朵那么轻轻一捕捉,当即找到了云杏的方位,他吓了一跳,挤到云杏面前几乎是强蛮地问道:"你在这里干什么?一个大姑娘家家的,有多危险你知不知道?跑到这里凑啥热闹?"

第三章
关圣人疤爷

1

　　云杏此刻的模样真算不得体面，一缕头发被汗水打得精湿，滑稽地贴在脑门上，身上的蓝布褂子皱皱巴巴，当胸还有一个黑掌印。柱生看到这掌印，便气不打一处来，这姑娘难道被人揩油吃了豆腐也不晓得吗？看吧，傻乎乎的，如果身边没有人保护她，她今后该怎么办啊？柱生刚想说上几句重话来敲打敲打云杏，同时也向她彰显一下自己孔武有力的男子汉魅力，云杏却迎着另一个方向笑了起来，那神情比吃了一大口冰糖还要甜蜜。柱生错愕地也跟着云杏的视线转头，看到自己最不愿意见到的人——戴子厚。

　　怎么走到哪儿都有他呢？几乎要滚到柱生嘴里的甜蜜规劝，变成了几分粗暴的撒野斥责，他怒气冲冲地瞥了云杏一眼，拿出

第三章 关圣人疤爷

兄长的姿态狠狠说道:"没事你别跟这些不怀好意的人瞎逛,小心把你卖了都不晓得!"

云杏猝不及防,被柱生戳中心事,少女的自尊心迅速垒起一道钢筋水泥防线,强硬无比地回敬柱生:"表哥爱国爱川,肯为家乡付出,人家刚刚都加入了保路同志会,你有什么资格说他?你到这儿来,不过是为了看闹热吧?我早知道你的,哪儿有闹热哪儿有你,做人一点儿定性都没得,一点儿目标都没得,还想在街上混日子混到啥时候?"

柱生惊呆了,他从没想过自己会触及云杏的底线,更没想过云杏翻脸后小嘴会像炒豆子一样,巴拉巴拉蹦出这么多话来,而且每个字都长着尖刺,伤得柱生体无完肤。他只能眼睁睁地看着云杏跟在戴子厚身后翩然离去,竟然忘记问云杏,她这样随随便便跑出来到总督衙门请愿,裁缝铺的老板、老板娘会同意吗?他们会不会因此而责备云杏,害得她生计不保?

若换了从前,想到裁缝铺那个讨厌的肥得像猪的女人,柱生总会自作多情地设想一番:大不了云杏辞工不干了,嫁给他,他柱生别说还在米行领着一份薪,就算离开米行挑葱卖蒜当小工,顶好是去码头当搬运工,汗珠子掉地上摔成八瓣儿,哪会养不起自家娘子?

但今天,云杏的一番话讲得柱生耳根红辣辣,他完全不敢往那方面想,仿佛想一想,云杏都会多骂他一分,多恨他一寸,而自己的卑劣猥琐特性也就此坐实了,成了铁证如山。

要说矮个子王人文总督,行起事来还真有顶天立地的大丈夫之风,他是进士出身,学富五车,在桌上对大家抱拳保证要代川人"保奏"后,接见了老翰林伍肇龄,当场再次表态:"诸君不畏死,吾又何惜一官,愿与川人同进退!"二话不说,王人文当天就雷厉风行地致电内阁,言辞激昂:"本日未前,各团体集公司开会,到者约两千人,演说合同与国家存亡之关系,哭声动地,有伏案私泣。"又说"惟哀痛迫切之状,实异寻常"。

王人文的泣血相告并未换来朝廷的警醒,紫禁城里依旧清风雅静,充耳不闻川人疾呼。于是,两日后王人文再次请奏,字里行间都充溢着悲壮情怀:"成都各团体集铁路公司大会,到者一千余人,讨论合同及于国家铁路存亡之关系,一时哭声震天,座次在后者多伏案私泣,臣饬巡警道派兵弹压,巡兵听者亦相顾挥泪。日来关于铁路合同攻难之文字、演说纷纷四出,禁不胜禁,防不胜防。"同时上疏严参盛宣怀丧路权、国权,要求治以欺君误国之罪,并请将自己治以"同等之罪","以谢盛宣怀"。

王人文以为自己牺牲政治前途,至少能让朝廷重视一分,不光他如此乐观天真,四川保路同志会的同志们亦是这种想法。只是,保路同志会的核心骨干多是接受过西方思想熏陶的立宪派人士,很懂得舆论宣传的重要。他们以"爱国保路"为堂皇旗号,大办报纸、大作演讲,煽动民众情绪以壮声势。1911年6月26日,《保路同志会报告》正式创刊了。

从17日一行人浩浩荡荡请愿至总督衙门,到现在已经过去九天了,这九天柱生一直都闷闷不乐,好在不管是东大街,还是米行,大家的关注点都放在了"保路"这一桩头等大事上,倒没人注意柱生有什么异样。

柱生如今夜里简直不敢闭眼,一闭上眼睛,脑海中马上就会浮现云杏涨红着脸蛋，骂他"没定性"的话，在她眼里，他恐怕只配当街面上一个小混混儿，若不是靠了养父的福佑混口饱饭吃，可能连小伙计都当不上！难道，自己真是这般不思进取吗？不知不觉，柱生又辗转反侧了一整夜，他瞪圆眼睛看窗外微亮的启明星，心中酸涩难言，气闷若绝。

柱生也不晓得自己对云杏的感情是从哪天开始萌发的，这一切也许就像春雨细细，润物无声，在自己还未意识到之前，早已深入骨髓了。其实，柱生曾有过一次机会向云杏表白，那一次，他距离亲口说出自己深藏的心意，恐怕只有一毫米的距离了。

幼时的柱生若和别条街上的小孩子吵架，只要吵到"你有本事，正月里千万别来咱们东大街看灯会"，刚刚还气焰如虹的小孩子，这会儿也要偃旗息鼓，乖乖认输了事。

柱生为啥这么张狂呢？因为他娘当年独具慧眼啊，要不，偌大的成都，那么多柱子，为啥人家就单单去抱了东大街大丰米行外面的那一根啊？若玉娘不抱那根柱，柱生又怎会生下来就是"东大街的孩子"呢？即使知情人士统统晓得他并非穆老板的亲生儿子又咋样？你们得行，你们去住东大街，去开米行，也去当老板做生意啊！

说起东大街来，那可有着响当当的名头，是成都因锦江东水津渡运货而兴之商贸第一街。在清代，东大街被划为六条街。一条主街就是一个棋盘街巷。从东门起，分别有下东大街、中东大街、上中东大街、城守东大街、西中东大街、西东大街。东大街被誉为"成都首街""蜀中第一街"，世界上最早的纸币"交子"也诞生于此。

东大街是成都顶顶富庶的街道，凡是大绸缎铺、大首饰铺、大皮货铺、各字号，以及贩卖苏、广杂货的水客，全都在东大街。在南北两门相距九里三分的成都城内，东大街真可称为首街。每年正月是东大街最为热闹的灯会时节。想想吧，除了东大街，成都还有哪条街有这样的实力和财力举办正月灯会呢？

一来呢，到了年关，东大街的各大商户老板早已经挣得盆满钵满，要显摆自己的实力，更要为了讨一个喜庆的好彩头，为来年的生意兴旺作一个吉祥铺垫；二来呢，成都其他街道狭窄，也只有东大街的"豪阔宽敞"才能容纳拥挤的观灯人群，也只有东大街上屹立不倒的殷实商号才有钱有闲将灯饰做得既张扬又精致。

正月的东大街啊，那简直是灯的世界，灯的海洋！每家每户如同比赛一般都挂起了灯笼，灯笼里燃着蜡烛，盛着煤油，有些别出心裁的"发明家"还挂出了清油灯、猪油灯等稀奇古怪的玩意儿，惹得游人啧啧惊叹。从正月初八开始，东大街上的牌坊灯便竖立起来，偌大的成都就数东大街的牌坊灯顶漂亮，而且灯面绢画还年年更新。

去年元宵，柱生一早便约了云杏赏灯。其实，他俩都住在东大街上，每日里低头不见抬头见的，压根用不着专门相约观灯，但柱生读了几年私塾，正经书没看多少，倒是将一些淫词艳曲记得清清楚楚，比如什么"月上柳梢头，人约黄昏后"，柱生初初读到，便感动不已，心想多好的元宵节啊，多适合恋人相约啊。静可看月影清淡，听流水潺潺；闹可看花灯万盏，听花炮鸣放。于是，他郑重其事约了云杏元宵见面。

那晚云杏的瞎子娘偏有些犯风寒，伏在榻上咳咳喘喘老半天，云杏便有几分犹豫，噘着小嘴，想说不方便，算了，反正天天看这些花灯又有什么看头呢？何必去和别人一起挤？那些城外来的乡民挤起来一股蛮力气，云杏难免心生几分忌惮。

看云杏犹豫，柱生心里火烧火燎，都快急死了，他又不好意思当着人家瞎子娘的面，说什么"人约黄昏后"。好在瞎子娘虽然身体不好，脑筋倒清明，不用眼，单用心也能看得出柱生这个不错的小伙子急得扭手扭脚，一个大小伙子连话都说不囫囵了。瞎子娘暗笑自己女儿光长个子不长心，决定帮柱生一把，便主动对云杏说："不要你陪，你在家走来走去，娘听了心里更闷，还不如一个人躺着清净。"

云杏孝顺，横竖不放心娘，嘟嘴道："我哪有娘说的那么吵？可能我不如娘灵巧，走路倒水都笨笨的，弄得屋里有声响，但我留下来陪娘，娘添件衣裳也好，喝口水也好，去上茅厕也好，多少有个照应。"瞎子娘心满意足地微笑了，她骄傲自己养了个好女儿，更骄傲这样的好女儿被柱生这个好小伙儿看上了，于是瞎子娘老脸上每条皱纹都溢着笑意，拉着云杏的手摩挲了两下，拍拍她的手背说："乖女子，你只管去看灯，如果娘真有什么事，大声喊隔壁的陈孃孃帮忙就是。"

柱生如释重负，这才把云杏约到花灯丛中。他都想好了，今天一定要开口问问她的心意，他喜欢她，云杏未必晓得，但他愿意这一辈子照顾云杏，照看她的瞎子娘，把瞎子娘当自己亲娘一样供起来，当菩萨娘娘一般尊敬，云杏倘若听了，应该也不会不感动吧？

柱生心里揣着事，腮帮子咬得格外紧。当他们两人走上街头，看见有舞龙灯的，有耍狮子灯的，还有吹吹打打弄各种乐器的，围着看闹热的群众满面春色，踮着脚拼命往前挤，倒显得柱生今日格外安静，举手投足几乎有了一种君子的沉稳。

云杏并不是柱生肚里的蛔虫，不晓得他此刻五内如焚，还在痛苦煎熬当中，只是奇怪柱生生拉活扯要邀她一起看灯，现在却一脸闷闷不乐，和人生着闷气一般。

在十字路口有表演"皮金滚灯"的，那"皮金"身穿女人的大红肚兜，鼻梁上点一扑粉白，顶着滚烫的油灯，动作机敏地钻桌子板凳，说笑卖乖，灯油还能一滴不洒。换了之前，柱生看到这么精彩的皮金，铁定会激动得大声叫好，今天他欲言又止，眉头紧锁，倒像是谁借了他谷子还了糠。

柱生看到一盏花灯上画的是梁祝故事，灵机一动，他鼓足勇气对云杏说："要说那个梁山伯啊，真是个呆货，'十八相送'那一路上，你说祝英台给了他多少提示啊，他愣是就没将心思放在男女之情上，人家祝英台那边早就是烈火烹油了，他倒好，还施施然悠悠然，任由祝英台逮着什么说什么，搜肠刮肚将路上所见所景一样一样都说尽了，他还是不知人家说了些什么！"云杏愣地听到柱生说这个，她点头认真附和："我也挺讨厌梁山伯，他身子太弱，一生气就吐血，一吐血就卧床，一卧床就死掉——害得祝英台也跟着殉情变蝴蝶了！"

这两人简直是鸡同鸭讲，柱生想要暗示云杏，如果身边有人给"提示"，她不妨往男女之情那方面想想，岂料云杏竟一心一意指责起梁山伯是个病篓子，身体如此脆弱，简直给男人丢脸！柱生两眼一闭，索性也跟着云杏的话胡说一气："那是，男人怎么能够身体娇弱呢？我就不是这样，你看，我臂膀上随便鼓鼓，就是一块比石头还硬的肌肉！"

柱生挽起棉衣袖子，当即要展示他的坚实臂膀，云杏赶紧止住他，将目光投向悦来客栈外一盏又大又漂亮的花灯上，赞叹道："这个嫦娥娘娘真是美！你看她身上的彩带都随风飘飞，是要和嫦娥娘娘一道跳舞吧。"

柱生站在云杏肩后一点，轻轻地说："嫦娥娘娘再美，也美得很寂寞，恐怕她待在冷清清的月宫里，千年万载，思念的还是人间那个后羿。""你说什么？"云杏骤然回头，两人来不及躲闪，云杏的额头撞上了柱生的宽肩。"啊哟"一声，两人都不好意思地相视一笑。云杏没听清楚刚刚柱生的话，柱生给自己加油打气，想要鼓起勇气再说一遍时，街对面有人喊他："柱生，柱生！"

柱生恍然抬头，只见一位穿着绸缎旗袍，眉毛描得弯弯的美女在对街含笑唤他。因为是过年，素日只爱素妆的妙姐儿倒也破了例，一张寒烟笼月的俏脸不但施了粉，还抹上胭脂，脚蹬一双绣着凤凰的红色绣鞋，绸缎旗袍外罩一件短短的貂皮小袄，整个人显得既精神又娇丽。妙姐儿让柱生过去，是要将手里两串冰糖葫芦送给他，她做事心细，早就看到和柱生同行的云杏了。

倒是柱生，面对妙姐儿的好意生出几分羞涩无措，他还稍许怪怨妙姐儿当他是孩子，他一个顶天立地、胸脯能拍得山响的年轻小伙，怎么在妙姐儿眼里还是一个当街吃糖葫芦的小孩子？难不成她视柱生为家乡弟弟，印象便一直停留在她当年离开家乡时，弟弟拖着两条鼻涕长龙，一直追到村口，撕心裂肺大喊"姐姐、姐姐"的模样吧？

但妙姐儿就是有这样的魔力，别说其他男人为买她一笑，倾了千金也当寻常，就连平日不苟言笑的穆老板，看到这个青楼女子待自己的养子热乎和善，也想不到理由去拒绝人家的一番好意，并不出言制止柱生与妙姐儿的私下往来。

看到柱生红脸粗脖的样子，站在妙姐儿身旁的乡绅微微笑了，不笑倒好，一笑反而露出了嘴里的大金门牙，看上去一脸土气。这种趁着过年到大成都耍洋盘的乡绅，柱生从小到大见得多了，平日里只是乡下缩头缩脑的土粮户，到了过年那几天，恨不能将全部家当都穿戴在身上，头发抹了不少桂花油，油光可鉴，连苍蝇到了上面都要拄拐棍。他们身穿丝绸马褂，脚蹬圆口黑布鞋，觉得自己已经摩登得不行了，心里的骄傲感几乎爆棚，倘若还舍得花钱，雇一个青楼姑娘同游灯市，那简直不摆了，就小乡绅来说，已经达到了人生的巅峰。

能将妙姐儿从春满园迎到东大街，这位土乡绅想必是花了血本，所以他只肯让柱生欣赏一眼自己的得意金牙，马上就闭了口，一脸端庄地催促妙姐儿快走，妙姐儿抱歉地对柱生施以眼色，柱生点点头，握着两支冰糖葫芦，飞快地跑回云杏身边。

云杏绷着小脸，看也不看柱生殷勤递来的冰糖葫芦，莫名其妙地发了一通脾气："你是她的干弟弟，我又不是她的干妹妹，这种东西消受不起，你慢慢吃吧！"

柱生奇怪地看着云杏跺脚生气跑开，手里捏着冰糖葫芦，傻乎乎地站在原地，满街的花灯也好，兴高采烈的人群也好，他们到底与柱生何干？他只知道，自己刚才错失了一次机会，一次让云杏知道自己不是浪荡子，而是有担当、有想法的男子汉的机会，而这种机会，仿佛一旦错过就不会再有了。

现在时间都已过去一年多了，柱生满以为随着时光的推移，云杏会慢慢领悟他的真心，没想到他在总督衙门前对戴子厚的一句轻慢话，换来了云杏更为猛烈的回击。这回击比元宵节的不告而别更让柱生伤心，因为之前，他以为他们之间除了隔三岔五的平常斗嘴别无其他，如今却实实在在多了一个背时的戴子厚。

2

6月27日，王人文再行壮举，他把罗纶等两千四百余人签注批驳川汉、粤汉铁路借款合同的原件及公呈人全体姓名上奏，并附片自请处分。朝廷依旧不理会这位父母官的一片苦心，申谕严饬，并将他革职。

得知消息，保路同志会的同志们摩拳擦掌，几乎想要用铁拳头为王人文讨一个公平。怪得很，柱生长这么大，他向来也是认定了挥拳头比讲道理更管用，但这段时间，他却对此产生了怀疑，反复思索一个苦苦不得解的问题：你说武力厉害，那么四川人若真用拳头保路，能抵过朝廷的长枪短炮吗？而且自古便是"君要臣死，臣不得不死"，纵然像王人文总督，有着天大的委屈，背负万民景仰，朝廷要罢他的官革他的职，他还不是不得不从？

柱生带着一肚皮的问号爬上青城山，今天真奇怪，偌大的道观空空荡荡，他放下大米，找了半天，才寻到一个跛足道士，问及玉虚子怎么不在，那道士哑哑嘴说："嗨，别说玉虚子，你看今天我们这儿可找得到一个闲人？"仿佛说了这话，便将自己归到了

"闲人"队伍,自觉丢份,道士抬了抬自己的跛足,不甘心地讲:"你别以为我身子残了,就没有一颗爱国爱川的心!虽然我去不了岳府街,也是拜托师兄帮我将钱币带去捐献的!"

柱生这才晓得,玉虚子和道观的一众道士统统去保路同志会捐款了。今天无法偷学玉虚子打拳,柱生原本还巴望着能亲口问问玉虚子,他对"保路"这件事是怎么看的,是否川人只要团结一心,紧握拳头,一致对外,就能连朝廷谕旨都战胜?在柱生看来,玉虚子是一个深藏不露的人,向这样有学问的人讨主意,才不会令柱生深陷惑海。但既然连玉虚子都去岳府街了,那也许正说明了川人保路是大势所趋,亦是万民所向,不容置疑的。

既然见不到玉虚子,柱生决定早些回家。三年前,当他死活不愿再去私塾读书时,穆老板也就遂了他的心,同意他在米行帮工,并与别的伙计一样,按月支领一份薪资。看上去柱生和别的伙计没什么不同,都是拿了穆老板的饷来劳作,但他和他们又有一点差别,那就是他要自由得多,比如给城守东大街那条著名的"胭脂巷"送米,妙姐儿拉着他说东道西,柱生有时还会相陪着喝一道茶,吃两味点心才告辞;而给青城山道观送米,那更是偷偷瞅着人家玉虚子练武,就能一瞅一整天。

即使他游荡在外,别的工人也不好说长道短,毕竟,柱生是人家穆老板名义上的儿子,既是"少东家",将来他接管米行成为"东家"的可能性最大,谁敢没事去触柱生霉头啊?

柱生往山下走去时,心里闷闷的,他仿佛对现实的一切都不满意,既不满意穆老板对他若即若离的关怀,更不满意云杏对他的一片真心视而不见。青城山不知走了多少遍,柱生那双大脚板,就算闭着眼睛也能找到正确的路吧,大概因为心里堵得慌,今天偏偏就走上了岔道,而且越走越岔,拐来拐去,七转八转,竟又转上了一条人迹罕至的小路,野草丛生,将小路尽头都淹没了。

柱生正在苦恼,抬头四下辨别方向,忽然脚底一打滑,他竟顺着右边的斜坡滚了下去,连连翻滚了十几下,才被一根树桩勾住衣服。柱生刚想扯衣服,忽然"啊"的一声,发现身旁有一人。

那人看不清容颜的脸上,遍布着大大小小的伤痕、血口和草茎败叶,辫子早已半散,凌乱的花白头发上沾着泥土和鸟粪。但唯独那双牛眼,那双死死盯牢柱生的牛眼,依旧炯炯有神,威力犹存。

"小子,如果你说出我在这里,你会死得很难看。"那人一开口,沙哑的嗓音叫柱生打了个寒噤,他声音低沉,因为受伤越发无力,却裹挟着一种让柱生无法拒绝的气场和魔力。

柱生仔细朝四下看看,他推断这牛眼男人和他一样,也是不小心从上面滑跌下来,幸好被树桩挂住衣服,减少了阻力,倒是没因为滚坡而受多严重的伤。但他身上其他的伤就很难说了,左边肩膀的衣服浸出了一团血污,已成肮脏黑色,柱生往那里多瞅了两眼,他曾在福全那儿见过训练用的火枪,所以一眼就看出了牛眼肩膀上的伤是中了枪弹,说不定现在这枚弹头还卡在他肉里,令他痛不欲生呢。

察觉柱生的目光落在肩上,牛眼男人似乎不太高兴,他刚想蓄足力气多斥责他两句,林子里传来了稀稀拉拉的脚步声,并伴着呼喊声:"疤爷,疤爷!"那声音怎么说呢,柱生听到耳里,只觉如针般刺痛,初初听上去是一派懒洋洋,但那喊话里蕴藏的狡诈与阴险令柱生眉头猛然皱紧。

果然,那人顿了一顿,得意扬扬地喊道:"疤爷,您老还是乖乖出来投降的好,如果被弟兄伙逮住了,别说不给您老面子,让您老难做人!"隔了一会,那人又换了诱降的招数,直接破口大骂:"疤爷!要说你年轻时还是响当当一条好汉,宁可站着生不会睡着死的英雄,我胡二相信!看看你现在成什么样子了吧?缩头乌龟,没脸没皮,你以为你躲在乌龟壳壳里就能逃过我胡二爷的法眼啊?别做梦了老疤,你若乖乖出来,还能送你一个好死,若被我胡二逮着,保证让你晓得什么叫求生不得求死不能!"

"叛徒,这个叛徒!"牛眼男人右手握拳,紧紧攥住地上的枯草根,将那些可怜的小草连根拔起。看似怒不可遏,却牵动了伤口肌肉,痛得一阵痉挛,偏要挣扎着爬上去,和这个狗叛徒一决高下!

电光石火间,柱生牢牢地抓住牛眼男人的胳臂,他只对准牛眼说了一句话:"疤爷,留得青山在,不怕没柴烧。"说完,柱生胡乱抓了一些树叶子,洒在疤爷身上。他深深吸了一口气,小心翼翼地从缓坡下面手足并用地爬了上去。

刚好,当柱生走到自己刚才不慎跌跤的地方,就在林子里遇上了带了一队人来回巡逻的胡二。这胡二,原本听着声音就让人讨厌,没想到本人相貌长得更加讨厌!他长着一张老鼠的尖尖脸,耳朵也成倒竖三角形,光下巴上只有几根须,瘦得脱了形的身子,连站都不肯站好,站相让人倒尽胃口,他站得歪歪斜斜,一边肩膀高一边肩膀低,虽然穿的是上好的府绸裤子,却也是一边裤脚挽起，一边裤脚垂到脚背，在用长火枪对准柱生之前，先打了个大大的呵欠，一直打得眼泪鼻涕都流了出来。

胡二身后的小喽啰赶紧殷勤地递上一张草纸，胡二大咧咧地将鼻涕一擦，作为对喽啰的回报，却是当屁股给人家一脚，嘴里骂骂咧咧："去你妈的，这纸比你娘的皮肤还粗，是想割伤老子脸还是咋的？"那小喽啰马屁拍到了马蹄子上，在胡二这儿吃了瘪，为了挣表现，赶紧托起枪管，眯起一只眼，认真对准柱生这个目标，争取他积极主动的"将功补过"，给领导胡二留下良好印象。

胡二又打了个呵欠，拿袖子擦了擦嘴角涎水，吊儿郎当地朝柱生发问道："你他妈是干啥子的？敢在这儿挡老子的路。"柱生恨得牙痒痒，若不是面对着好几杆枪，承认对方火力占了上风，他才不会对这个丑人认怂！若只拼拳脚的话，他就凭这身腱子肉，恐怕一人打几个也不会吃亏。

而今眼目下，坡下那位疤爷需要忍耐，他更需要韬光养晦。所以，柱生故意装出吓得打抖的样子，身子一边抖得像筛糠，一边结结巴巴地回答："报……报告……报告大爷！小……小的……是住在……这……这里的山……民……上山……采……采……采草药的！"

"采你妈的脚！"胡二乐得发昏，又一脚踢到那倒霉喽啰的瘪屁股上，喽啰被踢了还不敢有半分怨言，故意做出很受用的样子，在泥地上摔一个狗吃屎，不忘回头转给主子一个谄媚的笑。

如果说之前，柱生只是顺着一种本能想掩护疤爷，看到这喽啰的丑陋面孔，他没由来地恶心气胀，更坚信了一点：只有丑陋的主子，才会调教出这么奴颜媚骨的喽啰！所以，这胡二绝对不会是好人！那么，对一个坏人、恶人撒谎，柱生反而是在行好事做善事呢。

既然打定了主意，柱生心情平定了很多，他心生妙计，表面按捺住神色，伪装得更加害怕，不但身子抖得像筛糠，连结巴的毛病都更严重一些，故意抖抖索索地说："大……大……爷……饶命！刚……刚……刚刚……有个……肩膀……膀……流……流血……的……的的的男人！跑……太……太快！他差……差点……把我……撞……撞飞……了！"

胡二一听，当即抓住柱生衣领，一双金鱼眼鼓凸得几乎要挣脱眼眶："快说，那个肩膀受伤的男人往哪个方向逃跑了？"柱生装出吓得只剩半条命，闭着眼睛胡乱往左边小路一指。胡二下巴一点，扬头指挥手下的虾兵蟹将："快，杂种们，给老子追！"

柱生等着这些凌乱的脚步声消失好一会了，才身手敏捷地回到刚刚跌下的缓坡底，俯身问疤爷："您没事吧？"疤爷定睛看了看柱生，百感交集地说："小伙子，你我素昧平生，就蒙你相救，我老疤倒欠了你个人情！"

柱生努力将疤爷转移到自己背上来，疤爷不但肩膀受伤，腿脚也被荆棘划得鲜血淋漓，看来是难以走动了。柱生决定背疤爷下山，但一不小心，碰上了疤爷肩膀的伤处，疤爷是条汉子，虽疼得眉头紧皱，涔涔冷汗渗出，却咬紧牙关，吭都不吭一声，只是充满歉疚地轻轻拍了拍柱生肩膀，不好意思地说："你这么好的衫子，也被我弄脏了，这颜色不知还洗不洗得脱？"

说起来，身上这夏布衫子还是云杏专门来家里量了尺寸，带回裁缝铺制好的，柱生不知道这到底是云杏的手艺，还是别的小

第三章 关圣人疤爷

裁缝做的。刚拿到新衣服时,夜里熄了灯,柱生偷偷将衫子带进蚊帐里,反反复复抚摸那缜密的针脚,一厢情愿地认为:就是云杏做的!是云杏用针和线,将一块毫无特色的布变成了漂亮的衫子,也只有云杏的手艺才会让柱生觉得这么熨帖,这么合身,这么好看!

现在,经疤爷提醒,柱生倒也认真瞅了瞅自己的衫子,他并非不心疼,但心中更多的是翻滚着豪情勇毅,想起了茶馆说书人义薄云天的故事,他偏头对疤爷说:"您老闭上眼休息一会,我这就带您下山!"

原本上下青城山,对柱生而言就像走平地一样稀松平常,特别是下山,借着惯性便能走得风快,哪里需要自己费力气?但背上多了一个壮汉,柱生才知下山不易,如果稍微快一点,脚步颠起来,抖动幅度过大,就会碰疼疤爷身上的伤口,疤爷虽然尽力忍耐,还是有一些凉丝丝的冷汗,疼得从自己脸上头上,跌落到柱生身上。柱生小心控制步速和幅度,不敢走得太快,随时用脚尖给自己"刹车",还没走到山下呢,他觉得脚尖都被地上的小石头磨破了。

幸好紧赶慢赶,终于到了山脚,柱生兜里有钱,他要了一辆车,嘱托直接拉到春满园去。车夫暧昧地看了一眼这一老一少两个男人,柱生已经脱下了自己的褂子,将疤爷兜脸包裹住了,他这时粗声嘎气地说:"看什么看?我叔叔这是喝醉了,等会到了春满园,鼻子闻到酒香,他自然就醒了!"那车夫赶紧点头哈腰说:"那是,那是,那儿除了酒香,还有满院子的姑娘香味,香喷喷呢!"遂小心驾车,不敢再多怀疑一分。

一路上，柱生紧紧靠着疤爷，他发现疤爷身子古怪，一会烫得像火炉，一会又冷得像冰窖，随着车子的颠簸，疤爷抖动得厉害，柱生心急如焚，他知道疤爷这是在发烧，而受了枪伤的人，一旦发热便会情况凶险。他现在只能暗自希望妙姐儿能帮他这个天大的忙，否则，他真不知道要将疤爷这个壮汉安置到哪里去。

疤爷昏昏沉沉，时睡时抖，柱生怕他睡着就不再醒来，隔一会儿就用胳膊肘拐拐疤爷，大声说："叔，咱们马上就到漂亮姑娘扎堆的地方了，您可千万别顾着睡大觉！"过一会儿又装出乡下傻小子的无知来问疤爷："叔，您说那春满园有二牛他们说的那么好吗？您答应带我去见识见识的，等会可千万别把侄儿撇下，自己一个人去快活哈！"车夫听柱生问得一本正经，忍不住嘿嘿笑起来，他并不知道，柱生这一会喊一句话，是为了让疤爷保持清醒，坚持神智。

柱生娘去世时，他还小，但六岁的孩子也能模模糊糊记住一些事了，记得最清楚的，就是那天为娘出殡后，好几天都水米不进的穆老板忽然来了食欲，他牵着柱生的小手，将他带进一家挺上档次的馆子，两爷子坐的还不是楼下客堂，而是二楼雅间，穆老板要了两爷子绝对吃不完的丰富菜肴，在招呼柱生吃饭时，穆老板看着孩子明亮的眼睛认真地说："柱生，你记住，一个人只要腔子里这口气不倒，他就可以行走天地间，受多少折磨苦难也不倒。但如果这口气倒了，他看上去好好的，也就成了个废物点心，一堆混世的臭肉而已！"

柱生虽小，他却牢牢地记住了：腔子里那口真气最重要，只要自己不放弃，哪管受多重的伤，总会有复原的机会。正胡思乱

第三章 关圣人疤爷

想着,听了一路稀罕笑话的车夫殷勤地报告:"少爷,春满园到了。"

3

柱生特意多给了一点车钱,待车夫千恩万谢地离开后,他扶着疤爷,转到了春满园后门。一路上石子不少,颠簸得疤爷嘴唇发白,他现在看上去虚弱不堪,无力地贴靠在柱生肩上,幸亏柱生素日喜爱舞刀弄枪,身体倍儿棒,这才能将比自己还高半个头的疤爷顺利带到春满园。

柱生拉动后门铜环,叩了几下,一个弯腰驼背的婆子来开了门,门婆子看到是柱生,一张绷得紧紧的老脸挤出了半个微笑。门婆子晓得妙姐儿真心待柱生好,柱生也一直叫妙姐儿"姐姐"的,所以,她门婆子负责当这"一婆当关,万夫莫开"的守门大将,谁都可以不放进去,唯独对柱生能行这便利。

为何门婆子要对柱生高看一眼呢?说起来,还是妙姐儿攒下的福报。

想当年,门婆子受挨天杀的不孝子和不孝媳妇虐待,身上又不知怎么染上恶疮,浑身流水流脓,恶臭难闻,被儿子媳妇赶出家门,让她自生自灭。门婆子拄了一根拐杖,气息奄奄地胡乱走着,也不知走了多久,竟糊里糊涂走到了春满园对面的街上,缩成一团,在街角抱紧膝盖坐下,连眼泪都熬干了,一心只望等死,早死早超生。

别的姑娘在青楼上看到这么一个脏婆子,身上还长着恶疮,她们恶心得呕呕直吐，娇声让青楼的打手赶紧将这讨口婆子赶走，不要让她污脏了春满园的地面。门婆子还没死，就要被那群凶神恶煞的打手拿床破席子裹了，卷到城外乱坟岗去等凶狗噬咬筋骨，撕碎她千疮百孔的老皮囊，她不甘心呵，拼着腔子里最后一口力气，喉咙发出了厉鬼的尖叫："救命，救命！"

门婆子的喊叫惊动了软轿里的妙姐儿，妙姐儿才出了堂会回来，纤纤玉指撩起帘子，问丫鬟外面在吵什么。丫鬟小红掩着鼻子报告："姑娘，不知咱们对面街上怎么来了个不知死活的老婆子，一身恶疮，比咸鱼还臭！咱们的护院正要赶她走，免得污了姑娘的眼呢。"

"慢着。"既然是春满园的头牌发了话，打手们自然只有乖乖听话，其实，他们平时都垂涎妙姐儿的美貌，但就算在一个院里住着，也很难见到妙姐儿抛头露面，现在看妙姐儿在小红的搀扶下，弱柳扶风般款款走来，这群土鳖的眼睛都直了，妙姐儿吩咐什么，都点头如捣蒜，喉咙里口水吞得咕咕响，没有半点怀疑，哪来什么反对？

妙姐儿要老鸨答应救门婆子一命，她垂着眼睫毛，声音细细的，却自有一种自矜自傲："妈妈，学佛的人常说，救人一命胜造七级浮屠，咱们就当是行个善，至于这婆子能不能活，就看她的造化了。"妙姐儿是老鸨的生财工具，她平日也小心敬着妙姐儿这棵摇钱树，既然人家提了要求，当然不好强硬驳回。于是，门婆子非常幸运地被破席子卷着，抬到了春满园的柴房里，老鸨有言在先：能死能活，看这讨口婆子自己的造化了。

在门婆子眼里，妙姐儿不但美若天仙，更心善如佛菩萨，连丫鬟小红都嫌脏嫌臭，不肯来为门婆子上药，妙姐儿便在城里的同仁堂配了上好的药膏，一天三次，不辞辛苦地为门婆子清洗伤口，搽抹药膏。门婆子感动得老泪纵横，她说今后就算是要了她这条老命，也不足以报答姑娘的大恩！妙姐儿却只是摇摇头，沉静地说大娘您说岔了，像我这样的苦命人，哪里配得上要大娘的性命？您只管好好活着，就算报答了。

在妙姐儿的精心照拂下，门婆子不但病好了，还渐渐显示出力气过人的长处来，青楼妓馆常见那些倚酒撒疯的登徒浪子，自从多了一个驼背门婆子，倒少了许多麻烦——不听话，门婆子两手如铁钳轻轻一架，管你是什么公子少爷，一股脑儿架到门外，大门一闭，任你鬼哭狼嚎也岿然不动，大门紧闭如包公黑脸，令人望而生畏。

门婆子有这手绝技，之前对她不恭不敬的打手都有三分畏惧，好在门婆子并不将他们看在眼里，视他们为空气，只一心一意对妙姐儿好，发誓要为妙姐儿效忠。

扯远了，再说这门婆子迎进了柱生和疤爷，别看她是驼背，但身形异常矫健地将后门一关，转头便对柱生低声说："我去请妙姑娘下来，这位大爷看上去伤得不轻。"

柱生暗自佩服：姜还是老的辣。

过了片刻，妙姐儿下楼来，平日素白的脸颊飞起两朵红晕，看来今晚遇上一个多金又难缠的客人，连妙姐儿这样的头牌姑娘也躲不过，多喝了几杯小酒，步态也有些微凌乱，但她视线一撞上柱生，马上就变得柔和如水，含情脉脉："柱生，这位是？"柱生稍稍有些慌张，也许面对别人，他张口就能瞎编出一大段谎话，但在妙姐儿的注视下,他却丝毫没有撒谎的力气,压低了声音,老老实实回答:"姐姐,这位大叔和我并无纠葛,是我无意间撞见的,正被歹人追杀,我认定他是好人,所以才出手相救。"

停了一停,柱生又小声补充:"是我给姐姐添麻烦了。"妙姐儿原本就醉红的脸颊更添一层深红,她赶紧安慰柱生:"你哪,瞎客气什么,姐姐就盼着你来找我,有事麻烦我,依赖我,向姐姐讨主意,这让姐姐……高兴得很。"

想了想,妙姐儿揭开疤爷包着头脸的褂子仔细瞅了瞅,回头对门婆子说:"大娘,你这门房人来人往,太显眼了,你赶紧把这位爷送到我房间去,帐子放下来,先打盆热水给他清洗伤口,再着小红到街上买药。"门婆子一一答应了,还不忘提醒妙姐儿:"得嘱咐小红别说漏嘴,她是要去买刀枪药的。"妙姐儿点点头,找出一件半新不旧的男人褂子给柱生穿上,她说今天来的是位显客,不敢怠慢,还得再去陪一响的,亲自送柱生到门口,又伸手摸了摸柱生圆滚滚的肩头,百感交集道:"弟弟,你真是长大了。"

柱生有点晕眩,他不知道那瞬间妙姐儿是不是又将他当成了自己的亲弟弟,或者只是一个羞涩清纯的青年,让她在极为痛恨的强颜欢笑卖作生涯之中,唯一能感受到的一点微渺亮光。

柱生回到米行,真奇怪,店铺里除了一个账房先生守门,大家都不知去向。账房先生看柱生一脸茫然,说了和跛脚道士相同的话:"他们都去岳府街,给保路同志会捐款去了呢。"

柱生哦了一声,也拔腿往岳府街跑,好像那所不起眼的房子,现在变成了金光万丈的宫殿,只要去朝拜就会得到希望。

越是靠近保路同志会的办公地点,柱生听到那些捐款返回的人谈笑晏晏,越有些踌躇——柱生兜里的钱,刚刚大半都付了车资,现在所余无几。再说回想此前和胡二斗智斗勇,又背了疤爷一路,汗水湿透衣裳,在车上他又不断日白扯谎,转移车夫注意力,这一想,今天真是过得太累了!累透了的柱生这才想起自己好几个时辰没有吃东西了,肚皮早就贴上了脊梁!精神一放松,肚子也不失时机地咕咕叫了两声,柱生脚下也一软,还是街边苍蝇店的小二灵醒,赶紧抽了根板凳,塞在柱生屁股底下,待柱生舒舒服服地坐下了,小二中气十足地问:"这位客官,可赏脸在鄙店打个尖?"

柱生矜持地点点头,抬头看了看天空,天色都有点麻麻黑了,明天再去保路同志会也不迟,明天还能多带一点钱来,今年春节和元宵,穆老板给工人们都包了分量不算轻的红包,柱生还存着小小一笔钱没动呢,好钢花在刀刃上,这钱捐给保路同志会,那才真叫"物尽其用,钱尽其能"!

盘算了一下自己兜里的钱,柱生点了一份尖椒回锅肉,一份萝卜连锅汤,白米饭热乎乎的,管够。点好菜,小二响亮地给厨房报上菜单,又回身恭敬地对柱生说:"客官稍坐,马上上菜!"

柱生在等待自己回锅肉端上来的时间,馆子里挤挤攘攘,又接着进来了几桌人,他们屁股还未粘上板凳,嘴里已经兴高采烈地开始讨论了:"你们是不晓得,我们家乡那个莽娃儿,才是真的爱国爱川呢!"柱生回头一看,说话的是一个三十出头的男子,一身短打扮,发辫盘在额上,可能是人太瘦,薄嘴唇几乎包不住龅牙齿,说话一激动,就朝四处打标点。

坐他桌旁的一个上了点年纪的老头就不乐意听了,冒着被唾沫洗脸的危险，凑过头来唱反调："我看不见得，我所知道的一个奇女子，那才叫真的巾帼英豪呢！你家乡那个莽娃儿见到她，恐怕也只有靠边站的份！"

男子和老头顿时杠上了，眼看就要争得不可开交，这时有个"中人"站出来，两臂伸开，手掌夸张地往下按了按："少安毋躁，你们二位所说的爱川志士，都是刚向保路同志会捐款的好人吧？"这二位争得大眼瞪小眼、乌眼鸡一般的人同时点头："逗是，逗是的！""中人"便极有权威地建议："那还不容易啊？你们二位分别讲出这两位志士英豪是如何行壮举的，由咱们这个饭馆的群众来评判，大家心里有杆秤，定能分出志士们爱国爱川的高下来，也能为这莽娃儿和奇女子排好座次，大伙说是不是啊？"

四川人最是爱闹热，平日别说茶馆饭店这种集聚人群的地方，一旦有闹热看，马上就围了一堆人，就算在街边敲个锣打个鼓，摆好了场子，也能迅速聚集起一堆好奇的围观群众。像今天这样，一听说有故事，还是摆的"故事擂台"，立马有一群人不知从哪儿蹿了出来，将门脸不大的苍蝇馆子围了个水泄不通，店老板倒豪气，来人不吃饭没关系，他还免费奉送清茶一碗，而作为本店的老板，他当然被人恭维着坐上了最佳座位。那两位对垒故事擂台的，将在正面老板的椅子上，展开一次精彩的故事讲解会。

就连厨房掌勺的大师傅也握着大勺出来了，津津有味地看闹热，柱生误打误撞，他的座位亦是极佳，所以将故事听得最为完整仔细。

第三章 关圣人疤爷

4

龅牙男人先开讲:"各位老少爷们儿,少城的叔伯兄弟,你们听我口音可能已经听出来了,我不是本地人,但住得离这儿也不远,是资州人。咱们资州啊,最近因为一个莽娃儿可大大长脸了。这个莽娃儿姓石,石头的石,可能性格也随了姓名,他脑袋也像是一块花岗石一样,斗大的字不认识一箩筐,没有半点文化,平时粗野惯了。

"为了糊口,他开了一家小茶馆,招待的人也多是贩夫走卒,石莽娃便不觉得粗野有什么不好,也只关心自己头顶簸箕大一片天,他想得很简单嘛,趁着年轻,手里努力攒点钱,刚刚订了婚,他对未来的婆娘硬是满意得不得了,但要真的将婆娘讨回家,还需要花上一大笔钱的,他虽急切,但也笃笃定定嘛,晓得订了亲的婆娘,一只脚已经踏进他石家大门了,飞不走的,所以他每天睁开眼的头等任务就是多拉两个茶客来茶馆喝茶,多一个人喝茶,他多收一分茶钱,离迎娶新娘子的距离就又近一步。

"那天,石莽娃不知怎么拉来了两个学生哥,其中一个还戴着瓶子底那么厚的眼镜呢。眼镜学生哥跨进石莽娃的茶馆,看到这儿茶客还不算少,他满意地点点头,拿手指推了推眼镜腿,也没来得及拿刚买的新茶润润口,从衣兜里拿出一张纸就念。这石莽娃起先还没听懂,不过学生哥很耐心,一遍没懂再念一遍。那天,学生哥一共念了七遍'四川保路同志会报告',直念得口干舌燥,七遍之后,端起一壶茶咕噜咕噜就喝了个底朝天。

"石莽娃听第一遍时满面茫然,听第二遍时瞪大眼睛,等他听完第七遍,眼睁睁看着学生哥牛饮般灌下一肚子茶水,他是粗人嘛,不会说漂亮话,只是直杠杠地说了一句:你的茶钱算我的,请你喝!

"学生哥刚想道声谢,却见这石莽娃的莽劲儿又犯了!只见他上一秒钟还像个正常人,平平静静地站在那儿听人家念报告,看人家猛灌茶水,这一秒钟简直就像妖魔附身,又是捶胸顿足,又是号啕大哭,把茶客们吓得不行,还以为石莽娃犯了什么癔症。

"只见他自己闹了一阵,一头扎进后院自己住的地方,呼呼砰砰一阵乱翻乱找,大家不知道他到底在找什么,又怕被他不小心打到,所以放下茶钱,赶紧纷纷走人。

"谁想到呢,这石莽娃,做事硬是莽得很啊,第二天就带着自己攒下的所有家当,一早跑到了准岳父家中,对着人家嚷嚷:'现在时事已经危急得不得了了!比火烧房子还糟糕,亡国就在眼前,我还讨啥子婆娘享啥子新郎官福呢?我要把茶馆卖掉,拿来全部报效国家!'说完这话,石莽娃一溜烟就跑掉了。倒是那岳父,年事已高,腿脚不便,拄着拐杖歪歪斜斜追到门口,他这个莽女婿早已不知去向。

"岳父拿拐撞地,恨恨地骂石莽娃长了一个石头脑袋:'你以为你岳父是那么不通情达理吗?你以为我会拦着你这个浑小子去爱国吗?'老岳父其实是想抓住石莽娃,告诉他,别卖茶馆,以后他宝贝女儿嫁过去,还要靠这个挣生计呢。他愿意资助石莽娃,让他亲自去成都岳府街,为保路运动出一份力!

"但憨人行事,岂与常人相同呢?这石莽娃行事速度之快,实在令人咋舌,他竟然连夜已经低价卖出了自己的茶馆,将搜罗在手中的毛票子都一并塞进褡裢,忙天慌地地上路了!老少爷们,父老乡亲,你们说说,你们论论,如果这石莽娃都不算爱国爱川头一份,谁排得上号?"

众人听了,纷纷点头鼓掌,四下附和:"说得是!"

中人及时站出来,又伸开双掌往下按了按,颇有权威地说:"现在有请老先生讲演。"

老头儿当仁不让,清了清嗓子,开始讲他心中巾帼英雄的故事:"我要跟大家说的,是一个名叫林素兰的奇女子。在座的乡亲,你们说不定都在戏台上看过林素兰的表演是不是?她是个川剧名伶,那扮相,那功架,那唱腔,都是这个,头一份!"老头儿激动地伸出大拇指来比画,他那架势,仿佛谁不承认这名伶"顶呱呱",他是绝对不会将故事讲下去的,非知音者,不配听故事嘛!听故事的群众灵醒得很,赶紧点头称是。

老头儿满意地继续讲道:"说起来,那也是一个苦命女子,生在一户小商人家,原本拥有一个和和美美的温馨家庭,哪个晓得六月起飞雪,数九劈惊雷哦,疼爱林素兰的父母竟然相继病故,家产又被虎视眈眈的族人霸光,那时林素兰还未成年,身如浮萍,竟然被烂了心肠的亲戚卖给乡班学戏,还起了个艺名叫海棠。

"也活该林素兰是吃这口饭的,虽说寒来暑往,她不知挨了多少打,流了多少泪,但要论及艺术成就,在一帮同门师姐妹中,林素兰因天资聪颖,扮相又美,算得上头等人物!她在川剧艺术上很快走红,集资创建'宴乐班',出了不少堂会,倒攒下了一笔不算薄的家资。

"当得知四川保路同志会成立,已经四十多岁、自叹人老珠黄、早有退出舞台之意的林素兰竟做出了一项壮举:平日大家敬她重义轻财,但想不到她会如此决绝,竟一股脑儿,将自己辛苦小半生才积攒下来的六十亩田产全部捐给了保路同志会!保路同志会收到田产红契,得知是林素兰毕生积蓄时,感动不已,连连称呼林素兰是'上流人物也'。大家看看,这位林素兰难道不是巾帼英雄,响当当的奇女子吗?"

"逗是,是奇女子!"围观群众大声高呼,声浪几乎掀翻屋顶,有一层灰簌簌落下来,柱生端起杯子,他双眼也潮湿了,为这些丝毫不顾及自己利益,全然为保路运动付出的同胞。

店老板每日迎来送往,见人颇多,此刻,他也忍不住站起来大声插嘴道:"这几日,兄弟托福小店是开在岳府街上,也听到了不少感人肺腑的故事!我就知道巴州有一位小学老师,看到报纸后,毅然决然地花了整整五天时间,步行了千里路,脚底板磨破一层皮,淌着血硬是坚持赶到成都来参加四川保路同志会。他说:'我是一个穷教书匠,没什么积蓄,但人生时艰,热血男子应当关心中国前途!'所以他哪怕留在保路同志会打打杂跑跑腿,都觉得幸福无比呢。

"就连庙里的和尚、观里的道士,他们统统都行动起来,还有一位道士在我小店歇脚时长声吆吆地感叹:'只恨我是方外人,不敢上街讲演保路,以尽国民分子之责,我愿意捐钱一千文,以为修路之一助!'"

"啊呀!硬是了不起!""咱们四川人硬是团结,有骨气!""对,誓死不当亡国奴!"大家热火朝天地积极议论着,刚刚还争得面红耳赤的龅牙男和白须老头儿已经握手言和了,他们还有点不好意思地争着夸奖对方的偶像:"老乡,你说的那个林素兰才真是头一份的英豪行为!"那位赶紧摆手:"哪里,哪里,连莽娃儿都晓得爱国救亡的道理,咱们四川保路运动,何愁不成?何愁没有前途?"

柱生静静地看着他们,内心像是升腾起了一团小小的火焰,小小的,灼得他微疼,但更多的是暖,如三春阳光般金亮金亮的煦暖。

第四章
与尔丰夜饮

1

歇了整整三天，疤爷感觉自己零打碎敲的身子骨，总算缓过了一口气。从鬼门关捡回一条命的疤爷，这才睁大牛眼，好好地打量了一下这几天自己将息养病的地方。

他睡的是春满园最好的一间房，妙姐儿好静，平日不见客人，她更愿意将自己锁在这三楼最靠里的房间内，绣绣花，弹弹琴，读读经，因为在这间房待的时间长，屋子的布局装饰，哪怕细微处，都能显出妙姐儿的匠心独具。

疤爷平躺的木床并不大，雕花栏板，上面刻的不是常见的荷花鸳鸯，也并非几分霸气的龙飞凤舞，而是简简单单一株兰花，空谷幽兰，偏生长在这肮脏之地，疤爷目光触及，当即遇冷般暗叹一口气。怕疤爷惊了风，也怕走漏消息，刚住进春满园时，妙

第四章　与尔丰夜饮

姐儿的西窗紧闭，过了一日，为让屋里浑浊的空气流通，窗推开半扇，清风徐来，那竹叶淡绿的窗纱跟着翩翩起舞，即使伤痛扯拉得冷汗频发，也带来了一缕幽幽凉意。

窗下设一小几，上面整整齐齐摆放着笔墨纸砚，疤爷注意到那并不是应景之物，或者附庸风雅的摆设，因为在小几旁还有一个竹根雕的大笔筒，作为笔筒来说，它实在太大太笨拙了，也许妙姐儿也这样想，所以不用它装笔，只盛着自己平日散心写的几个字，画的几笔画。

疤爷老老实实躺在人家姑娘床上养伤，心思却是一刻不停，他想等自己能下地了，一定去看看妙姐儿的墨宝，别看疤爷是哥老会的二当家，说起来是粗人头领，人家可是从小进过私塾开蒙，年轻时还和几位办报的朋友打得火热，从朋友那儿看过不少西洋书籍，所以他是"外粗内细"，在哥老会里，也算响当当的一号"有才"人物。

当然，天有不测风云，人有旦夕祸福，谁知道人称"关圣人"的疤爷也会被奸人出卖，弄得现在人不人鬼不鬼，还要像缩头乌龟一样躲藏在青楼名妓的房间里避难。

一想到这个，疤爷就格外激愤，浑身肌肉仿佛都随之一紧，牵扯得伤口疼痛，纱布外似乎又有新鲜血液渗出。他低低地"唉"了一声，恰好小红进来为他换药，看到疤爷眉头紧皱，似乎在和谁生天大的闷气，小丫头倒作派作势地过来将药箱重重一顿，正色劝解疤爷："爷，不是我说您，遇到天大的事也没啥过不去的坎，您看您，眼看才刚好一点点，整日又将腮帮子咬得紧紧的，嘴巴快要噘到天上去，这身体要拖到何时才能养好？"

疤爷如今寄人篱下，心思倒比平日敏感，听小红这样一说，当然想到了自己这不明不白的延宕养伤，害得人家妙姐儿不能如常接客，少了打赏红包，自然多了老鸨的牢骚抱怨。说起来，是他一个堂堂七尺大汉，害得人家素不相识的女流为难呢。疤爷忍着疼，也不去管小红拆纱布时手底没轻没重，只顾自己嘴里嘟嘟囔囔，眉头快要挽成一个深深的大结。

疤爷放软了声音，却依旧震得人耳朵嗡嗡的："小红姑娘，我知道这次给你家姑娘添了不少麻烦，现今我是逃亡负伤之身，不名一文，也不敢说什么报答的话。但是你放心，今后我一定会加倍奉还妙姑娘的房资，不让你家姑娘难做的……"小红就是小红，自小在春满园待惯了，性子活泼，犹如小米辣，说话常常不经大脑，她小嘴一张，连珠炮一般将疤爷的话头截了过去："哎呀呀啊，我说您这个人啊，把我们妙姑娘看成什么人了？再说，您欠她的只是房钱吗？妙姑娘是开客栈的吗？就算开客栈吧，这几天又是汤水又是药的，知道妙姑娘费了多少心思花了多少银子吗？您还好意思说房钱……"

"小红。"门婆子扶着妙姐儿正走到门口，妙姐儿听到小红这口无遮拦的话，又惊又气，当即红了脸孔，心中千句万言，想要掂出一言半语来管管她，却像是河里摸泥鳅，滑溜溜冷飕飕竟抓不到合适的。

门婆子最是忠心耿耿，上年龄的人心思也细密，知道小红平时没大没小惯了，妙姐儿心善，倒也不管她，今天她竟当着"贵客"讲出这一通盛气凌人的话，难怪妙姐儿气得站在原地，胸口起伏，眼含泪光。

第四章　与尔丰夜饮

门婆子赶紧出来解围，恭恭敬敬地对小红说："小红姑娘，七宝斋将你家妙姑娘上次送去修的簪子拿来了，还请你去看看手艺有没有啥纰漏，底下人才敢给钱。大家都晓得，妙姑娘也只信你的眼光。"

门婆子这席话，说得那叫滴水不漏，她既提醒了妙姐儿——说破天，疤爷就算来头再大，他也只是个外人，寒来暑往的，春满园的客人那么多，虚情假意逢场作戏，就算我一个老婆子冷眼看着都看够了，难道这个道理，你是当红的头牌还不懂？另一方面，门婆子也是给了小红一道极好的台阶——小红你莫怕，就算言语不慎说错什么话，但你毕竟是妙姐儿的贴身丫头，相处数年，你们好得像是一个人，她也晓得你是忠心护主，才会口放厥词，妙姐儿心宽仁厚，就算念及姐妹情，也不会怎么怪罪你的。

这一下，两边都平平静静了，小红对妙姐儿略行了个礼便退下去，妙姐儿脸上的神情也平复许多，她在床前的矮凳上坐下来，让门婆子到厨房熬一碗浓浓的鱼汤。疤爷虽好了一点，但还不能马虎，要小心伺候汤水，又断然不敢油腻，她对厨房那些惯于耍奸的伙计信不过，只能麻烦门大娘亲自守着了。

门婆子晓得妙姐儿是要和疤爷说说话，会意地点点头，端走了清洗血污的铜盆，临走前还小心地将房门关上。

屋里只剩两个人，妙姐儿这才叹口气，她见疤爷拥着被子半坐在床上，即使受伤流血，元气大伤，他还是一条魁梧汉子，若不是脸上有道疤，从左额直至下颚，惊人之长，他也算是相貌堂堂的俊气男人。当然，妙姐儿有着多年欢场阅人经验，她决计不会像个雏儿一般，冒冒失失将心中的惋惜和盘托出。倒是看到疤爷视线一动不动地盯着她的双足，她害羞地将三寸金莲往回缩了缩，又往下拉拉裙摆，希望能挡住他目光中的探究。

到底挡不住，疤爷还是发问了："要将天足包成这样，很疼吧？"妙姐儿脸色一白，她当然忘不了那些撕心裂肺的痛。

想当年，她也是有爹爹疼妈妈爱的，若不是遭奸人陷害，爹爹一个乡下塾师，老老实实教一帮泥猴子念《三字经》《千家文》的，怎么就吃上了官司？为了救爹爹，妈妈费尽心思，四处努力，心力交瘁，发着高烧还到处奔波，寻找援救之法，竟在走夜路时不慎滚下堰塘淹死。

妙姐儿发誓要将爹爹救出火海，那年她才10岁，自己还是个孩子，又能有什么办法？这时，一个自称母亲堂弟的人找到妙姐儿，说只要她愿意跟他到城里学艺，便会给她大大的一笔钱，有了钱，自然能买通上下，保她爹爹一线生机。事到如今，妙姐儿还能有什么办法？她不信那人说的只是简单学艺云云，但只要能救爹爹，刀山火海又有何惧？她也甘愿去闯！

还记得离乡那天，弟弟抱着妙姐儿的大腿不撒手，将鼻涕眼泪一股脑儿往她身上抹，他不让姐姐走，死也不让！那时弟弟还在换牙，缺了门牙，说话总不关风，像个大舌头，这个大舌头就这般强蛮地拖着妙姐儿，哇哇大哭说姐姐去哪儿，他也跟去哪儿！那位堂叔不耐烦地走过来，一根指头一根指头地用力扳开了弟弟的小手。妙姐儿哭得肝肠寸断，她说你别扳我弟弟的手啊，你轻点，轻点⋯⋯对方却当她是猪狗，只待这两姐弟分开，立即着人将妙姐儿双手往后一剪，拿麻绳捆了，丢进早就雇好的马车中，催车夫快走，快走！

第四章 与尔丰夜饮

妙姐儿单薄的身体像是一袋土豆,被人用力摔进车厢,脑袋"咚"地撞到车里的地板上,痛得她眼冒金星,听到堂叔急咻咻地责备对方:"让你抱她上去,没让你扔石头!她到了成都是要卖钱的,摔坏了你赔我啊?"

那时,妙姐儿虽然对未来茫然无知,却不十分惧怕。她真正的疼痛是到了成都后才开始的。进春满园第一天,买她的老鸨就当她是牲口,仔仔细细查看一番,然后扁着嘴说"亏了亏了",这"亏了",不在于妙姐儿的姿色不动人,就连故里的乡野村夫都能看出妙姐儿是个美人坯子,眼睛如刀的老鸨怎会看不出?她是怪妙姐儿长了一双天足,这才"亏了"!

原本妙姐儿在乡间也是要缠足的,但她五岁时一阵撕心裂肺的痛哭,令疼爱女儿的父亲也忍不住泪如雨下,跑进内堂,将缠足白布气哼哼地丢到院子里,这个乡村塾师忘记文雅体面,像个野蛮人一样叉腰捍卫女儿的天足权益:"不缠,我们不缠!大不了这孩子长大了嫁不出去,我养她一辈子行不行?"

父亲的愤怒呼喊犹在耳畔,但现在已换了另一重天地,老鸨花钱买下她,那她已经是老鸨的一件私人物品,人家要她方就方,让她圆就圆,她怎敢有半句违拗?于是,在10岁的"高龄",老鸨找到城里最高明的大夫,在妙姐儿跨入春满园的第一天,便折断了她八个脚趾——除去大拇指,她的双足已被酷刑折磨成一团烂肉。

她号哭,晕过去好几次,都被老鸨用冷水泼醒,老鸨一边让大夫给妙姐儿"上刑",一边恶狠狠地道:"你要好好记住,以后如果不乖乖听话,还有更多的苦头等着你来吃!这算什么,这还是为你好！将来客人都会爱你三寸金莲，腰肢摆摆，步步生香！"

那么大的痛妙姐儿都受了，忍了，捱过来了，但她却受不了半年后才辗转从乡间传来的消息：当时堂叔并未遵守承诺，他最后只舍了小小一点钱，当成妙姐儿的卖身钱，拿给妙姐儿的父亲。可怜妙姐儿的父亲身陷囹圄，还没拿到这笔钱，已被黑心狱卒折磨致死。而那个可爱的弟弟，原本是托付到亲戚家寄养，但他到了别人家昼夜啼哭，闹着要找姐姐，弄得亲戚也不厌其烦，对弟弟恶声恶气，并不十分用心照拂。这一日，弟弟看到一辆马车驶过，年幼的他以为姐姐是乘马车走的，凡是马车里都会有一个姐姐，便急慌慌地追逐而去，就此失了踪影。

得知父亲和弟弟消息的那天，妙姐儿正脚窝包着碎瓷片练习站立，她丝毫没感觉脚掌的剧痛，只觉得眼前星星飞舞，骤然入夜，晕黑之下，一口鲜血喷了出来，溅在白衫子上，开了一朵梅花。这一天妙姐儿11岁，从此她忌讳过生日，后来恩客问她生辰，她说的那个日子，是一别之后再不知去向的弟弟诞生之日。

疤爷绝对想不到自己这一好奇发问，竟引来妙姐儿这么悲苦的往事，虽然已成回忆，但那回忆依旧是裹着血泪的，伤口过去数年也不会结疤。他有点震撼，心中更是生出一种大丈夫的怜惜护佑之豪情，明知自己如今虎落平阳，却依旧道："将来，我会对妙姑娘很好很好的。"

妙姐儿抬起如水的目光轻轻看了一眼疤爷，这一看，这个铁血汉子的心也要碎成几瓣，她绝不是谴责他空口许诺，也不是嗔他欢场留情，她那定定的目光是一种相知于心的莫大信任，疤爷在这道清澈的目光中，身份莫名其妙就转变成了妙姐儿的知交、故友,而不是又一个对妙姐儿动心的男人。

妙姐儿站起身来,先舒袖揩了揩眼角残泪,然后郑重其事地对疤爷福了一福,她言语轻轻,却自有千钧重量:"我这样的人,并不敢奢望未来光景,但苟活人世间,总有两件事放心不下,一件是我寻找小弟很多年了,至今不得法,也不晓得是死是活,如果天可怜见,能让我们姐弟再相见一次,我死也甘心了。另一件事,是柱生这孩子,他看上去莽撞粗蛮,其实心思比针尖还细,什么事都藏在心头,不肯对别人言说。太细,对一个男孩子也许并不是好事……反正,我希望他今后一切都能安好吧。"

疤爷望着妙姐儿连连点头,许多年后他再回忆起当初场景,回忆起他们聊天时,春满园院子里的蝉一直在叫,假山下的溪水发出轻盈悦耳的流动之声,坐在他对面的女子,乌发如瀑,被一条素白丝带轻轻挽着,穿宽袍大袖的裙衫,有风从窗口探进时,还漏进一两缕阳光,在她脸上斑驳跳舞。她看上去静静的,那么静,连疤爷这样一个糙汉的浮躁激愤都被化解了,他恨不能就这样坐下去,坐到暮色西沉,坐到天荒地老。但为什么,这个绝色的女子,那天她口中说出的话,有一种遗言提前凋落风中的不祥味道?

2

疤爷此前虽也看看书练练大字,但并不是酸溜溜的文人,他自问半辈子经历的女人不算少了,但只有这一个妙姐儿,能让他不由自主地静下来,心生小小奢望,愿她能与他如此这般携手对望，任时光在身畔静静流淌。

妙姐儿却不能陪着疤爷坐到星月升空，要见她的客人那么多，总有应酬要忙，临走前，她尽自己所能，告诉了疤爷自己所知的关于柱生的事：父亲不明，母亲流落至东大街，抱柱而生子，所以得此名。虽然大丰米行的穆老板待他如亲子，但他自己却一直对身世耿耿于怀，为了这事，不知和街上的痞少荡子打了多少次架！

疤爷听到自己的救命小恩人竟有这般身世，倒不由地咧嘴笑了，他在哥老会担任要职，是惊天动地的"圣贤二爷"，什么样的人物没见过？就算柱生身世成谜，他也丝毫不介意。疤爷宽宏地想：在柱生出生之前发生的事，他又岂能掌控？疤爷更为看重的，是柱生在危难之中对自己的相救，当时柱生并不知自己的身份，却凭着一腔热血救了自己，这样有勇有谋有胆识义气的小兄弟，将来一定好好交往！

当妙姐儿告知疤爷柱生母亲的名字时，疤爷以为耳朵出了毛病，他再三问道："柱生的娘，真叫令狐玉娘吗？"妙姐儿点头称是，她也觉得柱生娘的姓氏太过奇特，所以柱生只说过一次，便牢牢记在心里。据说，柱生娘的先祖身上还流淌着鲜卑族的血液呢。疤爷像是牙痛般抽了口冷气，面对妙姐儿不解的目光，他慢慢摇摇手，难看地咧嘴一笑，说："没什么，没什么。"

又过了两日，疤爷设法联系到了自家拜把兄弟，那兄弟早知疤爷被哥老会宵小叛徒陷害，生死未卜，如今得知疤爷无恙，喜得当即令人送来重金，将疤爷护送接去他的家宅。疤爷不是醋酸文人，不会在临别时"执手相看泪眼，竟无语凝噎"，他将拜把兄

第四章 与尔丰夜饮

弟送来的财物统统留给妙姐儿,只说了一句:"只要姑娘不弃,我还会来的!"妙姐儿也不笑,一张粉脸上铺展开淡淡忧愁,略点了点头,对疤爷福了一福,便由小红搀着,颤颤巍巍回了自己的房间。

疤爷深深吸口气,鼻子里似乎还残留着妙姐儿香闺之中的味道,有一丝丝檀香炉的味道,一些些窗下小茉莉的清香,还有她身上所散发的天然香味。

拜把兄弟见了疤爷,说起胡二这叛徒的事,那已无须疤爷操心,帮会大哥刚得知"疤爷叛变"的消息,便知其中有诈,着人赶紧赶去疤爷处,护他周全,没想到胡二先斩后奏,已假借龙头大哥之名,将疤爷骗到山野丛林,想要来一个彻底叛变,既杀疤爷一个措手不及,又能坐实一个"死无对证"。谁想到半路杀出个程咬金,柱生救了疤爷一命。那厢,龙头大哥派人偷偷抓了胡二两个手下,还没怎么开打呢,那两个脓包就哭天喊地地争先恐后招了,他们这一招,气得龙头大哥火冒三丈,他亲自督战,和一肚子坏心肠的胡二大干了一场。

疤爷躲在春满园养伤的那些时日,龙头老大已经在外面把胡二的残兵余孽收拾得七七八八了,否则,当初柱生那么慌不择路地将疤爷带进青楼,满街的人又不全是瞎子,总有眼线看到这一幕,凭胡二那时的冲天气焰,不冲进春满园杀个血流成河才怪呢。也多亏了老大在外面打头阵,疤爷才浑然不觉地躲过了这场该死的劫难。虽然现在胡二还没抓到,但他损兵折将,已经是秋后的蚂蚱——蹦跶不了几天了!

讲完了自家帮会的窝囊事,疤爷自己都觉得无趣,想他出生入死这么多年，竟然差点栽在胡二这杂种手里！最可气的是，胡二曾是自己属下，由自己一手培植，从狗仔养到凶犬，竟有了咬主人的疯劲儿！

挥挥手，赶紧轰苍蝇般轰走这些有的没的讨厌念头，疤爷乐意换个话题："我真是'洞中一日，人间千年'，现在外面有些什么新鲜事呢？有劳兄弟摆谈摆谈，免得我消息闭塞，几近成个呆子了！"

那拜把兄弟便说："如今别说咱少城，就算咱成都、咱四川，顶顶大的一件事，就是大家自发团结起来，用实际行动支持保路同志会的工作了！"说起最近耳闻眼见的感人新闻，那拜把兄弟先是坐直身子，说到情绪激昂处，索性站立起来，以手指当鼓槌，敲击得楠木桌面梆梆响："旁的不说，咱四川同胞，不管男女老少，为了保路，不知出了多少可歌可泣的人物！倘若健全人这般还好说，哪知连看不到天的瞎子也能团结爱国，这可真让人感动坏了！疤兄你可能都听过，咱少城不是有个李瞎子吗，向来以'打道筒'为生的，他是个穷人，常常吃了上顿愁下顿，有时在茶园蹲上一天，给老少爷们唱得嗓子冒烟，还讨不到一杯热茶水的赏。但就是这李瞎子，他为了让更多川人晓得保路的重要，专门写了首新曲子，沿街弹唱，我还记得几句呢，是什么'提起笔，泪不干。同志会，为哪端？为的是铁路事儿被人占……'我听了心头酸得很，当即赏了他一个大银圆，你猜他怎么说？嘿，他摸着那银圆高兴地说：'谢谢大爷！我这就到岳府街去，能捐给同志会一点钱，尽了我爱国的一点心意，真是太高兴了！'"

疤爷听了，也深为感动，他正想说什么，外面跑进来一个跟

第四章 与尔丰夜饮

班,对着拜把兄弟就是一迭声的"不好了,不好了",拜把兄弟看手下这么没规矩,在疤爷面前丢了面子折了份儿,正想垮下脸来训斥两句,那跟班已经红头赤脸地报告了:"最新消息,朝廷已经委派了赵尔丰为四川总督,他从川边赶到成都,不日即到!"

啊呀呀,一说起"赵尔丰"这三个字,疤爷和拜把兄弟都不约而同重重拍了一记桌子,茶杯跳了几跳,终究还是跌到地下,摔了个粉碎。为什么他们这样痛恨赵尔丰呢?这说来话长。

比起"赵尔丰"这三个字更为响亮的,是"赵屠夫"这诨号。话说老赵家,赵尔丰的老子因为效忠清廷,被太平军捕杀,赵家几弟兄便沾了老子的光,也开始行走仕途,琢磨起远大前程来。赵尔丰的两个哥哥尔震、尔巽以及弟弟尔萃都早早中了进士,唯独这老三尔丰科举成绩实在太差,屡试不第后只好灰溜溜地花钱捐了个管盐务的小官,慢慢熬了起来。赵尔丰的官运实在不佳,一直熬到四十三岁,才熬上了知县的位子。

也许是多年仕途不顺,光绪二十九年(1903),当赵尔丰借锡良之势,终于升任为四川省永宁道道员,管辖泸县、富顺、隆昌、宜宾等二十五县时,他谎报这里"遍地是匪,不少匪巢",于是得到了"格杀勿论"的尚方宝剑,偌大地界,被他杀了个血流成河,渺无人影。

话说在永宁道,当时针锋相对的两大帮会,其中"龙会"便与疤爷所在的哥老会有着千丝万缕的联系。"龙会"的首领双彭兄弟也是与疤爷一张桌上喝过烈酒、吃过蹄髈、放过豪言的好汉,但因两大帮会爆发械斗,赵尔丰偏帮士绅、团保等地方高层组成的"成会",大力打压双彭兄弟领导下的"龙会",逼得双彭兄弟愤而宣布起事，对抗官兵，正好给了赵尔丰剿杀借口，他的屠夫本色也在这次所谓"剿匪"中尽显无遗。

赵尔丰一到地方，就立即打开监狱清点囚犯，"连同各屯团总送来的所谓匪徒，在他'送来不误，有名即杀'的原则下，不问是否冤曲挟嫌，即令全数屠杀示威"。不仅如此，赵尔丰还下令搜山，将所有的小沟岩洞、草垛林盘搜查得天翻地覆，不论男女老幼，抓到就杀。当地人中参加"龙会"的当然不会幸免，就是一般农民或失业青壮年，以及和团保势力稍有私仇宿怨的，团保们为了报复邀功，无不大声武气吆喝着，踢上门去逮捕人家，一串一串地送往赵尔丰行辕处决。那段时间，人头如草芥，简直是一批一批地杀，一天一天地杀，倒下的尸体堆成了山，直杀得风凄云惨，天昏地暗！

疤爷听拜把兄弟慷慨激昂地声讨了赵屠夫的残暴本色，淡淡地说："这是大家都知道的，可还有不为人知的呢。"

其实，在二十多年前，赵尔丰已经和哥老会结下了一段血海深仇。那时，哥老会在四川发展得蓬蓬勃勃，就算当地官员也要忌惮三分。赵尔丰为了能尽快升官，派探子到哥老会卧底，想要一举歼灭朝廷的这个心腹大患。应该说他的计划是成功的，因为被卧底出卖，当天参加哥老会头领会议的几位重要人物都困在房间，被火活活烧死，而凶残成性的赵尔丰还兴致勃勃地搬了一张竹椅，在不远处听火烧房屋的噼啪作响，听屋里的尖呼哀号，捻弄着下巴硬硬的须根，脸上浮现出一种诡异的微笑。

至于为何那次赵尔丰立下大功，却没有得到朝廷嘉奖，皆因他太不会做人，以为自己居功至伟，便目中无人，得罪了当时的顶头上司。别说升官，上司差点让他人头落地。他后来也耻于说起这段往事，而当事人大多在那场冲天大火中化成了白骨青烟，所以极少有人晓得这赵屠夫的"屠人册"中，还有这样血腥又卑劣的一笔。

拜把兄弟倒是第一次听疤爷聊起这件事，他听得津津有味，忽然想起什么，仰头不无好奇地问道："那疤兄又是从何处得知的呢？"

疤爷气哼哼地咬牙道："当初我原本也该参加会议的，但因有别的事绊住，没去那儿，更无法与我要好的五弟同生共死！"

拜把兄弟吃了一惊，他没想到疤爷和赵尔丰之间竟有这样的血海深仇。即使不说私仇，只论公怨，现在赵尔丰接替王人文调任四川总督，他绝对不会像王人文那般心系民众，为了传达川人呼声，丢官也在所不惜，赵屠夫将会为四川带来怎样的风云变色呢？局势无从预测，祈祷毫无作用，也许现在大家能做的，唯有更加坚毅团结，祈祷百线拧绳，百筷抱团，才可能有一线生机吧。

3

柱生没想到，福全是这般不记仇的性子，之前柱生懵头懵脑地打了人家一拳，害得一行年轻人为福全这个流血的鼻子而耽误了去望江楼的行程。今日有了好事，福全却还是头一个想到柱生，欢天喜地跑到米行铺门外喊柱生的名字。

白脸不喜欢福全，当然，白脸并非针对某人，他对一切八旗子弟都不喜欢，在白脸眼里，这些大清贵族们除了遛狗弄鸟，喝茶扯淡，屁都不懂！但他们平日就爱做出一副高高在上的样子，生怕别人不晓得他们是什么贵族，轻看了他们一眼。之前白脸去宽巷子一家兵爷宅里送米，人家当他是贼，先是不让进宽巷子，后来好说歹说，对方管家也觉得没有木头车，只靠家丁扛米实在够呛，这才"恩准"白脸进去，但进去了，又当着白脸的面说些令他折辱的话，什么"汉人就是一身酸臭，来了俩伙计，要将整条巷子都熏臭了"，气得白脸真想将大米口袋扔到他们脸上，扬长而去。

　　白脸不待见旗人，听到福全拖声吆吆地喊柱生，他走出来双脚岔开，两手撑着腰眼，昂头挺胸地对着比他高了一截儿的福全吼道："喊什么喊什么？像你这种喊法，只比喊丧好一点点，多少好运气都被喊跑了！"

　　福全吃了一惊，他毕竟是满人，对汉人的风俗习惯并不详知细察，此刻也怕碰着忌讳，伸手掩住嘴巴，将吓得吐出来的舌头又吞了回去，期期艾艾地请求："那请你帮我喊下柱生嘛，我是来找他玩的。"

　　白脸一听，这还差不多，这个满人小伙虽长得英武，但心眼不坏，没有一点趾高气扬的模样，得，他乐意跑这个腿。白脸在院里找到柱生时，柱生吊了一个沙袋，正在练习打拳呢。最近他看到了街头巷尾的人，都忙着往岳府街赶去，捐款出力，在所不惜。他攒下的钱不多，所以格外着急，觉得自己没有为国家出尽全力，这些天来他努力练拳，就是想着有朝一日，如果保路同志会有用得上他的地方，至少他身健体康，能跑腿能打杂，当个信使啥的，腿脚、耐力、眼神、拳头都比旁人好上几分。

第四章　与尔丰夜饮

柱生裸着上身过来见了福全，挨打的笑嘻嘻，打人的脸上倒有几分挂不住。柱生故意紧绷着面孔问："你来做什么？"福全凑过来拍了拍柱生结实发达的肌肉，赞道："好家伙，你比咱武备学堂的人还要拽实！"看柱生一脸不耐烦，福全仿佛害怕再挨拳头，跳后一步，邀请他道："明天我们去青羊宫拍照，你去不去？"

"拍什么照？"柱生还没听懂福全说的新鲜玩意儿。福全顿时激动，像献宝一样在胸前比画出一个匣子大小的物事，面带红光地讲道："照相机啊！咱们只在劝业场那个照相馆见过，但那个摄影师自大得很，压根不让谁多看一眼，更别说摸上一摸了！还是我命好，我二姐夫刚从法兰西带回来了一架真的照相机！从小二姐姐就最疼我，所以二姐夫才肯把照相机借给我一整天！明天我给你们拍照去。怎么样，子厚和云杏都去，你去不去？对了，正好有位尹昌衡尹大人在子厚家里做客，子厚特别尊敬他，说尹大人是难得一见的伟大人物，他说起来还算是子厚和我的学长，也是从四川武备学堂毕业的，明天我们邀尹大人也一起出去，人多热闹点。"

什么尹大人尹小人，柱生统统没听到心里去，他满心挂念的唯有云杏，想到她便心口疼，柱生忍不住暗暗轻骂了云杏一句。自从她在总督衙门外面伶牙俐齿地将自己数落了一通，他已大概知道，这辈子她的心很难再属于自己了，少女云杏望向表哥的那种眼神黏稠如蜜，让柱生发疯般难过！但天地良心，他现在责骂云杏，还不光是因为她心系他人，而是她整日这样疯跑，不知裁缝铺的老板肯不肯容忍这样一个怠工的伙计？他替云杏的生计操心，替她们母女操心，她懂得他吗？

想想就是气,不管内心有多想去,但柱生就是张不开这个口。他一张嘴,冒出的话连他自己都难堪:"不去,你们去吧!我又不是土老帽,劝业场那儿照相馆开张那日,我就已经去开过洋荤的,有什么大不了的?被那黑匣子一摄,人的魂魄都要锁进去,你们想要丢三魂七魄,就请去多多地拍照吧!"

福全条件反射般再往后退两步,柱生以为自己的话产生了莫大威力,哪晓得人家摇摇头哈哈大笑了,福全肚子都笑痛了,笑得上气不接下气地说:"啊呀呀,你这个柱生啊,就是犟脾气,害得我和子厚这下要出血喽。"

柱生听得莫名其妙,还好,大嘴巴福全从来搂不住话,他相信自己已经退到了柱生"拳长莫及"的位置,所以不介意告知他:"我们打了一个赌!云杏说你肯定不会来,我和子厚赌你会来,结果,我们二比一,输啦!"

福全说完就跑,柱生心中有一口气腾腾跃上来,但那又不完全是气愤,不是对于戴子厚他们拿自己当赌注的折辱感,而是一种奇异的空旷感,仿佛置身荒漠,四下无人,茕茕孑立,只有影子与自己常伴左右,铺天盖地的无聊情绪几乎将他生生吞没。

望着福全快乐跑远的身影,柱生竟然很嫉妒他,嫉妒福全这个心里和嘴巴从来搁不住事的家伙,竟能有戴子厚和云杏这两个好朋友,而自己呢?他明明是东大街第一个发现乞丐小姑娘云杏的人,他还曾经异想天开,想让自己的养父收养云杏,这样他就可以和那个俊俏的小姑娘一起生活一道长大了,但如今,他们却像是两条往不同方向分岔的直线,彼此越走越远,似乎以后都不再有交汇的可能。

第四章　与尔丰夜饮

黄昏的金光正在一点点地斜下来，柱生回头看了一眼天际咸蛋黄一般的落日，忽然生出一种软弱又沮丧的情绪，这情绪让他难以回去面对穆老板。穆老板目光温和却洞明得很，若是被穆老板看出自己乱七八糟的感伤和沉郁，柱生觉得这是比死还丢份儿的事。于是，他垂下脑袋，不顾福全在背后叫他的声音，拖着脚步，往前踱去，渐渐的，越走越快，近乎小跑起来。

4

柱生不知道在城里游逛了多久，其间他路过了不少熟悉的地方，比如说春满园，楼上彩灯飘飘，裙袖飞舞，除了护送疤爷那次，他还从没在夜里走进这个地方，但他晓得，这里藏着一个名叫妙姐儿的姑娘，这姑娘和白天他所见到的"妙姐姐"是一个人，但又不是一个人。白天的妙姐儿柔弱、苍白、感花溅泪，夜里的妙姐儿却不得不做一个长袖善舞、秋波暗送的迷人头牌。柱生并非不想见识妙姐儿的炫目闪光，他惧怕这样的"妙姐姐"会混淆他心中的纯粹感觉。

柱生还路过了望江楼，他走在锦江江畔，流水一下一下击打石头，发出亘古不变的声响，这声响反而令柱生更加寂寞了，他想到了那个空有诗书才情却一生未嫁的女诗人薛涛，爱过不该爱的男子，还被数个朝代之后的另一位女子不喜。

柱生路过了岳府街，保路同志会的办公地日夜都有人进进出出，人们从四面八方涌来，就是为了捐一份款，出一份力。

当柱生游逛到腹如鼓鸣时，他再也走不动了，前面是一家家常小店积香居,那儿的香辣肘子是特色菜,常常需要预定才吃得到。今晚不知怎么了,连往日生意如此火爆的积香居也只坐着两桌人,柱生实在没力气再往前面走了,他进去一屁股坐在板凳上,招呼伙计:"上茶。"

唉,人一旦不顺,大概喝凉水都会塞牙缝。柱生这晚遇到的伙计大概是新来的吧,他听到客人叫喊了,非但不动,还拼命给柱生使眼色。一个男人冲另一个男人挤眉弄眼的感觉很奇怪,柱生被这眼色刺激得毛骨悚然,他刚想斥责这伙计两句,旁桌走来一个彪形大汉,脸上密密麻麻全是白麻子,一发声,柱生便晓得这人是会家子,功力深厚非常:"哪来的小子?滚出去。"

柱生实在是疲惫饥饿,没有力气再"滚出去"了,他索性赖皮赖脸地往桌上一趴,像张狗皮膏药一样瘫在上面,反正,爱咋咋的,今儿说破天也要吃到香辣肘子,皇帝老儿来请也不动弹了。

看柱生这样耍赖皮,白麻子怒了,眼看就要气沉丹田过来拖人,听得耳旁一个低沉的声音响起:"算了,这小兄弟既然这么想吃肘子,就让他留下吧。"

说话间,这人还端着酒杯,绕到了柱生桌子前,一张脸看似刀刻斧削,但又不是柱生平日所见的生意人。那些穿陕走藏的生意人,他们看上去总是比实际年龄更老,就算不像贩夫走卒那般"尘满面,鬓如霜",不像农人那般"面带菜色",但多年来生意场上的尔虞我诈都隐刻在一条条皱纹之中,如果他们一旦静默下来,眼神不再灵转,嘴角无力下撇,便有了一副呆滞相。

来人却不同,他即使顶着一张饱经风霜的脸,花白头发上扣一顶黑缎小帽,右手拇指戴一个看上去旧旧的玉扳指,但从浑浊

第四章　与尔丰夜饮

眼球中迸射出的眼神是格外犀利的，像是两道闪电，直直射进柱生心房，容不得他拒绝，来人已经在柱生对面空位子上坐下了。

来人刚落座，刚刚还盛气凌人的白麻子赶紧送上一副干净碗筷，恭恭敬敬地退到背后。来人淡淡吩咐："你们都在外面守着吧，今天遇到小兄弟也是有缘，我想和他喝上两杯。"

正好，何以解忧？唯有杜康。

瞬间，几位贴身随从都退到门外，积香居中只剩柱生和来人。他倒无惧，抬腕先给对方倒了一杯酒，问道："老人家，怎么称呼呢？"

"就叫我赵伯吧，小兄弟你呢？"

柱生咧嘴笑了，玩世不恭的神情浮上脸庞："我啊，街上的人送我一个诨名：混世魔王。"

"是吗？"那位自称赵伯的老人也笑了，他说真巧啊，我也有个诨名，说出来更不好听。

越是这样，柱生越来了兴趣，他缠着要赵伯讲，赵伯眯着眼呵呵笑，忽然干净利落地收住笑，目光中浸出一层寒意。柱生见这寒意一点点蔓延过来，反而不惧，硬挺着脖子，迎接赵伯的注视。"好小子！"赵伯叹道，端起酒杯，轻轻抿了一口，他像是要吐露一个天大的秘密，将头探过去一点。柱生得了启发，也将脑袋伸长，两人的额头几乎都要触到一起了，眼睛对着眼睛，眨也不眨，赵伯轻轻吐出两个字："屠夫。"

哈哈哈哈哈哈哈。这下换柱生大笑了，实在太好笑了，他笑得眼泪都快流出来了，手掌不断拍击桌面，边笑边说："赵伯，你看上去不像是杀猪宰羊的啊，要说屠夫吧，骡马市就有一个，那

101

人是个大胖子,姓黄,至少有两百多斤,走起路来像是打夯,地面都会一颤一颤的。他的绝活是杀狗,别看那些恶犬叫得再厉害,扑腾到人身上,能一口咬下人整个鼻子来,但只要看到黄胖子,比老鼠看到猫王还要恐惧三分,先自吓软了腰,吓折了腿,吓得脑袋发蒙,不由自主跪下来,有些狗还会涕泪横流,嘴里发出呜呜之声,像是哀求黄胖子手下留情呢。赵伯你不行,你身上没有黄胖子那种气势。"

"哦,你说我没有气势。"赵伯莫名其妙地跟着笑起来,笑声惊动了门外的随从,白麻子探过头来,狠狠瞪了柱生一眼,但赵伯盯着,他也不敢造次,赶紧低头退到店门外招牌的阴影之下,背转身,以沉默责备柱生的轻狂。

赵伯捻了捻胡子,点头道:"小兄弟,也许你说得对,和你认识的这个黄屠夫比起来,我是少了一点气势,所以啊,最近才常常发愁,觉得自己压不住场子。"

赵伯这般襟怀坦白,倒让柱生不好意思了,他怪自己年轻不懂事,怎能调侃一个看上去德高望重的老人呢?于是正色道:"赵伯,我从小生在少城,长在成都,但这将近二十年,还没见哪个夏天像今年这么让人不安。你看来是做大事的人,我倒想请教一下赵伯,对如今四川的保路一事怎么看呢?"

赵伯眼里精光一闪,白麻子心有灵犀,刚想跃进店堂,却又被赵伯手一挥,挥退下去。赵伯对着柱生,心情既复杂又简单,复杂在他如今身负朝廷重任,上要对得起朝廷,下要镇得住百姓,其中的情故,如何对一个单纯小子一一讲清?至于简单,那是一种说不出道不明的感觉,赵伯自问自己不算心慈手软酸文假醋之辈,他向来信奉铁血政策,但为何今日面对这陌生小子,心中竟有一种牵扯不断的柔情,让他做出有失身份体面之事呢?先是主动和柱生拼桌,继而半真半假将别人骂他的浑名和盘托出。这般自黑自嘲,在他的生涯之中倒是极为稀罕的事了。

望见柱生热切期盼的眼睛,赵伯倒也不再回避,遂侃侃而谈:"川汉铁路从'官办'改革为'商办'的这几年时间,有眼睛的人都不难看出其中存在大量弊端,比如当初雄心壮志,扬言要筹资五千万两,但实际上筹到的款项远远不达预期,且还有数百万银两遭到了层层贪污。朝廷也是深察民意,深体民难,多方调查,才认定了商办铁路这条路实在走不通啊,资金、技术都不合要求,又能有什么办法?所以将路权国有化,成了现在唯一的解救良方。"

柱生将酒壶重重一顿,几滴酒洒在外面,他也不管不顾,气鼓鼓地直嚷:"倘若朝廷真这样体恤民意,为什么又要让洋人插手咱们川人的路权?为何又将铁路公司投资橡胶股票的几百万两亏空算到咱四川民众身上?让无辜百姓压弯了腰,压驼了背,一道来补这天大的窟窿?"

白麻子已经冲了进来,想要将微醺的柱生拉下去,赵伯却再次摆摆手,他亲自扶着柱生的肩,让他平静坐下,说来奇怪,当他掌心贴着柱生的肩膀时,一阵说不清道不明的暖流直涌心头,几乎令他鼻腔一酸。

赵伯待柱生摇摇晃晃地坐下,才接着讲:"朝廷也有很多为难之处,数千万银两的路款,现在就算四川人都砸锅卖铁,也凑不起来啊,既然民穷财尽,当然只能另想他法,和洋人签订修路协约，这也有很多不得已……"

"废话！卖国就是不对！让我们川人当卖国奴，我死也不干……"

柱生越说声音越高，人却越来越低，最后一声，是从桌子下方传来的，他已经彻底瘫倒在桌下了。

白麻子走近赵伯，轻语请示："大人，天色已晚，我们该回去了。"赵伯嗯一声，嘱咐白麻子："将这个年轻人扶起来，多给老板一点赏钱，让老板留他在店里醒酒，切不可赶他出去。"

白麻子一一照办，他心中不是没有疑窦的，跟随赵大人多年，他已经习惯于大人的冷酷无情，今晚的反常倒像是换了一个人，让白麻子都是丈二和尚摸不着头脑。

其实，赵大人何尝又能明了自己的心思呢？现在四川就像一个烫手山芋，他从王人文手中接下这个烂摊子，未来何去何从？唯有天晓得。他刚到成都，今晚微服出游，原本只是心中烦闷，想要喝上两杯稍解忧愁，没想到竟遇到一个直心直肠的小伙子，畅所欲言，言无不尽，证实了他将要面对的问题十分棘手，这让他对如今的川内局势更加忧心了——他为官伊始，便牢牢记得那句至理名言：民为水，水能载舟，亦能覆舟。

第五章 热血沸会场

1

柱生醉酒，呼呼大睡，直到天亮方醒，他晃晃悠悠地回家，冷不防穆老板起得这么早，已经稳坐店堂，手边放一杯悠悠清香的花茶，眼皮耷拉着，见柱生进来，只略抬了抬视线，仿佛对他的满身酒气视而不见。

柱生羞愧地低头往内屋走，他的衫子弄脏了，酒臭扑鼻，要赶紧打水洗洗。

白脸正蹲在井边洗脸，看到柱生，哎呀呀一声，噌地站起，阵势不小，白白弄翻了一盆洗脸水。白脸也许想要弥补，动作颇大，声音反而压得低低："你昨晚到哪儿去了啊？老板等了你一宿，不肯回屋去睡觉呢。"

心底什么东西一惊，又一松落，明知愧对养父，柱生偏偏要逼自己硬起心肠想：随便吧，反正您早看我不顺眼，觉得我莽撞、不驯，做事缺章法少头脑，反正也不是您的亲生儿子，何必再为这样不成器的我来白白操这份闲心？

回屋前柱生想要到粥铺打一份穆老板喜爱的白粥，再配上热腾腾的油条油饼，父子共食，既是为昨晚的事道歉，又添一分寻常人家的亲情暖意。但他现在偏不！柱生将白脸挤到一边去，自顾自掬水洗了把脸，手指头蘸青盐，胡乱刷了刷牙齿，回房换了件衣服便出门了。

柱生在路上漫无目的地走，现在他心里翻来覆去的，竟然是一个怪异念头：他觉得自己如同婴孩，因为"不知事"，不知在这般宏大局势中如何爱川报国，七尺男儿，反倒处处显得孱弱，只能像婴孩一般胡乱蹬着手脚啼哭，发泄他的委屈无助。

柱生沿街慢慢走了一会，他终于在乱糟糟的思绪中牵出一个线头来：对，去找玉虚子道士，虽然这几年他和玉虚子的交往多半是单向的，他偷看人家打拳耍剑，两人很少面对面说什么，但在柱生心里，他早就将玉虚子当作自己的师傅了。玉虚子是长辈般的存在，上次柱生就想去青城山请玉虚子指点一下迷津，这才阴差阳错救了疤爷一命。

有了目标，柱生的脚步坚实有力多了，他大踏步往前走，还没走出两道街，就被几个青皮小伙堵到墙角。他们急急躁躁地问："你是穆柱生吗？"柱生迅速打量对方，在心中权衡一番，认为这几人就算一起上，他也未必没有优势。

但对方领头的一看柱生没有否认自己的身份，立即喜不自胜，抓耳挠腮道："可找到你了！你这小子！"柱生迷惑不解，那臂上

第五章 热血沸会场

刺青的小头领已在柱生肩窝不轻不重地打了一拳,好像两人是相识多年不慎遗失的兄弟。

看那刺青小子绝无恶意,柱生也由得他稀里糊涂地将自己的肩膀搂住,亲亲热热地招呼后面那些愣头傻喽啰:"快点快点,疤爷让咱们找柱生大哥,咱们找了一晚上,总算不辱使命!"

一听是"疤爷召见",柱生紧绷的神经马上放松了,这个名字让他感到异常亲切,虽然与疤爷只有那么一次相遇,却令柱生感到隐隐的自豪和激动。在和刺青小子同行的路上,柱生很庆幸自己遇上了一个饶舌又多话的人,他几乎是给柱生上了一堂关于哥老会的知识普及课:

"你晓得咱们的哥老会,就是成都袍哥人家所在的帮会嘛,有哪些信条呢?看你长得不错,一脸聪明相,但未必就晓得哦,对啦,兄弟我先自我介绍一下,鄙人叫黄鳝……哎哎哎,你这人别笑啊,叫黄鳝有啥好笑的?真是少见多怪,我看谁取名叫泥鳅才该被人笑呢。好吧,让黄鳝小爷接着给你说,咱们哥老会的信条是有'五伦'和'八德'的,哪五伦呢?自然是君臣、父子、兄弟、夫妇、朋友;八德是有孝、悌、忠、信、礼、义、廉、耻。我晓得你接下来就想问咱联络的聚点,这个可是咱帮会的秘密,一般人都不告诉他的!不过,你是疤爷的贵客,我说了也无妨,说不定疤爷一高兴,还会大大赏赐我呢。这聚点啊,最初叫'山头''香堂',随着咱们人强马壮,发展喜人,会众日益增多,才由山头、香堂改为'码头',码头要分五个堂口:仁、义、礼、智、信。"

黄鳝一口气讲了这么长一段,可把他累坏了,但是能在柱生面前显摆显摆，他又显得异常高兴，仿佛害怕柱生丢了兴致，黄鳝赶紧讲下去："现在我跟你说排位，这个要专心听哈，弄错位子，可是要挨板子的！咱哥老会每一个堂口的组成分子分为十排：头排首脑人物称为'大爷'，当然又叫'舵把子'，大爷如行船掌舵之人，顶顶重要嘛。大爷中除了'龙头大爷'或'坐堂大爷'之外，还有专司赏罚的'执法大爷'，另外还有些不管事的'闲大爷'。比如咱帮会，就有两个屁事都不管的'闲大爷'，这次疤爷出事，小的们找来找去寻不着人，只找到这些'闲大爷'讨主意，你猜怎么着？唉，闲人就是闲人，云山雾罩说了一大通，让他调个兵遣个将，一概两眼一翻，双手一摊，没得，啥都没得！

"算了不说他们了，咱们赶紧接着说第二排吧，二排的位置其实是非常重要的，是一个人，称为'圣贤二爷'，这是大家推举出来的人，需要正直、重义守信才能担当此位哦，隐喻为桃园结义的'关圣人'，咱们疤爷便是这样的圣贤人物。

"三排中有一位'当家三爷'，专管内部人事和财务收支，尤其在开香堂时，负责安排规划各类事务，这是一个全码头的重心人物。

"五排称'管事五爷'，分'内管事''红旗管事''帮办管事''闲管事'。'内管事'即'黑旗管事'，必须熟悉袍哥中的规模礼节、江湖术语，办会时，由他掌管礼仪，唱名排坐和传达舵把子的吩咐。'红旗管事'专管外交，负责接待三山五岳，南北哥弟，在联络交往中，要做到来有接、去有送，任务相当复杂。

"所以咱袍哥中有两句流行语：'内事不明问当家，外事不明问管事。'这次疤爷就是被原来的'外管事'阴了一刀，也就是五

第五章 热血沸会场

爷胡二那狗杂种给陷害的,他伙同外面的杂种,想要害我们疤爷,良心坏得黑乎乎,狗都不屑吃的货!哼,幸好咱龙头老大机敏,哪能让奸人得逞?

"接着再给你讲吧,五排以下,还有六排的'巡风六爷',在开设香堂时,他便专司放哨巡风,侦查官府动静,担负通风报信的专责。八排九排的人,平时专给码头上各位兄弟跑腿办杂事,一到开设香堂的会期,他们最为忙碌,听从当家三爷的支配提调,全码头就靠这些人跑上跑下。十排又称'老幺',老幺还要分'大老幺''小老幺'……从一排起到十排止,总称为'一条龙'。这下你明白了吗?

"什么?你问我为啥袍哥人家不设'四排'和'七排'?这你又算问对人了,这里面还有一段真事儿呢,话说康熙年间,郑成功派部将陈近南在四川雅州开山立堂时,有那狗日的四排方良宾背盟叛约,暗向建昌镇告密,镇台马赓庚率兵围捕,陈近南改装逃走。后来又有胡四、李七背弃盟约,密告官府,出卖弟兄,被本山头派人暗中诛杀。他们这种叛变行为,一直为袍哥所不容,从此便没有人操四排和七排啦!"

柱生还想问什么,但"堂口"到了,他适时闭了嘴巴。

这是设在枣子巷中间的一处四合院,进得门来,才觉内里大有乾坤,守卫的两个黑衣小伙看上去寡言精干,却默默长着一身好肌肉,看来武艺不低。既是疤爷贵客,柱生自然被人恭恭敬敬地请到厢房,敬上当年的新茶,他学着大佬派头喝一口,却听一个待在屋里的小伙向黄鳝报告:"疤爷去青城山会道士了,让我们好好款待柱生小爷,他稍后就回来。"

青城，道士？柱生正端起二郎腿，直起腰板儿饮茶，学派头不成，一口茶喷出来，呛得咳喘连连，真个脸红脖子粗。

2

不错，此刻疤爷和玉虚子正坐在道观一棵大榕树下对坐喝茶。别离太久，反而不知从何说起，这对曾经出生入死的兄弟静默地举杯饮茶，内心千言万语，情绪起起伏伏。

还是疤爷先开了口，他毕竟是江湖人，向来喜爱单刀直入："贤弟，这么多年，我着人到处找你，谁会知道你一直没离开成都，就生活在我眼皮底下！"玉虚子虽是道人，但他并非修炼成仙，七情六欲都在，还记得多年前疤哥为了救他，被人迎面砍了一刀，原本英俊的面容就此毁掉，变得狰狞可怖，这份恩情，一辈子也难以偿清。

疤爷见玉虚子眼神痛楚，知他又忆起血色往事，自己两眼不免也有些发潮，顿了一顿，平顺了语气，才接着说："我被胡二那奸贼陷害那天，就是听人说起你可能在青城道观，所以受伤后在山里乱找一气，想要向你求救。哪知迷了路，还跌伤腿，差点命丧黄泉。"玉虚子问及疤爷受伤时间，仔细想想，他说那天不光是自己，道观的道士们差不多都去了岳府街，他们去给保路同志会捐款，虽是方外之人，也想奉献出自己微薄的爱国之情。

讲到这儿，疤爷令人意外地突兀插嘴："贤弟，这么多年了，你还没放下玉娘吗？"

这话若旁人听了，只觉古怪，但对当事人而言，却如饱蘸毒汁的利箭，一下子戳痛玉虚子的心，他眉头紧蹙，回顾往事，历历在目，唯独伊人不在。

想当初，他与俞樵、疤爷同日加入哥老会，在祖师爷面前持香跪拜，朗声许下"兄弟同心，其利断金，但愿同年同月同日死"的豪迈誓言，他相信他们三人的兄弟之情一定会天长地久，哪晓得俞樵是那般短命的人。

俞樵短命，但并不薄命，否则，他就不会将令狐玉娘这个聪慧美丽的女子娶进家门了，这也是令玉虚子痛不欲生却又难以说出口的旧伤。其实是他更早认识玉娘，一见倾心，却迟迟不敢表白，倒被读过几年书口齿伶俐的俞樵抢了先机。俞樵娶玉娘过门，玉虚子背着人醉了一场，哭了一回，自我安慰道：男儿在世，当不为儿女情长所困。

话虽如此，可人的情感也许并不能完全受理智支配，每当他看到俞樵和玉娘夫妻和美，郎才女貌，如一对璧人，内心还是酸楚苦涩，更觉自己形只影单。

三人命运的转折点在于一次被叛徒出卖的聚会。房屋被大火包围，俞樵将求生的机会让给了玉虚子，自己却葬身火海。

玉虚子痛感自己是柄不祥之刃，害得一个结拜兄弟因他毁容，另一个兄弟为他牺牲，今生就此欠下了兄弟俞樵一条命。他想要找到玉娘好好偿还，自然，他不敢奢望自己能和玉娘有夫妻缘分，他只求能远远地照顾玉娘，为她做牛做马也在所不惜，只要能让她过得稍微幸福一点，快乐一点。

玉娘却连这样的机会都不给他，俞樵下葬的当晚，她像是一滴露水，彻底消失于黑夜。

疤爷打断了玉虚子痛苦的追思："我知道你喜欢玉娘，否则，也不会现在道名都嵌入一个'玉'字，不过这段时间，机缘巧合，我竟又听到关于玉娘的一些事，更巧的是，这次涉险，还被玉娘的儿子所救。"

玉虚子毫不惊奇，淡淡道："疤哥说的是柱生吧？不错，他是玉娘的儿子，他悟性极高，这几年看我练武，自己回去勤学苦练，已经学到不少真本事，是个聪明孩子。"疤爷点点头，热切地问道："他是咱们兄弟俞樵的遗腹子吗？"

玉虚子摇摇头："据我所知，玉娘当初忽然离乡，是为了身入虎穴，到仇人身边去伺机报仇，柱生也是在她离开赵府近一年之后生下的孩子。"

"那么……"疤爷不敢想了，虽与柱生只有一面之缘，他却真心喜欢这个孩子，柱生的仗义和侠情更是让他刮目相看。玉虚子端起茶杯来吹了吹浮沫，轻轻道："柱生是谁的儿子不重要，对我而言，他只是玉娘唯一的儿子。"

良久，疤爷顿首，复又抬起一双牛眼，用力点点头。

疤爷离开道观，回到枣子巷的四合院，柱生已在这里等候多时了，疤爷看到这个年轻人便心生欢喜。不错，柱生虽生得结实魁梧，但眉眼之间依旧能看出玉娘的秀雅端庄。

疤爷动了真情，他奔过去一个熊抱，将柱生紧紧搂进怀里，蒲扇般的大手在柱生后背连连拍打："好小子，好小子！"疤爷轻易不动情，一旦如此，便难以自抑，当下提议："柱生，你给我当义子吧，以后，有义父一碗饭吃，绝不会让你喝半碗粥！"

如是，柱生拜了"关圣人"疤爷为义父，最得意的要数那个从街头领柱生回堂口的黄鳝了,他见人就说:"是哪个有眼光的将柱生小爷带进来?是我黄鳝!"

柱生也很激动,这么多年,他生命中仿佛有一位父亲,仿佛又没有,现在有义气冲天的疤爷照拂,柱生内心犹如暖春,阳光融融,花香四溢。但在这极喜之中,仿佛又有一些惶然,他想自己这就算加入哥老会了吗?有人说哥老会里面尽是流氓,一朝踏进永无折返,他这就正式走入江湖路了吗?

其实是柱生想多了,收义子的仪式一结束,疤爷就催着柱生赶快回家。柱生有几分茫然:"您老不吩咐什么事让我去做吗?"疤爷拍了拍柱生的肩,语重心长道:"暂时没啥子事让你做的,你回家后别惹你爹生气,好好过日子,反正咱们会里兄弟都晓得你是我义子,以后暗里会好好照顾你,你安生学好,就是义父吩咐你来担负的重任了!"

柱生晕晕乎乎地离开枣子巷,他在东大街的街头上忽然转了个方向,朝着云杏家走去。其实这个时间,云杏定然是在裁缝铺里忙活,他也不知道怎么就被双脚带着,走进了云杏家低矮的偏屋。

瞎子娘眼盲心不盲,她侧头微微一听,便将一双无神的眼转向了柱生,问道:"是柱生吧?你很久都没来家玩了。"柱生眼睛一热,小时候,他是个公认的调皮孩子,不是掀了东家的瓦,就是揭了西屋的锅,邻居们无可奈何,齐齐送他一个诨号:混世魔王。云杏的瞎子娘对这个小小年纪便没有娘的孩子十分不错,家里好不容易蒸点黄米糕,做点新麦面馍馍,看到柱生打街上跑过,都要把他喊进屋子来尝个新鲜。

在柱生的记忆中，瞎子娘还为自己补过鞋，将他后跟踩塌的布鞋拿到膝上来，一针一线细细地缝，边缝边唠叨："你娘在那边，看到你这样造孽，要不安心的啊。"那时柱生年龄小，无法体会瞎子娘说这话时的辛酸和怜爱，现在他长大懂事了，越发觉得这大娘心善，对他实打实的好，他也想对瞎子娘好，无奈云杏现在也大了，和他不是隔着窗户纸，倒像是隔了山峦，隔了云端！让他面对瞎子娘也束手束脚起来。

瞎子娘眼睛看不见，不知道柱生这一会儿工夫，思绪已经跑过了万水千山。她摸索过一只手来，拉住柱生就叨念："今年大娘不知道怎么了，从过完年开始，心里就慌得很，总觉得哪里不对头，柱生啊，我虽看不见，耳朵还灵光，听得到这街面上不太平，一会儿有人演讲，一会儿又是噼噼扑扑的跑动声，闹得我这心头啊，像是住了一窝小兔子，一天都不得安宁。我家云杏不容易，为了养这个家，为了照顾我这个瞎眼婆子，每天早出晚归的，她回来稍微晚一点，我就担心得不得了，生怕她又出了什么歹事体。柱生，你和云杏从小一起长大，以后，你帮大娘看着她点，得空多照顾照顾她，好吗？"

瞎子娘这席话，快将柱生眼泪说下来了。是他柱生不愿照顾云杏吗？是他和云杏生分吗？但他不想让成天提心吊胆的瞎子娘更担心，于是换了平稳口气，拍着胸脯含笑保证："大娘，那是自然，我和云杏，谁跟谁啊？"顿了顿，柱生还是感觉心情拥塞难受，瞎子娘屋里熬煮的糨糊酸臭味也直抵脑门，闷得他发晕，他遂提出："大娘，我去云杏屋里坐坐好吗？"

这念头来得鬼使神差，以前小时候无妨，他俩随便串门，穆老板的米行，云杏也是自由出入，但现在毕竟人大了，男女有别，一个大小伙子要去人家姑娘闺房闲坐，仿佛说出去并不那么体面。幸好云杏不在家，瞎子娘瞅不到柱生忽然变红失悔万分的脸颊，她热情地回答："去啊，这孩子，有什么不行的呢？"

云杏闺房只有几样简陋的家具，但收拾得整整洁洁，一尘不染，柱生终于知道自己为什么来这里了——他的好奇，在云杏充当梳妆台的小木桌上找到了答案。桌上有两张小小的照片，一张是笑靥如花的云杏的单人照，另一张可让柱生气得快要爆炸了：一个好好的大姑娘，怎么可以和戴子厚这种少爷并肩而立，拍下合照呢？这还成什么体统？

柱生自己都理不清自己的头绪，他将自己的这一切愤怒、失控、暴躁都归结为云杏的不够持重，但偏偏忘记拷问自己的心，是否只因"理教"而非"情感"才恼怒至此？盛怒彻底摧毁了理智，柱生想都没想，抬起手就将云杏和戴子厚的合照撕成了碎片，随手一扬，碎片飞得满地都是。

他手指已经夹住了云杏的单人照，照片上的她，笑得无忧无虑，小小的梨涡仿佛一粒米，嵌在云杏左腮上，为她增添了无数妩媚。他忽然就下不去手了，怎么可以由他来毁掉云杏的微笑？

柱生将云杏的照片揣在怀里，急急往外跑去，撞翻了瞎子娘手中的木碗，碗里是她倒的半碗温热的蜂蜜水，那是家里能拿得出来的最好的待客贵物。

3

1911 年 8 月 23 日，一早就有人通知穆老板去岳府街，说要召开紧急股东大会，有重要事体宣布，穆老板前脚刚走，后脚白脸等伙计就坐不住了，他们七嘴八舌议论纷纷，在大丰米行这么久，还从没见过穆老板神情凝重得像今天这样，不知这日怪世道，又要出什么幺蛾子？

"出什么事？顶不过是咱们四川这保路同志会太过齐心，朝廷看不下去，要使出雷霆手段来整治整治了。"最有学问的账房先生捻着山羊胡子说道。一个年纪最轻的工人懵懂地摇摇头："不得哦，俗话都说'人心齐，泰山移'，人心齐难道不是好事吗？怎么反而还惹祸不成？"账房先生闭眼叹口气，仿佛不想再和这群糊涂脑袋继续缠磨下去："你们这些碎娃娃懂些啥？保路同志会闹这么大，看上去大有和朝廷对着干的意思，自古以来，君君臣臣的尊卑秩序是不能破的，现在民不听话，必惹官怒，我只担心……"

账房先生将他的隐忧吞下肚去，柱生却听懂了被活活截掉的半句话：只担心穆老板作为重要股东，先是积极购买股票，带动了东大街上一帮老板都跟着他当股东，后又捐助重金，只怕朝廷怪罪，穆老板首当其冲啊。虽说瘦削如柴棒的账房先生这番担忧，大抵不过是"皮之不存毛将焉附"的连坐式惋叹，但他跟随穆老板多年，也真正将大丰米行当作自己的半个家，将穆老板当成自己的半个家人，难免为这行色匆匆去开股东大会的穆老板捏了一手冷汗。

穆老板此刻身在川汉铁路总公司，股东们在到来前各有猜测，但现在亲耳听到朝廷两道上谕，顿时会场大乱，如冷水滴入沸油锅，巨石激起千层浪。

朝廷铁面如阎王，强令立即接收川汉铁路公司现款；朝廷还一意孤行地认为四川将"保路"这场戏闹得这么大，是有"乱党"所为。否则，你看朝廷刚颁布将路权变为姓"国"时，首先跳起来的不是四川人，而是同样爱吃辣椒的湖南人，早在五月份，人家长沙已经举行了万人群众集会，声势浩荡不？这还不算浩荡的话，接下来人家又举行了长沙至株洲的万余铁路工人大示威，还号召商人罢市，学生罢课，拒交租税以示不满，严重抗议！那种"全民动员"，波及社会各界，引得全国震惊。

但长沙那场保路运动闹得快，火焰灭得也很快，看上去乱纷纷，其实并没引起多大的骚乱。四川却不是这种概念，保路同志会如同一块磁石，引得川人纷纷捐款出力，全川一心，令人振奋鼓舞，但更令朝廷忌惮，连"乱党"这样的话也抛出来了，这不是明逼着人反吗？

乱党？此称谓一出，可谓是重达千钧，哪个钢铁脑袋能顶得下这种大帽子？

此谕刚传达清爽，会场静了一瞬，这是反常的静。气氛之静，反而像是在衬托接下来的"乱"，寂静之中，能听到几百人小心翼翼的心跳和被压抑的呼吸。这样的静稍纵即逝，很快会场大乱，哭声震天，骂声一片，有人在高喊"四川今后将往何处去？"还有人捶胸顿足如丧考妣，更有激愤者已经跳上台桌开始了即兴讲演。

只见书生罗纶慷慨激昂："同胞们，朝廷说我们是乱党，但我们实则为民众代表，若说乱党，那么保路同志会身后的七千万四川同胞岂非全部是乱党？我们反对盛宣怀和端方，并不是和朝廷作对，只是不忍将重要路权拱手让于外人，使得瓜分之祸接踵而至，以致将来有亡国之危。朝廷不解苦心，实在令人扼腕！"

张澜心情激荡，也当即表态："保路同志会已向新任四川总督赵尔丰大人说明，咱们并非乌合之众，争路权原是奉行先朝德宗皇帝诏旨，并非违法乱纪，背宗忘祖。倒是朝廷，先欲将铁路权让与外人，接着又欲使出'乱党'的大帽子来压杀我们，这叫我等如何服气？这种诏旨，我张澜是宁死不服的，即使赴汤蹈火，也在所不惜！"

有个股东听了张澜的话，顿时泪如雨下，当即跳到台上，一张胖脸挣得发红："路亡即省亡，省亡则国亡！我们只是不愿当亡国奴，何以也背上作乱污名？这般朝廷，鱼肉百姓，实在令人齿寒！"说到伤心处，这位矮墩墩的股东竟像个伤心的小孩子，一屁股坐在地上，呜呜哭了起来，也不顾绸布裤子被揉得又脏又乱。顿时，会场被一种异常悲郁的情绪笼罩，哭声几乎掀翻屋顶。

颜楷霍地站起来。如同当初在茶楼初见，他依旧丰神俊朗，言语铿锵有力，拱手对众人说道："大家莫慌，既然朝廷先是派了'屠夫'入川，现在又扣下'乱党'帽子，看来我们与这位赵尔丰赵总督少不了要打一场硬仗。这位赵总督，常听人说他看似谦恭有礼，实则笑里藏刀，软中带刺，机心狡诈非常，大家一定要注意提防，小心受了蒙骗才是。"

这时，保路同志会会长蒲殿俊召来在场数位骨干会员，进内室商讨一番，大家群情激愤，很快达成一致，众议成城，决定号召群众罢市。张澜和颜楷向全省发出通知："自即日起，实行不纳正粮，不纳捐输，已解者不上兑，未解者不必解。"不到一个钟头，省城内外大小500余条街的店铺，相继都砰砰地关门闭户了。

白脸先是从岳府街气喘吁吁地跑回来，他自荐当先头部队，

第五章 热血沸会场

刺探情报，毕竟自己有一双过人的长腿，能最快速度地传递消息。他果真比小道消息跑得还快，边跑边喊："关门啊，快卸门板啊！"

白脸的声音颤巍巍尖细细，树上的麻雀一惊一乍地远飞逃遁，路人也受了古怪情绪的影响，跟在他后头，紧张兮兮地小跑起来。

很快，成都全城罢市，抗粮、抗捐、罢市、罢课的风潮从成都辐射开来，迅速席卷全川，赵尔丰惊愕之下，连连摔碎了三个茶杯。

大丰米行的工人原以为罢市不用做生意，无须在店铺帮忙称米售卖，也不用去驮车送货，落得一个清闲，没想到他们门板卸到一半，闯进来一个俊俏姑娘，和柱生吵得天翻地覆，倒让他们花了不少力气，费了许多口舌，才将这两个已如斗鸡毛发乍张的年轻人拉隔开。

云杏恨柱生做事不够光明磊落，倒像无耻鼠辈，他凭什么撕毁人家照片？做出这般见不得光的事体，哪里算得上男子汉所为？柱生其实惊慌难捺，但他头脑一发热，想到云杏和她表哥亲亲热热并肩同立的样子就万箭穿心，越是伤心，越恨云杏不知检点，她跑上门来质问柱生，大吵大闹，反而越坐实了她对戴子厚的重视。柱生宁可云杏恨自己怨自己，也不愿戴子厚在云杏心里占据一个边边角角！

柱生气愤之下，理智全无，他竟脱口而出："谁见过你的什么鬼照片？不要随便冤枉好人！"

"好人？"云杏气得浑身发抖，瞪眼相向："你算哪门子好人？我娘说过，昨天只有你进过我房间，不是你，还会是谁做下这般龌龊肮脏之事？照片它会自己碎掉吗？"

龌龊、肮脏？当初有多珍爱云杏，现在便有多悲痛欲绝，原来在她眼里，他柱生不过是一个龌龊小人！行的也是鸡鸣狗盗的肮脏事。

柱生含泪，双眼似乎喷出火来："呸！你照片碎掉，找我干什么？也许是房间里混进了不知哪里来的思春野猫，将你照片踩个粉碎，怎能赖到别人头上？"听自家的少东家如此狡辩，连"思春野猫"都抬出来了，白脸傻乎乎地想笑，但屁股上很快挨了账房先生一扇把，账房先生精瘦，拉架帮不上忙，只能喷点唾沫星子作贡献："白脸，你和云杏姑娘熟，你去劝劝啊。"

"熟你妈个鬼。"白脸咕哝着翻白眼仁儿，他想这两人都在气头上，好比两口烧得沸腾的油锅，彼此怒眼相瞪，谁敢去劝？那岂不是往锅里擦根火柴，腾地就要燃起冲天大火？

云杏见柱生如此抵赖，完全不顾从前情谊，话说得这般下流难听，连什么"思春"都出来了，指桑骂槐，实在可恶！云杏知道再和他缠磨下去，不知柱生恼怒之下还会说出怎样的污言秽语，她擦泪准备收兵，刚转身又想起什么，就回头问柱生："我的照片呢？还给我，你把我的照片藏哪里了？"

这厢柱生已经打定主意顽抗到底，他甚至觉得，现在就算承认将云杏的照片一股脑儿撕掉，也比承认他偷偷摸摸藏了人家照片要好得多。他梗着脖子硬撑："什么你的我的？你的照片怎么可能在我这儿，说到底，我是你什么人呢？"

这话说得恶毒，云杏打个寒噤，不错，她一个未出阁的大姑娘，跑到人家家里来大吵大闹，口口声声说柱生拿了自己的照片，这大概堪比她责备柱生偷取了她的生辰八字，而这些闺阁隐私又如何能让毫无关系的男子占得？云杏这一番吵闹，被柱生这一歪曲，倒像是她故意使出别样手段，就是为了让自己和柱生拉上一点什么特殊关系。云杏没料到柱生会说出这般恶毒的话，这人，还是她从小就认识的伙伴吗？

云杏再无话多说，一甩辫子，愤然离开。其实柱生满心都是后悔，他悔疚自己为何要口不择言，为何会恶语伤人，并以这种方式将自己和云杏彻底推到了再也不能彼此靠近的南北两极⋯⋯

陷于懊恼之中的柱生压根没发现穆老板从外面回来，他没和气鼓鼓的云杏打照面，而是绕了小院后门，先走进柱生房间，当柱生目送云杏悲愤的背影走远，耷拉着脑袋回到自己房里时，他惊讶地看到穆老板从他装宝贝的小木盒里取出一张小照片，正凝神端详。

"还给我！"柱生嘎声冲穆老板吼道，扑过去将照片抢在手里。穆老板没有说什么，慢慢往外面走，走到门口，却又转回身，语气悲凉地叹一句："柱生，爹从小就教你，千万不要当一个说谎的人。"

柱生慢慢瘫坐在地，无可名状的沮丧情绪如同蚕蛹，又如蛛网，一层一层覆上来，紧紧将他包裹住。

4

既然穆老板将自己看成撒谎精，死皮赖脸待在米行也显得怪异，柱生现在多半时间都泡在枣子巷的堂口中，黄鳝当他是亲兄弟，恨不得柱生搬过来住才好，柱生却嫌黄鳝话多，逮着谁都啰啰嗦嗦说个没完没了，所以根本打不起搬家的精神。他还是住在米行，只是回家的时间越来越晚。穆老板现在也忙，没人执着地等他吃晚饭，倒让柱生暗自松了一口气，仿佛得了解脱，有了自由。

穆老板忙，是因为现在整个四川已经乱成了一锅粥，成都罢市、罢课就不说了，除了油、盐、米以及饮食之物照常交易，别的店铺均已关门谢客，就算交易，价格也变得十分昂贵。穆老板觉得米面关系生计问题，不肯轻易调价，所以这几天大丰米行的门槛几乎被买米的民众踏破，伙计们私下抱怨，说也就23号那天歇了半日，这几日加倍劳作，倒把那天偷的懒全都补了回来。

现在，巴山蜀水的"罢"风潮正演得如火如荼，成都市民几乎每天都能看到各州县报急快马络绎不绝地飞报省城。新繁、彭县、灌县等川西州县，还发生了攻打税收经征局和巡警局的动乱事件。

原本，瞎子娘是让云杏去大丰米行买米的，谁都知道穆老板菩萨心肠，不肯在乱世平地起价，万事先为别人着想。云杏自从和柱生那一次大吵之后，别说让她进大丰米行买米，就算路过大丰米行她都满心烦躁，以至于绕道而行。于是，这天云杏早早就到城北的鼎泰米行外排队。从清晨开始，这儿已经蜿蜒排起了几十人的队伍，大家都拿着装米的袋子，眼巴巴地等鼎泰米行的伙计快点打开门做生意，众人都是半夜爬起来排队，瞌睡没有睡够，一个个耷拉着脑袋，无精打采，一人打一个呵欠，顿时传染一大片，整个队伍此起彼伏都打起呵欠来，泪汪汪一群人，犹如大烟鬼现世。

第五章 热血沸会场

云杏原本好端端地排在队伍后面,她也响应罢市号召,已经好几日没有去裁缝铺了,虽然少了活计,不用看胖老板娘的嘴脸令她稍感松快,但娘动不动就在云杏面前念叨,说什么她在云杏这么大时早已经嫁了出去,肚里都怀上云杏了,偏偏做女儿的这么不着急,将来是想当老姑娘吗?被娘说急了,云杏也会没头没脑地回嘴:"老姑娘就老姑娘,不当老姑娘谁养您啊?"

这话原本就有几分冲,钻进瞎子娘耳朵里,更是让敏感脆弱的瞎子娘感到天塌地陷般伤心。瞎子娘明晓得云杏不是故意,还是呜呜呜哭了半宿,她哭自己的命不好,哭云杏早早死掉的爹爹,哭着哭着,瞎子娘负气地冲着虚空嚷道:"你倒好,袖子一甩,屁事不管,丢下女儿和我,两人苦哈哈地挨日子,现在女大不由娘,我为她好,她也当成了驴肝肺。罢罢罢,我还不如早点下去和你相会,阴曹地府黑黢黢,倒适合我这种瞎婆子,反正我活在阳间,到处也是黑黢黢的……"

瞎子娘的话逗引得云杏眼泪一串串跌落,她也暗自怪怨自己不会说话,惹亲娘这么伤心,母女俩各自伤心,都是一夜没睡好,云杏早早地便出门去排队买米,一是为了不要留在家里惹娘伤心,二是用实际行动为昨晚的口无遮拦道个歉。

云杏不知道人群是如何乱起来的,原本只是因为鼎泰米行开了铺门,后面的人唯恐失了先机,原本排成蛇形的队伍便成了一条蜈蚣,看上去全是脚,四面八方都急着往中间挤。云杏晕头涨脑,被夹在中间位置,还没弄清情况,邻街忽然又迸出一声枪响,接着一群人冲出来,跑在最前头的小伙臂上刺了一条飞龙,他似乎是刚刚奔跑时不慎跌倒,磕了牙齿,这时嘴巴就像墨鱼,只不过吐出的不是乌墨汁，而是触目惊心的鲜血。刺青小伙张开流血的嘴大喊："巡警杀人啦，杀人啦，杀人啦！"

原本排队买米的民众一听巡警开枪杀人，惊得四下逃命，米也不买了，面也不要了，这世道，还有啥比命重要呢？人群汹涌，云杏被挤倒在地，刚想挣扎跃起，却又凭空多了数双脚，在她身上踩来踏去。

云杏疼痛难忍，有个男人的脚竟踩中她的手指头，云杏发出撕心裂肺的叫喊，那男人低头看到，在这种忙于逃命的时刻，这人竟还有工夫耍他的牙尖嘴利，他挪开脚说啊呀大妹子，你怎么在下面嘛，你在上面就不会这么惨叫吆喝了嘛……

云杏那时并没看见，当她被挤倒在地，孤立无援，跟在黄鳝身后奔跑的柱生看着云杏，眼神凄楚而痛惜，他恨不能冲过去一把抱她入怀，以自己的肉身为盾，帮云杏隔阻那些来自陌生人的恶意伤害，但人群如沸油，四下扑溅，看似咫尺，他又如何能顺利到达云杏身边？

他未抵达，并不代表别人就不会近水楼台先得月了。戴子厚不知从哪里冒出来，他代替柱生，将他想要做的一切都做了。

戴子厚原本是个温和谦逊的人，今日倒发了威，拿出武备学堂学生的擒拿格斗武艺，只消两招，便将那口吐恶言的男人掀翻在地，他扶起云杏，云杏腰背衣襟上尽是脚印，受惊不轻，脚步虚浮，站立不稳，戴子厚索性拦腰抱住她，躲开了发疯拥挤的人群。鬼哭狼嚎，遍街尘灰，只有这一个清俊男子，抱着怀中美丽的少女。偌大的天地，柱生只见这一男一女，其他皆为伤心背景。

柱生呆呆地怔在原地，他竟然没有勇气去追赶他们，去告诉云杏,他的心很苦。如果他告诉她,愿意为了她,他不再吊儿郎当,不再得过且过,愿意为未来谋划,愿意脚踏实地当好一个米行工人,为家承担为国效力……她会接受他的真心吗?

不知不觉,柱生觉得鼻侧一凉,他用手一抹,自己都心惊了:难道我注定要一生孤单?出生前便失去父亲庇佑,还未成人母亲又离开人世,现在就连喜欢的女孩也不能拥有?

黄鳝还在远远地喊柱生快跟上快跟上。和此刻跌了一跤依旧兴高采烈的黄鳝相比,柱生觉得自己已进入垂垂暮年,他没有力气去"跟上"他们的奔跑跳跃了。

真可笑,柱生是多不想见到穆老板,却又不得不心酸地承认:此刻除了穆老板的米行,他柱生哪里还有立锥之地?街面闹哄哄,这边站着哭得鼻涕眼泪抹了满脸的小屁孩,那边是鞋被人踩掉光着脚板直骂娘的精壮汉,卖糖葫芦的,生财工具被人挤翻在地,冰糖葫芦滚到地上,红得令人心惊。柱生捂住耳朵,眯起眼睛,他从小天不怕地不怕,今天却第一次怕了,怕这乱世如此动荡,不知如何安处?

柱生滴酒未沾,却又像带了三分醉意,晕眩眩地回到米行,刚好看到穆老板在后门送一个西装男人上车,他只看到那男人背影,并不知那人是同盟会的吴玉章吴先生。吴先生来见穆老板,是商量保路运动走到如今局面,下一步该与官府如何交涉。

柱生哪知这些呢,他心中空空,张口就问:"这是谁?怪神秘的。"穆老板回头,惊得脸颊肌肉一收,当他看到只是养子发问时,兀自松了口气,避开重要问题,倒挑剔起柱生好好的一件青布褂子,现在变成皱巴巴一张大腌菜。刚刚柱生一路跑过来,撞翻了人家卖凉粉的小摊子,衣服皱就不说了,上面还洒了酱油醋和辣椒油,穆老板看不过眼,横眉讽刺:"我看你再撒点葱花就可以直接凉拌了!"

原本耳朵就嗡嗡的,柱生的反应要比平时慢半拍,现在听觉慢慢恢复过来,他听清了穆老板的讥讽,又低头想了一下,不错,穆老板是看他不顺眼呢!他早就看自己不顺眼了!诸多愤怒,一径涌上心头,柱生怒吼一声,三下五除二将褂子一剥,团成一团往穆老板面前重重一扔,摆出了死猪不怕开水烫的架势:怎样?你能拿我怎样?爱咋咋的。

穆老板冷不防被柱生这一摔衣服摔蒙了头脑,他又不是柱生肚里的蛔虫,哪晓得这个从小就不贴心的养子刚刚受了多大的刺激,柱生无法与之言说内心的畏惧、恐慌和烦闷,更无法表达他眼睁睁看着心爱的云杏被戴子厚抱走的悲痛欲绝,唯有以这种强蛮无理的方式来解脱自尊受辱的窘境。

柱生不但将衣服摔下,气冲喉头,还将狠话撂下了:"我看你整天和一些不知底细的人神神秘秘地来往,谨防哪天中了套儿都不知道!反正我娘死后,我这个拖油瓶就百般碍你的眼了,我走,我走还不行吗?"

穆老板气得退后半步,后背撞到门框上,落下簌簌尘灰,他瞪大眼睛,看着柱生气鼓鼓地扬长而去。

第六章
成都起血案

1

柱生决意要去跟随疤爷,既然无法当一个顺民,安安生生过日子,还不如在乱世之中混迹帮派,当个强豪,说不定更容易出人头地呢。柱生真下了这决心,忽又婆婆妈妈起来,头一个想到的,是要跟妙姐儿好好道个别。

门婆子引柱生上楼,站在门口,就听见妙姐儿和小红说话。小红跟了妙姐儿多年,两人的姐妹情谊早已超过主仆情分,所以小红在妙姐儿面前从来都是不加遮掩,声音越说越冲,音调越拔越高:"姑娘,不是我说您,这些年您背着妈妈攒点体己钱容易吗?您箱子里压着的那些破烂铁路股票,也不知还能不能换成几斤大米,这下可好,您又要头脑发晕,将积蓄都统统贴进保路同志会!您不常在外面走动,不清楚外面的形势,我就跟您讲讲吧,好姑娘，连朝廷都说这保路运动要不得，是乱党所为，姑娘，您这般不管不顾地和乱党掺和到一处，就不怕日后引火烧身吗？"

柱生下意识地停下脚步，并不进门，一味歪头聆听，妙姐儿声音细细的，如同从前那般和缓从容，不见半分急躁："小红，我虽没有怎么出门，但外面在发生哪些事体，总会听到一些的。其实，一开始我也只是心疼砸在自己手里的股票，像你说的那样，如果成为一张废纸，也是不小的损失。但渐渐的，我耳闻了保路同志会的英雄壮举，他们是为整个四川谋福祉啊，身上背负着四川七千万同胞的得失荣辱，毫不顾及个人私利。更何况此事行进至今，已经不再是单纯的银钱得失，而与爱国护川息息相关了。我敬佩他们，虽然我一个弱女子做不成什么大事，总能捐助一点碎银来帮助他们吧。"

"我的好姑娘！"小红恐怕急得牙齿快要咬着舌头了："您这是碎银吗？您这是多辛苦多吃力才攒下的一点点体己钱啊！您怎么就不为自己将来想想？日后……日后……您又能依靠谁？"

柱生出现在门口时，小红还在恨恨地擦眼角，一张俏脸气得红扑扑的，她是一心一意为妙姐儿好，妙姐儿领了这个情，看到柱生，微蹙的眉头瞬时换了欢喜神色："柱生阿弟来啦？小红你莫恼，你不是要我为将来着想吗？我把这钱拿给柱生，也是为了将来筹谋，你看如何？"妙姐儿三分戏谑三分认真，小红倒真是认了真，她将钱箱直接塞到柱生怀里，摇摇头说："柱生，你看看你妙姐姐吧，谁也劝不住她，倒只有你的话，她还肯听上几句。"

小红为柱生倒了茶，又张罗了四色干果，这才掩门离去，留妙姐儿和柱生两人坐下好好说话。

第六章　成都起血案

柱生有段时间没见妙姐儿了，今日看她仿佛更为消瘦，一张白净脸孔越发寡白，有阳光从窗缝挤入，这瓷白脸儿倒像是有了透明之感，一对含愁淡烟眉，一双凝怨秋水眼，倒像是画在白瓷胎上，随着光纹波动，亦能轻起涟漪。

妙姐儿看柱生这样直勾勾地看自己，有几分不好意思，端起茶杯小心抿了一口，拿绢手帕拭着嘴角笑："怎的？许久不来，不认识妙姐姐了？"妙姐儿不笑还好，一笑，更见她笑里都有愁，她又何曾真的开心过呢？一种奇妙的酸楚感在柱生心头发酵，他顿了一下，突兀非常地说道："姐姐，你瘦多了。"

"可不是。"妙姐儿随意捏起几上团扇，轻轻扇了几下风说："每到夏天我就会清减几斤，也许生来正是'苦夏'体质。"柱生是真正心痛了，他像一个真正的傻弟弟，不晓得怎样爱自己美丽的姐姐才好，一股脑儿说道："你不要太累，平时有时间就多歇着，看书写字都太伤精神了，你又不考状元，在这上面莫多花心思。饭菜也要多多吃，如果饭食不合口，让小红去街上给你寻点稀罕玩意儿。我看城隍庙的冰粉和凉糕就很好吃，姐姐尝尝，让人多多放些碎山楂，说不定食欲就开了。"

妙姐儿掩嘴又是一笑，应道："好好好，柱生，你真长大了，都会照顾姐姐心疼姐姐了，我好高兴啊。"

妙姐儿的话让柱生更加难过，他赶紧转移话题："姐姐，上次让你冒险帮我，还没来得及谢你，如果不是姐姐仗义出手，我当时真不知道如何安置疤爷，疤爷也不会养息得那么好。"

"傻孩子。"妙姐儿微微笑了，伸出一只手来，在柱生头上轻抚了两把。妙姐儿的手指柔软细长，有一股淡淡的天然体香，她不知胡噜过多少次柱生的脑袋,但这一次,也许是因为妙姐儿屋里的檀香和茉莉,也许是盛夏,彼此都穿得单薄,妙姐儿倾过身时,大半截嫩生生的藕臂露出来,让柱生额上的汗珠都受到惊吓似的,呼的又往毛孔里一收。

妙姐儿不察,依旧笑得那么甜:"我听说疤爷收你当义子了,这是好事啊,疤爷是英雄人物,得他照拂,总归不错。"柱生越发弄不懂自己的心了,明明是他谈到疤爷的,为何妙姐儿才赞了一句"英雄人物",他心里立即就酸溜溜不是个滋味,连话也说得几分刻薄:"那是,姐姐虽是女子,自来最重英雄,心系国家的。"

妙姐儿何等人也?聪敏如她,不会听不出柱生此刻不高兴了,她只叹他还是孩子脾气,剥了几粒松子给他。柱生也不吃,梗着脖子看窗外柳枝沙沙地扫着塘边石头,看了一会,也觉自己可笑,绷不住,又扯开一张笑脸。

见柱生这样,妙姐儿好气又好笑,两人脸对脸笑了一会,觉得今天哪里有点不对,仿佛是屋子檀香太浓郁,又仿佛是天边压了一块积雨云,压得低低,偏偏又不能一下子变成骤雨,于是密密压着,让屋里的空气密度无限加大,也倍加压抑。

柱生起身,想将窗户开得更大些,让更多凉风能扑进屋子,将这低气压驱散几分,他边推窗边讲:"姐姐,其实我今天是来和你道别的,我要暂时离开这里了,去和义父一起。"柱生说这话时,咬着牙,心口酸得像陈醋熬煮,他正不知道拿自己怎么办才好呢,后背忽然一暖,不由分说地被一个温软身体轻轻贴上了。妙姐儿贴得那么轻,仿佛她和柱生之间,永远还隔着一层薄纱,一层空气,他们注定不能亲密无间。

第六章　成都起血案

妙姐儿两臂虚虚地环着柱生，他看不到她脸颊，并不知道她此刻正在缓缓地哭，眼泪流得很慢，很慢，但在下巴处还是汪成了一个小水洼。被泪水洗过的脸，倒比涂抹脂粉更加洁净，妙姐儿不让柱生看自己，只絮絮地说下去，她怕自己换了时间和空间，就再也找不到这一刻的勇气，让她可以好好对他言说下面的话：

"柱生，那些钱，等下你带走吧，你留在身边傍身也好，帮姐姐捐给保路同志会也好，都由你做主了。其实，小红跟我这么多年，并不懂我，我想要的，什么时候都不会是银钱。以前，我千方百计想要找到弟弟，希望能再见见他，哪怕隔着人群远远地只见一面都好，老天却不给我这个机会。现在，我只盼望你平平安安的，你要去走江湖路，就去走吧，但一定要保重好自己，千万不要有事，好吗？柱生，姐姐也不知道今天怎么会这样，也请你走出这个门口，就忘记姐姐抱过你，永远别再想起这一刻。我知道自己是怎样的人，从来不敢有多高的奢望，能认识你，这几年有你偶尔来陪伴姐姐说说话，姐姐已经很满足了。"

柱生并不是那么听话的弟弟，虽然妙姐儿努力不想让他看到自己涕泪纵横的样子，他还是猛然转身，握住了妙姐儿的双肩，在她已然红肿的眼皮上，轻轻覆上了自己的嘴唇。

这是柱生的初吻，也是妙姐儿的，她欢场卖笑，但从未有哪个男人，怜惜过这双即使笑着也难解三分愁怨的眼睛。

2

柱生去找疤爷，黄鳝说疤爷已去眉州分堂口处理会务，柱生觉得成都现在一副凋敝景象，起了离开此地的念头。自古繁华的少城，如今百业不振，罢课、罢市活动仍在继续，从各州府县又涌来不少逃难的灾民，一时之间，抢劫、偷盗事件屡见不鲜，若干街市就算大白天也关门闭户，满街挤满了卖唱的、卖武的、卖打药的、算卦的……看似热闹，其实动乱不堪。

四川总督赵尔丰被这情形弄得焦急万端，下令凤凰山新军，叫标统周骏和陆军小学堂总办尹昌衡迅速带兵进城，守护总督衙门和城内各街口市，维持街面平安繁华的景象。

这位尹昌衡尹大人便是戴子厚十分崇敬的学长，这年他刚满27岁，英姿飒爽，锐气逼人。少年时因其身材高大，异于常人，大家亲热地呼他为"尹长子"。话说光绪二十八年（1902），尹昌衡就进入四川武备学堂，毕业后保送赴日本留学。宣统元年（1909）毕业回国，任广西督练公所编译科长兼小学堂教习。宣统二年（1910）返回四川，任四川督练公所军事科长，后升任编译局总办，教练处会办，陆军小学堂总办，算得上是一代少年英豪，军中风流人物。

现在，川内动乱，赵尔丰希望能仰仗尹昌衡来"治乱"。但尹昌衡与周骏商议后，认为一则凤凰山的巡防军才一个团的兵力，只能够维持秩序，若要担负保城的任务，犹如螳臂当车。二则若贸然将武装拖进城内，必将引起市民更大的怀疑和骚乱，到时保城不成，还会适得其反。于是，尹昌衡回复赵尔丰，说他们会派几支队伍，身着便装，混进城去，暗察有无作乱之人，亦可维护街口秩序。当然，尹昌衡还出主意，禀请赵尔丰去请清军玉崑将军发兵护城，才是上策正道。

第六章 成都起血案

这尹昌衡便服乔装，进得城来，安排部署了一切，见到戴子厚，亦将近日打算倾囊相告。戴子厚连连点头："是啊，尹大哥所言甚是，但我只担心玉崑将军会作壁上观，不肯轻易发兵。"戴子厚的猜测完全没错，赵尔丰和玉崑早就面和心不和了，玉崑的军队全为满军，是朝廷的正规军，原本就看不上汉人总督赵尔丰，再加之玉崑认定了赵尔丰心地狭窄，阴险毒辣，只求自己升官发财，还借以常卫为名，在四川招兵买马，建立常卫军来与满军抗衡，因此，赵尔丰若求助于玉崑，那也只能是自讨没趣，碰一鼻子灰。

赵尔丰收到尹昌衡的秘信，大骂几声，跺脚摔杯，既怨尹昌衡、周骏滑头，又怪这两人将护城重任推给玉崑，若他赵尔丰都能自由调配满人玉崑了，还用得着这么着急上火吗？

形势发展得比赵尔丰预计的还要迅猛，锐利如茅。9月5日，四川保路同志会召开会议，身兼同盟会会员和同志会会员的朱国琛、杨允公、刘长叔等，印发了《川人自保商榷书》，要害之处是主张人民练兵、抗粮抗税，实际上是鼓吹抛弃清廷，搞四川独立……此商榷书一经面世，朝廷大惊，认为赵尔丰处事实在不够果断爽利，连这点蚁民都管不好，拖拖拉拉成何体统？于是气愤地派遣端方，迅速率领湖北新军入川镇压，助无能的赵总督一臂之力。

那时，赵尔丰其实内心还在挣扎，诚然，他已背负"屠夫"之名多年，但他风尘仆仆赶往成都赴任的第一晚，心里百感交集，对这乱棋之局头疼不已，难得放纵自己饮了一次酒，还遇到一个极为投缘的小伙子，他在小伙子的连声质问中败下阵来，顿感狼狈，不能自圆其说，这种体会亦让他感到新鲜——他何曾在外人面前这般软弱这么好说话呢？那个夜晚，距今已经过去了一个多月，心若念之，仿佛就浮现在眼前，他暗暗希望，将来有机会真想再和这个畅快直言的小伙子喝一次酒，听听"混世魔王"的高见。也许，心里还存在这一线仁念，赵尔丰并不想让朝廷大规模地派军"平乱"，他还在做最后的努力，坚持川内"维稳"为先。

于是，"屠夫"做了一件难得的仁慈事体：9月5日，赵尔丰向朝廷发了一个电报，表示第一步还会好言相劝，希望闹事的人和平解散，如果这些人不听劝说，那么自必严惩。至于成都之外各州县，或许也会因此而骚乱，所以他建议朝廷能够给予必要的支援，以保护地方，避免在那里的外国人像庚子年间一样遇到危险。

可惜，赵尔丰的一丝仁念并没感动朝廷，朝廷一门心思认为四川局势已然失控，赵尔丰无能懦弱，9月6日，依旧命川省水陆新旧各军悉听端方调遣，入川治乱。很显然，朝廷已经放弃了和平的安抚政策，准备以最大的牺牲为代价，以武力平息因保路而引发的骚乱，恢复秩序，制止这种骚乱向周边、向全国蔓延。

朝廷恐慌至此，竟严令赵尔丰切实弹压川人："贻误大局，定治该署督之罪！"赵尔丰接到电报，知晓命已不可违，是好是坏，是生是死，只得硬着头皮走下去了。他仰天无语，虎目圆瞪，良久，眼角滚出一滴浊泪。

1911年9月7日（辛亥年七月十五日），这是赵尔丰接任川督第45天。恰好这天是中国传统盂兰盆节，也称鬼节。在赵尔丰想要给四川人"唱一出"之前，成都人先给他唱了一出好戏。

第六章 成都起血案

这天一早,在东大街街口、春熙路路口、大科甲巷巷口,老百姓都用木桌相叠,筑起了重重高台,他们恭谨地称之为"万岁台"。"万岁台"的木桌上用黄表纸折成了圣位牌,用朱砂书写,中间写的是代表光绪皇帝的"德宗景皇帝之神位",两边写的是光绪皇帝生前所发的上谕中的句子,一边是"庶政公诸舆论",一边是"铁路准归商办"。牌位两侧还燃点着九品香烛,民众三五成群地在高台前恭敬叩首,规规矩矩朝拜"万岁台"。

从早上起床,就不断有人进来向赵尔丰报告这件事,赵尔丰气得牙痒,他原本还想放这些刁民一条生路,他们却借着鬼节闹出这些鬼事来,到底眼中还有没有王法?到底还要不要把他这个总督大人放在眼里?

思来想去,所谓"擒贼先擒王",赵尔丰思忖,恐怕还是要将股东会、同志会中的几个头面人物抓来,这些虾兵蟹将才晓得我赵屠夫不是吃素的!朝廷只会动动嘴,让端方带兵镇压,想那端方还要从湖北入川,水路迢迢,简直是远水救不了近火嘛。而随便抓几个出头鸟,故意将事体闹大,恐怕才好逼玉崑出兵。对头,整治乱世,就该用非常之法、雷霆手段!

赵尔丰正在凝神思考计谋,素日稳重的中枢大人却慌慌张张如无主野鸭,忽然扑腾着双脚摇摇摆摆地跑来禀告:"不好了赵大人!成都的黎民百姓犹如海潮一般,口里齐声高呼'反对铁路收归国有''川汉民众要自己修路'等口号,都涌到总督衙门来了!"

赵尔丰气愤起身,连呼"反了,反了,他们真要反了!"这口气还没顺过来,又有卫士跑进来,因为慌乱,连帽子都歪到了一边,还左脚绊右脚,将自己摔了个狗吃屎,毫无水平地报告道:

"大人，外面的人像是打拥堂一样，要强行闯进总督衙门，说要亲见大人，我等根本拦不住，他们眼看就要冲进来了，如何是好？"

赵尔丰啪的摔掉手中的茶杯，碎瓷满地，这倒让他平静下来。不错，既然这些不怕死的自己送上门来，还跟他们客气什么？赵尔丰竟隐隐激动起来，此前数次指挥杀戮，越是大战之前，他越平静如深秋湖面。许多年前，便有一个特别的女人骂过他：心是硬的，血是冷的。此刻，冷血的赵尔丰朗声吩咐："准备倚门大炮伺候。"

接着，赵尔丰又转身问卫士："他们可有推举出来面礼的带头之人？"

那卫士连连点头，继续回禀："小的听说有张澜、蒲殿俊、罗纶、颜楷等九位，愿做民众面礼总督大人的代表。"

"好！"赵尔丰高声吩咐左右："通知这九个人，我请保路同志会的各部长，以及股东会的正副会长到督院来看邮传部对川汉铁路问题的回电。稍后，我在议事厅恭候九位大驾。"顿了顿，赵尔丰又切切叮嘱："尔等务必谨记，谈判进行中要看我的脸色行事，说拿便绑，不得有误！"底下人粗声齐吼，喊声震天："遵命！"

赵尔丰稳稳地迈着四方步，转身来到议事厅，坐下等候九位代表。

3

赵尔丰借口通知保路要人到总督衙门看邮传部电报，事先已做了软硬兼施的两手准备：其一，命令府中武士、打手在议事厅左右埋伏,以便观看总督部堂施以暗号,速将九位代表生擒活捉;其二,赵尔丰其实还抱存了一分招降之心,准备了厚礼、聘书,妄图用名利来打动九位代表,使其乖乖归顺。若能"兵不血刃",和平解决,自然是更好的。做出周密安排后,赵尔丰吩咐主事、主簿两旁坐定,一切就绪。

现在衙门外人山人海,锣鼓喧天,各州各府的保路同志会的字号旌旗迎风招展,猎猎作响,如云海翻滚不休。赵尔丰派去的管带一看,内心亦翻腾不已:看来民潮所向,如果总督衙门一意孤行,事态的发展无法预期,恐怕这烂摊子还不好收拾呢。

管带心中思忖,毫不放缓脚步,走到愤怒的民众面前,拱手正色道:"各位同胞兄弟!请静一静,在下乃赵总督手下听差的,今由赵总督派来,诚意邀请民众的请愿代表到总督衙门议事厅与总督大人面议,并亲自阅读邮传部电报。"众人一听,愤怒高呼:"叫赵尔丰出来!""就是,缩头缩脑,岂是大丈夫所为?""我们要路权!""我们不当亡国奴!"……

眼看民众的激愤犹如油锅,鼓起千万泡泡,从群众中间走出了张澜、蒲殿俊、罗纶、颜楷等九位代表,蒲殿俊昂首挺胸道:"我等九人是代表民众意愿的,有劳管带领我们进去面见总督吧。"管带点头:"还请先生说服民众,让大家少安毋躁,不要在此骚乱狂呼,这才方便安静议事。"九位代表彼此对视,点头,同意了管带的合理请求。

蒲殿俊登上几步,爬到了总督衙门的石狮子背上,举起双手,平平压下,示意大家安静下来,他高声说道:"同志会员们,各位乡亲们!咱们今天来总督衙门的目的,是议事,而非闹事,所以还请大家安守秩序，切勿拥挤喧闹。既然赵总督愿意与我等民众代表谈判，倾听民声，保路一事，就还大有希望，请大家在此安静等候，我等一定会竭尽所能，以诚意以情理，让赵总督明白民心所向，万民所念，并为民鼓与呼。"

民众慢慢安静下来，分散四处静坐，看着九位代表远去的背影，耐心等候他们谈判。

代表们被管带领进了议事厅，赵尔丰早已起身离座，带领一帮随从在门口相迎，蒲殿俊、罗纶、颜楷、张澜、彭兰芬、江三乘、邓孝可、王铭新、叶秉城九人顺次走进来，款款坐下，看签押桌后的赵尔丰今天的打扮可与众不同：头戴一品红珊瑚顶伞形红缨帽，身穿有仙鹤的蟒袍，脚蹬粉底皂缎靴。四川有句俗话说得好：佛靠金装，人靠衣装。这位平日衣着向来随意的赵总督今天这么一拾掇，显得气氛更为郑重，而赵总督的眉眼之间也被整齐的官服衬托出了一种森然肃杀之气。

赵尔丰开口说话之前，先伸手捻须，目光如冰，不动声色地瞟了瞟张澜、蒲殿俊等人，见这九人神色严肃，正襟危坐，彼此肚里都憋着一股劲儿，看来要劝服他们，并不是轻松容易的事。但他还是将客套话摆在前头："今天得蒙各位代表光临总督府，真是幸会，蓬荜生辉啊！长话短说，本部堂也知道各位内心焦急，今日请各位过来，是想请诸位乡绅长老来商讨一下川汉铁路之事。"

谈及正题，九位代表直起腰背，认真聆听，赵尔丰却又卖了个关子，浓眉一扬，咳嗽两声，举起手边浓茶润润唇，这才继续说道："我先将朝廷的意愿和各位代表通报一下吧。新近，太后有诏旨传下,担心群众修路一事,力不从心,四川财库虚空,民众亦不富裕,而且修路要占领民田民地,恐怕引起民众不安,所以朝廷才决定将商办铁路又收归国有嘛,一片苦心,也许大家理解有误,起了偏差,现在反而引来颇多激愤,酿成误会。尚望各位多多体谅,朝廷亦有其苦衷。"

张澜轻哼一声,慨然道:"赵总督的话,我怎么都听不懂了?若从头来捋,事情的由来尽人皆知。就说光绪二十九年吧,法、英、美趁我甲午战败,八国联军攻陷北京,迫使朝廷签订了耻辱的《辛丑条约》。为加紧掠夺,西方列强开始争夺对我国铁路的建筑权。英国学者肯德就公开在报上撰文泄露了天机。他说:'这个省份(四川省)的财富和资源,是世界上任何地方都无法和它比拟的。'为了掠夺,英国政府计划修建一条由上海经南京、过汉口、宜昌、万县到成都的铁路。要在英国人的势力范围内,将'条约港重庆'建成'远东的圣路易'。这哪里是在修铁路,分明是对咱们的蓄意觊觎!狼子野心,昭然若揭!有眼睛的人,哪个又看不出了?在总督未回川之前,护理川督王人文同情川人态度,反对铁路国有,屡次为我代奏力争,屡受朝廷申斥而不悔。他说:'虽三四奏,直至罢职,亦乐为川人尽责。'最后王人文专折参盛宣怀,惹恼京师。朝廷下旨严斥王总督,谓'如滋事端,惟该督是问',随后即调王总督去京。王总督在为川人争路之事上,在巴山蜀水可谓有口皆碑,亦从不拿朝廷搪塞为官之责!更不会妄说什么'偏差',什么'误会'!"

张澜这番话绵里藏针,将赵尔丰激得半天都说不出话来,他晓得这伙人内心拥戴王人文,而将他赵尔丰视为反派,但一时半会儿还不能和他们翻脸,于是,赵尔丰只能耐下性子,黑起脸孔,内里如火焚,肺腑受熬煎,只能低哑喉咙道:"诸位不信本部堂的话,那就请自己看看内阁复电吧!"张澜上前细看,内阁的复电中称争路的首领们是"倡议之人皆少年喜事,并非公正士绅……且闻留东学生纷纷回川,显有学人煽惑情事。名为争路,实则别有阴谋。非请明降谕旨,责成赵尔丰严重对待,殊不足以遏乱萌而靖地方",还有"倘再借端生事,贻误大局,定治该督之罪"……

"我就搞不懂朝廷何以如此了!"议事厅里响起了咨议局副局长、保路会副会长罗纶浓郁的川北口音,他叹息连连:"修路一事,均按先德宗景皇帝即光绪帝定下的国策进行。关于修路,光绪皇帝早就明确说过'庶政公诸舆论,铁路准归商办'。可是?"

"时移世易,一朝天子一朝臣!"赵尔丰已有些恼羞成怒,都什么时候了还在那儿讲光绪皇帝!唉,就连他这种吃朝廷俸禄的,也晓得"一代皇帝一代令",这些枉自读了那么多圣贤书的憨包迂夫子,咋就弄不懂政治的微妙之处了?

赵尔丰脸色变了变,尽力控制情绪,行安抚之道:"诸位都是有学问的人,何至于这般食古不化?如今只是先将你们的修路捐款收归国有,待国家大事安排妥善,至多三五年,便能通文修路,到时四川天堑变通途,畅通无阻。太后希望大家不要为此闹事,应迅速复市、复课,各安自在,共创繁荣。诸位都是讲理之人,意下如何呢?"

蒲殿俊站起来朗声道:"赵大人说时代变,有些国策也要变,这确是至理名言!"赵尔丰连连点头,还以为蒲殿俊转了性,站到了与自己统一的战线,岂料蒲殿俊话锋一转,驳问连连:"比如税捐,先皇帝规定,不准预收税赋。然而,四川的税赋已收到了宣统四十年。又如,先皇帝规定,官绅犯法与民同罪。然而邮传部大臣公然侵吞我路款,却不仅不治罪,反而在一旁弹冠相庆……这就真真让我等小民疑惑不解了,究竟哪些可以变通,哪些不能变通?实在让人抠脑壳!百思不得其解!如其可以这样随意变通,老百姓可能也要变通变通啊!因此,老百姓要罢市的,学生要罢课的,也就只能听之任之,尊重他们的'变通之道'啊!"

赵尔丰汗流浃背,他疏远文墨数年,如此舌战群儒,让他力不从心,疲惫不堪。看堂下九人眉头深锁,无一人神情和缓,赵尔丰咬咬牙,着人带上几个托盘,盛上织锦缎面包着的聘书。赵总督内里调整气息,平稳语调,侃侃讲道:"诸位乡老皆是四川名人,乃民众典范,本部堂通事合议,愿礼待贤士,聘请在座各位为本省驻成都的工、农、商、学议事官补缺,不知各位意下如何?"赵尔丰到了这时还在做最后的挣扎,不放弃一线希望,试图以高官厚禄、声名仕途来打动这群代表,让他们放弃与朝廷作对。

可这九位代表偏偏就是乌龟吃秤砣——铁了心,他们既不会怕赵尔丰的言语威胁,更不会蒙蔽双眼,受权势利诱。张澜首先起身,不卑不亢地拱手回答:"承蒙赵总督抬爱,在下不才,恐无福消受。修筑铁路,乃万民所向,公众之事,并不系于个人荣辱得失之上,岂敢拿区区个人私利,来换取民心民愿?朝廷若不愿修路,还请将百姓捐助的银两退还四川,川人有信心自己来修路。若朝廷继续施行拖延之策,恐怕难以平息民怒,事态如何发展,在下也不敢随意预期。"

好一个"不敢随意预期",这是在变相威胁赵总督啊!赵尔丰快要破口大骂了:"凭你们几个手无缚鸡之力的酸书生,也敢在我赵尔丰面前耍花枪?哼!老子又不是吓大的!"

张澜话音刚落,赵尔丰还顾不上发飙,罗纶又站起来插嘴发言:"张先生表达的便是我等川人意愿。大人如不信,请亲自移步衙门外,看那些从四川各州府县自发来到成都的民众,他们一路上忍饥挨饿,也要到衙门请愿,希望四川人民要自办铁路。大人即使堵得住我九人之口,又如何能堵上外面的悠悠众口?即使能收买我九人之舌,又如何让我九人说服外面的万人之众?"

看到赵尔丰一张老脸从青转白,从白变红,眼看就要爆发"屠夫之怒",张澜却像瞎子般,不理会对方脸色有变,声气朗朗,无丝毫惧意,依旧表达民愿所向:"如今,全省一百多个州县宣布罢市、罢课,总督找我们来,无非是要我们出面,让川人停止罢市、罢课!实话实说,我们办不到,也不会去办。当今唯一之法,就是请朝廷收回成命,铁路准我川人自办,依法惩处盛宣怀等。如此,风浪自会平息,川人自会停止罢市、罢课等示威行为。"

"你们到底还有没有王法?眼里还有本部堂吗?"赵尔丰在桌上"砰"地猛拍一掌。他豹眼环张,满脸怒容,手中扬起一张《川人自保商榷书》,胸口一起一伏地冷笑道:"这是你们保路会散发的吧!公然煽动全省百姓不纳粮、不纳税。实话告诉你们,就这一条就可以治你们的死罪。本部堂原本怜惜你们都是有功名的士绅,才学又好,应该懂得事理,这才请你们来平等商议,委以重任,没想到你等一个个如此不识抬举!如此冥顽不灵!好吧,天堂有路君不走,地狱无门偏要闯!再这样,休怪本部堂对你们不客气!"

第六章 成都起血案

谁知话未落音,股东会会长、年仅三十一岁的颜楷硬生生顶了一句:"有什么了不起的?你不就想武力镇压吗?流血罢了,四川人硬骨头,难道还怕流血吗?"

赵尔丰简直要气得就地晕厥。他抓起桌上的茶盏,用力往地上一掼,瓷器碎裂的声音令九位代表骇了一跳,还未回过神来,从议事厅两旁已冲进来十余名手持刀矛和绳索的精壮兵士,他们一言不发,进来就捕人逮抓,可怜九位代表都是儒士书生,被这勇蛮无理的捆绑弄了个眼儿懵,来不及挣扎呼救,已经被五花大绑,成为九个人肉粽子。

赵尔丰冷眼看这九位绳索加身的代表,唇边浮起一阵嘲弄的笑意,可他的得意只持续了片刻。这九位代表经历了最初的惊愕困惑,现在已经彻底弄清了赵尔丰的阴险本意——他今日商议是假,抓捕是真,玩的便是这出请君入瓮的好戏,刚刚假惺惺地说那一大通,又是许官又是礼聘的,不过是麻痹大家,黄鼠狼给鸡拜年,端的没安好心,想来都不无恶心!于是,这九位好汉怒视赵尔丰,虽发乱衣皱,却无一人神色慌乱恐惧,他们正气凛然,视死如归地傲视赵尔丰,道:"你镇压民众,与七千万川人悖反,是不会有好下场的!"

背剪绑起的张澜更是顶风而上,大声道:"铁路准归商办是先皇帝光绪定下,现仍实行的国策。朝廷既是准我川人筹资修路,为何今又出尔反尔,说护路非法?还对我等镇压起来了?"

赵尔丰恨不能用块破布塞住这张能说会道的嘴,他失态地大喊:"你们这些饭桶,还在等什么,赶紧给我押下去!"这九位代表被拖了下去,议事厅顿时空空荡荡,仿佛刚刚的一番唇枪舌剑,此前便与属下商量好的抓捕暗示都不存在，有的只是越来越逼仄的心跳，院子里的桂花开得令人心烦，香味铺天盖地，合着心脏搏动的声音，咚，咚，咚，压迫得赵总督好闷，好累。

4

"不好啦，不好啦！"一个哥老会新入会的小兄弟莽莽撞撞地跑过来，他不小心绊在过道一笼鸭子身上，顿时引得嘎嘎怒吼，鸭毛扑腾，鸭脚乱踢，哥老会的兄弟们或多或少遭了殃，头上身上挂起了不少鸭毛絮。

"格老子的，这小子怎么做事这么毛糙？火烧到屁股了还是咋的？"黄鳝原本站在屋子里迎接刚刚回到成都的柱生，被这小弟一折腾，黄鳝与柱生身上都飘了不少鸭毛。一只鸭激动地飞将出来，在黄鳝布鞋上拉了一堆屎，将黄鳝气得要命，哇哇叫唤。

柱生也想笑，这笼鸭还是他带回成都的，说起来"罪魁祸首"还是他呢。送鸭人是疤爷朋友，说疤爷伤痛才好，每天宰只肥鸭炖汤喝，绝对补身强体！盛情难却，柱生也只好尽了这义子之孝。没想到刚刚回来，就惹出这一出，倒弄得自己也是一头鸭毛，狼狈之极。

那个挨骂的小弟慌慌张张从鸭笼上爬起来，脸红脖子粗地报告："真的大事不好了！总督衙门贴告示了！"

"格老子的！"黄鳝对着小弟屁股就是一脚，气哼哼道，"他一个官老爷，爱在门口贴多少告示，关我们屁事？你着个什么慌？"那小弟口才不好，情急之下，哼哼哧哧半天说不清楚，只一味重复:"不好了,不好了!"看他急得抓耳挠腮的样子,柱生到底心思清明些,心底一沉,对黄鳝说:"我先去看看,也许真发生大事了。"

柱生还没跑到总督衙门,只见人群已如潮水,一股儿往东涌,一股儿向西流,冲撞得他不能好好走路,幸好他碰着一个戴了玳瑁眼镜的瘦先生,一看就是教书的。教书先生毫不含糊,站在墙角,将那条告示内容一五一十地告知柱生:"由于张澜、蒲殿俊、罗纶、颜楷等九代表抗拒朝廷诏令,煽动民众罢市、罢课,扰乱治安,现已被捕。并告知民众要安分守己,好自为之,立即复市、复课,否则以违法论处。"

那瘦先生像学生娃遇先生课堂抽背,摇头晃脑背完告示,转身便急急跑开。柱生思索片刻,他决定先回哥老会,带领弟兄,去总督衙门要人!

这时的柱生已不再是从前那个懵懂莽撞的青年,义父疤爷待他如亲子,告诉他不少大道理,但有一条,说大是大,说小又是小,疤爷言之有理:"我看保路同志会那些书生,他们干的事不是为了自己私利,都是为了全川百姓,什么叫义?这就是义!柱生,男人在世,可以没钱,可以没地位,但心中万万不可少了这一份'义'!"

柱生点头,脑中浮起养父的影子。他虽与穆老板感情有隙,多有争执,但穆老板在东大街做买卖多年,大家皆称许他的仁义良善,灾时施粥,危时解难,穆老板的所行所为也是一个大写的"义"字,这倒和疤爷的教导不谋而合了。在柱生眼里,穆老板为保路同志会出钱出力,行仁义之事,亦如他的楷模。这样一想,早前和穆老板怄气，离家出走的事，倒让柱生有些不好意思。

当柱生召集了枣子巷堂口的兄弟，一起前往总督衙门时，才知保路风潮已如燎原之势，民众早已不是过去被官府一张告示就吓得畏惧退缩的顺民了，官逼民反，告示一出，反而火上浇油。现在，大街小巷锣鼓大鸣，民众奔走相告，揭露赵尔丰阴谋诱捕九代表，费尽心机，耍尽花招，阴险歹毒至极！刹那间，仿佛全城总动员，号角连天，金鼓齐鸣，嘶吼声撕开天空云层，人们如同涨潮，从四面八方一涌而来，走向了走马街、督院街，直奔总督衙门示威请愿。柱生与黄鳝带领哥老会一众弟兄，皆在其列。

这时，仿佛老天有情，亦控诉赵屠夫的捕人罪行，忽然风云变色，阴沉沉的天幕竟下起细细小雨来，请愿民众并不因雨意而退缩，他们依旧鸣锣呼喊，挥舞手中的棍棒刀枪，又有数千民众高高举起黄表纸写的德宗景皇帝（光绪）的牌位，奋不顾身地往总督衙门里涌，同时还振臂高呼："强烈要求释放九代表！""代表无过，关押无理！""保路权，保到底！""不赔退捐款，誓不罢休！"……

整个成都有着各种各样的传言。有的说蒲殿俊等人受到赵尔丰亲自审讯，被拷打得奄奄一息；有的说赵尔丰危词恫吓，罗纶盛气抵抗，终于惹恼了赵尔丰，立马被拉出去枪毙了；还有的说这些被捕的人已经被关到一个监狱中，每个人都给上了手铐脚镣，视为朝廷钦犯……来自四面八方的群众越来越多，到了午后，阴雨绵绵，天色异常晦暗。不断扩大的人群继续涌向总督府，围观者只有一个要求，放人；而赵尔丰也只有一个强硬的回答，围观者必须退出总督府，否则格杀勿论。

第六章 成都起血案

群情激荡，来势凶猛如虎，总督衙门外的卫队渐渐感觉招架乏力，请愿民众如同固执的潮水，一层接一层地涌上来，士兵只如海浪退潮，一股一股地往后涌动。巡捕跑去报告赵尔丰，慌得跑掉了一只鞋子："大人，请愿的人已经冲进西辕门了！"

赵尔丰安坐在太师椅上，和之前的激愤恼怒相比，此刻反而镇静地如深秋湖泊，这也是多年沙场对敌为他塑就的优异心理，越是遇到强敌压境，他越能纹丝不动，这招"每临大事有静气"，倒在许许多多个生死关头救过他一命，已成为他本能的应对方式——管它外面闹个天翻地覆，我自岿然如泰山不动。

小巡捕刚说请愿的人冲进了西辕门，其实在他汇报情况时，民众已将卫队从辕门逼退到头门了，兵士们一道一道地退出防线，从头门又退到了左右仪门。这仪门可是有重兵把守的，内阶沿上站着的全是手握洋枪的巡防兵，人数可比辕门、头门都多得多。即使他们荷枪实弹，这些手无寸铁的民众依旧无所畏惧，他们红脸粗脖，左手抱牌位，右手拿香，叫吼着冲进牌坊，许多人在阶前下跪，磕着响头大声哀求道："请总督开恩，释放蒲殿俊、罗纶等代表啊！"

兵士不忍射杀百姓，只能反复警告他们："不准再冲了，不准再往前移步，再冲就要开枪了！"可民众已经失去控制，完全不听劝导，已经冲到了大堂檐下。柱生隐约觉察出哪里不对，他拉住仿佛已被一种亢奋情绪摄住心魄、五官扭曲、拼了命也要往前冲的黄鳝，大声说："让咱们的兄弟暂时按兵不动，暂且不要前进了！"可惜此刻黄鳝已经听不进柱生的话，他重重甩开柱生的手，重重一抹脸孔，反而扬手招呼后面的兄弟们："大家跟我冲啊！想当英雄的跟紧了老子,想当缩头乌龟的趁早滚蛋!"柱生无法,看兄弟们如蚁般密密麻麻地从后面涌上来,他也只好叹口气,紧紧跟了上去。

不时有巡捕到大堂报告,现在充耳都是民众的喊声,触目便见这些"乱徒"的身影,赵尔丰从胸腔里喷出一口长长的浊气,他冷哼一声,伏案疾书,签发了一道极富屠夫色彩的手谕,命令大炮手:将总督街门口的七门大炮统统给我点燃!

民众并不知自己已危在旦夕,命悬一线。此谕一下,也注定了赵尔丰和四川民众的梁子就此牢牢结下,血海深仇,不共戴天,今世来生,再无转圜余地。

只听一阵轰隆的炮响。那声音对淳朴百姓而言实在是太陌生了,还不如三月春雷来得亲切熟稔呢,但很快他们就感受到了大炮的无上威力,因为"轰隆隆"的巨兽吼声过后,天地骤变,烟雾弥漫,接着是火光四起,接到开炮开枪命令的兵士闭紧双眼,噼里啪啦射出了一排枪弹。

"柱生!"外面雨雾迷茫,烟尘四起,赵尔丰的双耳却奇迹般捕捉到这撕心裂肺的一声叫喊。他仿佛还看到了一个熟悉的背影,摇晃一下,倒了下去。他奇怪自己为何在这乱民遍地的生死关头,还会想到那个年轻的"混世魔王",这年轻人酒量并不好,但他们夜饮的那天,年轻人像孩子般不断抢酒喝,直到顺利将自己灌醉。也许今后,再也没有机会见到这个可爱的青年了。

赵尔丰几分惆怅地想,他骨子里终究还是屠夫,也许,正是被他们逼的,他不愿当屠夫,不想当屠夫,最后却还是不得不沿袭了屠夫的本色。

第六章 成都起血案

一眨眼的工夫,总督衙门的仪门、头门、辕门内外便尸横遍野,血流成河……手无寸铁的民众就这样倒在了血泊之中,有的人倒下时怒眼圆睁,至死不敢相信这是真的,赵总督赵大人真是有着屠夫的心狠手辣,会在制台衙门前"开红山",露出凶狠本性,大开杀戒,半点仁慈都无。

民众的号哭和哀叫似乎上达苍天,雨下得更大了,这么大的雨也无法冲刷那些淋漓的鲜血,街道如同一条染红的河水,蜿蜒着成都人的牺牲和不屈,化作历史滚烫的眼泪,往前静静流去。

赵尔丰的眼并没花,他刚刚看到的真的是柱生的身影。

第一声枪炮响起来时,柱生心中不好的预感达到了顶点,他并没冲在第一排,所以,当台阶上有人如秋收的玉米棒子般倒下时,他尚未第一时间受到冲击,而是被忽然后退的力道吓了一跳。但第二阵枪声很快又响了起来。如果说第一阵发射子弹,兵士们还是有着颇多犹疑和畏惧,当真的有肉体在面前轰然倒下时,原本坚固的人墙变得分崩离析,这些迸发喷涌的血花刺激了他们的眼睛,也激活了内里嗜血的因子,他们端起枪,咬紧腮帮子,以更为精准的方式对着人群狂乱扫射。

柱生以为自己必死无疑,他甚至能看到那颗子弹从枪膛里射出来的轨迹,它划破了雨雾茫茫的空气,甚至还带着一点湿漉漉的水意,以一道完美的弧线向他心口飞来。柱生以为这是生命中最后一秒,如果不是那具温软的身体忽然将他扑倒在地,他以为自己这一声惊叫已经是从地狱深处喊出的悲呼。

"姐姐!"柱生的胸骨似乎被敲开,里面扑棱棱飞出一千只乌鸦,它们聒噪大叫,为风华绝代的女子敲响了永不回归的丧钟。

柱生当然不会想到,妙姐儿竟会出现在总督衙门,还会在子弹袭击前勇敢地挡在他的前面。

她躺倒在柱生怀里时,一双大眼睛还扑闪扑闪的,想要抬手摸摸柱生的脸,想要开口说一句话,但她已力不从心,嘴一张,便涌出大口大口的鲜血,将妙姐儿苍白的脸色映照得更为惨白。

黄鳝从台阶上滚下来,看到柱生呆呆的,急得以手作刀在柱生肩上斜砍了一记:"快走,妙姑娘还没断气!"

这话提醒了柱生,他紧紧抱住妙姐儿,一路奔跑,黄鳝在前面引路,带他们去找大夫,为什么妙姐儿越抱越沉?她身子被冷雨一淋,仿佛迅速退却温度,变成了冷冷的石板。

柱生一路上只会号哭:"姐姐,姐姐你睁开眼!"他的心脏快要从嘴巴里跳跃而出了,姐姐,姐姐你为什么这么傻?你一个小脚女人,跑来凑什么热闹?子弹它是长眼睛的吗?不不,姐姐你正因为晓得子弹是长眼睛的,所以才拼了一死,宁愿自己当人肉盾牌,也要帮不成器的柱生挡住这一枪。姐姐,你千万不要死,柱生还有好多好多心里话想要对你讲。姐姐,我亲亲你的眼皮好不好?你赶快睁开眼,不要再睡了,我抱抱你好不好?你老是说冷,一张脸一年四季不见红晕,三伏天手指尖都是凉凉的,以后姐姐再冷的话,柱生会抱紧姐姐,让姐姐暖和过来好不好?

柱生不知道自己是怎么跟随黄鳝闯进大夫家的,大夫其实只翻了翻妙姐儿的眼皮,检查了一下从她后背洞穿肺部的伤口,已经知道回天乏力了,而且在一路的颠簸中,妙姐儿早已合上了那双烟雨带愁的丹凤眼,只是柱生不愿接受真相而已。

柱生还牢牢地抱着妙姐儿,黄鳝上前扳了扳柱生的膀子,柱

第六章　成都起血案

生粗鲁地往后一拐，黄鳝跌坐在地，鼻子碰出了血。黄鳝失声叫道："你不要这么孩子气好不好？是不是连死人都没见过？我们接下来不知还有多少事要忙呢！"

黄鳝的吼声震得柱生的头皮嗡嗡作响，但他不得不感谢黄鳝，他说得对，这不是悲痛的时候，刚刚枪炮大乱，巡防营又派兵马出来乱踩乱踏，黄鳝清点人数，同去请愿的哥老会兄弟竟有一小半不知所踪，当务之急是将他们速速找回来，确保他们的安全。黄鳝放过柱生，抹了一把鼻子的血，自己跑出去找人。

这天夜里，雨越下越大，整个成都处处都是水洼，似乎已成泽城。许多百姓捧着光绪皇帝的神牌哀哭，有的沿街拖着脚步前行，有的瑟缩在街角，任由豪雨将自己淋成一只落汤鸡，无数声音都在雨中狂吼："天啊，天啊，您怎么不管管赵屠夫啊？他杀人如麻，我们都活不了啦！成都要被屠夫变成活地狱啦！"雨夜，天黑如墨，充斥着鬼哭神嚎，婴孩啼哭，一片天愁地惨将成都牢牢笼罩。

这便是震惊宇内的"成都血案"。据查，死难者全是底层贫苦大众：机匠、裁缝、学徒、医生、刻字匠、管戏班子行头的、装水烟的、放马的、卖小菜的、街正等，从12岁少年到古稀老翁，都有罹难。

第七章
袍哥革命者

1

"成都血案"第二天,大雨仍未停歇,暴雨如注,为成都平添了一抹哀愁,总督衙门的阶沿到外面的街道仍然陈列着死难者的尸体,赵屠夫已经杀红了眼,他下了铁令:三日内不许收尸。

那些被枪杀的无辜民众横卧在地,有的人还抱着光绪帝的牌位不肯放手。经过一夜大雨的冲刷,尸体被泡得惨白如发面馒头,腹部胀大如鼓。民众死不瞑目,双眼依旧圆瞪,似乎在向老天发出诘问:天啊,我们到底做错了什么?当一个遵纪守法的顺民难道有错吗?铁路路权归于民,本来也是光绪帝金口玉言说了的啊,为何现在赵屠夫反而以谋逆罪大开杀戒,直取我们性命呢?

僵死雨中的尸身实在凄惨恐怖。第二日一早,哭哭啼啼的家人拿了孝布和棺材过来,想要为冤死者收尸,但赵尔丰有令在先,

第七章 袍哥革命者

兵士们经过昨日一场杀戮，已有人杀红了眼，端起洋枪就人模狗样地逼迫来人后退："再不走老子开枪了！"

那收尸的是个穷女人，她带着一个不足桌子高的儿子，儿子还小，看上去并不十分懂得爹爹为什么会躺在地上，身下汪着脏兮兮的一摊血水，脸也被雨水泡得发亮。小孩子不明白，所以傻乎乎地吮着一根手指，一味歪头靠在他娘身上。穷女人苦苦哀求兵士，她带着一床破席子，只愿死鬼老公能用席子裹尸，也不算暴尸于天地了。

兵士先是瞪大眼珠吓唬穷女人："站到起，老子的枪子儿可不是吃素的！"那女人大概经过昨夜丧夫之痛，整个人已麻木不堪，现在别说是威胁恐吓，恐怕真有棍棒加身，她也不晓得喊疼的。她眉眼低垂，刀条脸上，一双深深凹进去的眼睛连一滴泪水都没有，她哭不出来了，泪水全干涸了，所以只能干巴巴地哀求，以为这些车轱辘话能打动赤红急眼的兵士。

"兵爷，你大发慈悲可怜可怜我们母子吧，孩子他爹死得实在冤枉，我只想收收尸，不会做什么的，如果连尸体都不管，以后我死了，下到黄泉，孩子他爹会怪我的，儿子长大了也会怪我的，男人家里的列祖列宗都会怪我的，说我没用，连让男人入土都不会。兵爷，你行行好吧。"穷女人说着说着竟跪了下来，对着兵士一个劲地磕头。那孩子还是傻乎乎地站着，被他母亲重重拉了一把，跌倒地上，额角摔出一个青包，他没有如母亲所愿大力磕头一起壮势，而是吃痛受惊，惊天动地地哭将起来。

这一哭将原本瑟缩在后面的民众都唤醒了，他们纷纷围过来，七嘴八舌地帮穷女人说话，请求兵士高抬贵手，人家是为自家男人收尸，又不是什么乱党余孽，一个妇人而已，于情于理都不该这么难为人啊。

那兵士年纪不大，此刻受了众人挤对，越发慌张，额上冒出条条青筋，嘴里呼出粗重浊气，连面颊上的几颗青春痘都鼓凸起来，粒粒现出逼人的鲜红，他恨声道："总督大人有令，三日内不许收尸！违命者……"兵士两眼一转，寻摸到了一个犀利的词汇，得意地接下去说："违命者，管你之前是不是乱党，现在反正你自寻晦气，自找没趣，说一千道一万都自认是乱党了！"

这"乱党"二字着实吓人，那些好心围观的民众不由得脖子一缩，噤口不敢言了。但这对穷女人并没有多大作用，也许她压根不懂得什么叫"乱党"，也许她被男人横死这件事弄得精神失常，连应有的恐惧都抛到九霄云外了，此刻见众人默然，她一人倒突兀地爆发出一声尖利的哭喊。依旧只是哭嚎，没有眼泪，喊过之后，穷女人仰起脸，额头已经磕肿了，上面蒙着一层雨天的灰泥，旁边是哇哇大哭的儿子。

穷女人原本跪在地上，哭喊过后竟灵巧地跳起，她昏了头，竟径直跑去撞兵士的洋枪，一边撞一边喊："把我也杀了吧！孩子他爹一个老老实实的剃头匠你们都杀，还有什么人不敢杀？杀了我才好，一了百了！"

枪响了，在大家都没反应过来时，枪砰的一声响了，首先倒下的不是穷女人，是那个一边号哭还一边吃手指的傻孩子，第二声枪响过后，才见到穷女人栽倒在地，打了补丁的破袍子溅起一摊泥水，惊得民众"啊"的大叫。

从呆若木鸡的兵士后面走出他的长官，长官吹了吹手里发热

第七章 袍哥革命者

的枪筒，面无表情地吩咐道："谁还敢过来，就是和这个死女人相同的下场！"长官很看不惯只会撂狠话的下属，狠狠重复道："你守好了！总督大人有令，谁硬闯收尸，谁就有乱党嫌疑，一律格杀勿论！"

黄鳝从外面跑回来，淋了一头一身的雨，来不及换衣服，他先踢倒了一个板凳，大骂了几声"他妈的"，到底气愤难消，黄鳝对着门槛又是一脚，门槛不比板凳老实，人家稳稳笃笃地杵在那儿，纹丝不动，倒一下子疼得黄鳝皱眉挤眼，连眼泪都涌出来了。

"黄鳝哥，哪个不长眼的惹到你了，发这么大的气干啥子嘛？"

黄鳝这下可算找到出气筒了，往这个刚入哥老会不久的小弟屁股上补踢一脚，心里那口浊气到底顺了一些，恶声恶气地答："你问哪个龟儿子惹到老子了？就是赵屠夫那个龟儿子！妈的，连女人都杀，连小孩都杀，妈的！"

柱生背对着黄鳝，蹲在地上往铜盆里烧纸，他保持这个姿势已经有一段时间了，仿佛生命之于他的全部意义就是这样，他一张一张的将黄表纸丢进火焰里，看火苗一点一点吞噬它们，最后化为灰烬。连睡在内堂那位貌美如花的女子，最终的归宿也不过是一抔灰烬罢了。

柱生没有换衣服，脸上的血迹和抓痕也没来得及擦掉。昨晚门婆子和小红过来了，她们带来了妙姐儿的衣服和发饰。门婆子是个不轻易动情的人，她从火里水里蹚过，眼泪早已熬干，但一看到妙姐儿的尸体，她还是抢在小红前头，"哇"的一口哭将出来，老泪淌得满脸都是。"我可怜的妙姑娘啊，你怎么这样狠心，年纪轻轻的就不在了。老天啊,妙姑娘善良得连一只蚂蚁都不肯踩死,你为啥也不放过她?你还不如收了我这老婆子的命更好。天啊,妙姑娘,你让我老婆子心好痛啊,好痛啊……"

门婆子扑到了妙姐儿身上,小红却如一头小兽,冲过来对准柱生的脸就是一巴掌,她打了人,自己倒疼起来,一只手攀着柱生衣襟,撕心裂肺地哭起来:"是你害死了我家姑娘!是你!你们一行人浩浩荡荡从春满园楼下过,柱生你咋就这么狠心?不抬头看看楼上,你的妙姐姐一直在叫你名字,她想让你小心一点,不要去以身犯险。你现在听到妙姑娘的话了吗?你听到她流着血泪喊出来的话了吗?你这个坏蛋!你这个蠢货!我怎么也劝不住她,她一双小脚,要多艰难才能自己走到总督衙门,才能在千百人中找到你,我简直想都不敢想!你到底能不能明白她?明不明白妙姑娘待你的一颗心?她对谁都没对你这样好,她是用整颗真心来喜欢你,疼爱你,呵护你!"

虽然柱生此前隐隐约约也猜到一二分妙姐儿的心思,但现在被小红这般不管不顾地嚷出来,还是令他大受震撼,他以前并未站在妙姐儿的角度和立场来思考他们之间的亲密关系。她怀有深深的自卑,知道自己配不上他,所以千方百计隐藏那颗真心,顶多只敢以姐弟相称,她太害怕,怕柱生若觉察出她的心意,反而会远离,甚至嫌弃避让,为了这万分之一的可能性,她也不要去冒险,所以,她宁可当他温柔絮叨的姐姐,不介意他对她谈起云杏,谈起戴子厚,谈起那些深深浅浅永远无法抵达的情感。他能说出口的,她统统都三缄其口。

喜欢,如果说妙姐儿对柱生只是这般苦涩的"喜欢",她也许并不会为此丢掉宝贵的性命。她岂止是喜欢呢？是爱，是柱生所不懂得的爱，一个自认卑微下贱的女子，为了爱，她愿意化作尘埃，不计得失，付出生命的全部。她甚至从来没有要求回报，不需要柱生来回应她的爱，不需要谁对她的下半生负责，她只想让柱生活着，平平安安地活着，活得敞亮而幸福，她就可含笑赴死。

为什么直到妙姐儿化作一缕芳魂，柱生才真正懂得她？但这一切都太晚了，他希望小红能多打他两记，打得更重些更痛些，最好让他的肉身随着妙姐儿一起陨落，只有这样，也许他才会从这深重浓黑的悲哀中稍稍解脱几分。

小红打累了，安静地挂在柱生脖子上，最后几下拳头有气无力，犹如瘙痒，她嘶哑着喉咙，哭着说："算了，你心里也不好受，我不怪你了，但你今生一定要记得妙姑娘，千万不能忘记她，不能忘记这个愿意用自己的死，去换你继续活着的好人。"柱生重重点头，表情凝重。

哭到喉咙沙哑的门婆子和小红为妙姐儿净身，换了衣裳，梳了头发，脸上还搽了淡淡的胭脂。现在，妙姐儿如同熟睡，如果不是她身形单薄，如同纸片，她会更美的，美得如一幅水墨丹青，早早已习惯了沉默和隐忍，挂在墙上，任世人观瞻，亦淡然面对人们的指点评说。

如果妙姐儿还是美艳的大活人，她自然是春满园老鸨得意扬扬的心头肉、摇钱树，但她现在已不在人世，老鸨绝情，连一副棺材也不愿打发，还自觉做了赔本生意，当初养育妙姐儿的成本全都打了水漂，现在一丝一毫都收不回来，对这具尸体弃之如敝屣，休要再提起。这样更好，疤爷人未到成都，已差小厮来传话，他要为妙姐儿张罗入殓下葬一应琐事，妙姐儿的后事哥老会全包了。

既然疤爷发话，大家自然遵从，妙姐儿现在停尸于堂口，柱生叫人拿了黄表纸，没日没夜地往火盆里焚烧，烧完一堆，小弟又送上来一堆新的。从他抱着妙姐儿，眼睁睁看妙姐儿在自己怀中断气那一刻起，他就滴水不进，饭菜端到面前，放上几个时辰，照原样将冷透的再端下去，他仿佛成了仙儿，除了烧纸，万事不理。

黄鳝才不管柱生现在心在天堂还是沉于地狱，他咕噜咕噜喝下桌上一壶茶水，拿手背抹了抹嘴巴，蛮横地将柱生的肩膀扳过来，眼睛对准自己，一字一顿慢慢对他说："我跟你讲讲刚刚在外面看到了什么，赵尔丰命令他的走狗们，冲手无寸铁的女人和孩子开枪了，是女人，是孩子！他们毫无过错！"

黄鳝哭了，眼眶里滚出了大颗大颗的男儿泪。

2

杀戒既开，赵尔丰已不用再遮掩狂躁本性，现在，城里到处都是赵屠夫的爪牙，上天入地地抓捕保路同志会激进之人，若谁被认作有加入保路同志会的嫌疑，一只脚便已经踏入了鬼门关。可作为激进之楷模的九代表，倒因为一位位高权重将军的一席话，暂且保住了性命。

话说昨日赵尔丰撞在鬼日行凶，设计阴谋逮捕了九代表，使得原本与他平等谈判的九位士绅成为阶下囚，但那九位均是英雄好汉，高官利禄不得诱，威胁恐吓不得怕，赵尔丰越是恼羞成怒，他们越是振振有词据理力争，这将赵尔丰气得个火冒三丈，盛怒之下，他丧失理智地威胁众人，说要杀鸡儆猴，眼看这九代表命悬一线，此刻来了一位救星，他就是与赵尔丰早就不对盘、两人面和心不和的成都将军玉崑。

鬼节当日，张澜、蒲殿俊等人刚被押下去不久，便有人通报："成都将军玉崑到！"赵尔丰黑沉着脸孔，出去相迎。

玉将军坐在黑漆太师椅上，稳稳喝了一口盖碗茶。这位满人将军是镶黄旗，虽然官阶在赵尔丰之下，但地位特殊。依照清廷的规定，成都将军不仅负有保护成都城内数万满人的责任，而且凡属重大问题，总督必须要和成都将军同时签字画押才能决定。玉崑将军头脑明晰，遇事冷静，此刻即使得知赵尔丰口口声声喊打喊杀，要以九代表的人头祭旗，他也并未自乱阵脚，反而沉住气，等赵尔丰先开口。

赵尔丰猜不透玉崑将军此刻过来的用意，但他刚刚命令扣押九代表，不无孤注一掷的狠气，现在想想，后背汗湿，倒也阵阵凉意，别无他法，只能自己开口打破僵局："玉将军，保路同志会与乱党勾结，煽动闹事，罢市罢课，使得成都市面百业凋敝，实在罪无可恕，我已将这保路会、股东会一干乱党首领捉了。"

"哦，那么赵总督接下来意欲如何处置这些人呢？"玉崑将军沉住气问道，他装作刚刚进门时没有听到赵尔丰跳脚摔杯，誓要以人血祭旗的嘶吼。

赵尔丰艰难地咽了口唾沫，他在玉崑将军平静无波的脸上着实看不到任何启示，事到如今，也只能硬着头皮咬牙说道："欲治乱世，当用重刑！现在川内抗粮抗捐的不正之风已经兴起，若不管制，将会暴徒横行，万民遭难。若此刻再优柔寡断，上对不起朝廷，下对不起百姓。所以，我想将这九人立即正法，以正视听！还请玉崑将军与我共同签名上奏！"

"万万不可！"真想不到，平日说话轻言细语的玉崑将军如此斩钉截铁，他这般决绝倒让赵尔丰眉眼一怔。

玉崑将军一双并不犀利的眼看向赵尔丰，侃侃而谈："这九位代表只是背负民愿，与官府平等商议，赵总督硬要说他们是乱党叛贼，恐怕手中并无真凭实据吧？再说这几位士绅乡老，并非土匪强盗，性命宝贵，系川人热望于一身，岂能因为政见不合就要砍要杀？传了出去，既不好对朝廷交差，也实难平息民怨。"说到这里，玉崑将军像是想到了什么，问道："既然预计要发生此等动乱大事，赵总督为何不先向朝廷请旨？"

赵尔丰肚里叫苦不迭，他现在已猜到玉崑将军的天平绝不会偏向自己半分，而朝廷哪里又是坚实的依靠？这个朝廷只会一味责备自己对川汉铁路事宜处理不力，镇压不力，训斥多于支援，却毫无有效的解决方案，还不是要靠他行个人蛮力，才能占得先机，抓捕这几个闹事首领，暂时操控大局。

话虽如此，玉崑将军不肯签下自己的名字，赵尔丰还是不敢贸然杀鸡儆猴。他想了想，换了脸孔，可怜兮兮地向玉崑将军讨主意："玉崑将军，并非我不向朝廷请旨，而是我电奏后，又电询再三，朝廷始终都不批不理啊，而川内动乱，已非一日，眼看就要酿成不可收拾的局面，为稳当今之势，我实在是不得已，才会'擒贼先擒王'的。还请玉崑将军体谅我这片苦心。"

第七章 袍哥革命者

话不投机半句多，玉崑将军肚里其实也窝火得很，他和赵尔丰交谈了半天，对方还是一味认为这些人是"贼王"，既然偏见已如此根深蒂固，继续谈下去只不过是对牛弹琴，玉崑将军干脆摆明个人态度，断绝赵尔丰的幻想。

拿定主意，玉崑将军便言语坚定地说道："兹事重大，非请准圣旨不可！事未问明，不可妄戮一人。"说完，玉崑将军气昂昂地拂袖而去，将赵尔丰晾在原地。赵尔丰气得胡子一吹一吹的，眼睛快要瞪出眼眶，但少了玉崑将军这个同盟军，他也着实不敢妄动，只能暂且将九代表关押在总督衙门里面。

关住了"贼王"，又下令开枪开炮射杀民众后，赵尔丰心想：一不做，二不休，我就算听了玉崑那个滑头的话，暂且饶了这九人狗命，但外面的保路同志会乱党，还是要抓要逮，要灭了他们的威风！

于是，全城风声鹤唳，为死者的啼哭还未收住眼泪，又要恐惧忽然破门而入、缉拿乱党的铁甲卫士们。

黄鳝再也忍不住心中怒火，冲着两日来不吃不喝的柱生大发脾气："你做出这副要死不活的样子给谁看？现在外面到处都在追捕革命党，你若还有一丝血性，你去和他们拼了啊！我宁愿看你和那些狗东西打个天翻地覆，也好过看你在这里当一堆行尸走肉！你的妙姐姐若看到你这种死样子，她一定会后悔牺牲自己，救下你这个窝囊废！"

也不怨黄鳝对柱生不满，为等疤爷回来主持葬礼，妙姐儿的尸身已停放了两日，这两日，黄鳝不管对柱生说起那个为给丈夫收尸反遭横死的穷女人，还是外面盛传的九代表近况，柱生都充耳不闻，犹如活死人一般，黄鳝虽与柱生认识不算长久，但已打心底视他为手足兄弟，看到柱生这般不振作，自然心急如焚，话也说得格外重。

"黄鳝住口！现在外面是什么局势，你还逼柱生出去送死？"一声威严大喝，黄鳝吓得抖了一抖，回过身去，又是高兴又是委屈，一时涕泪横流满脸脏污："疤爷，您老人家总算回来了！有您主持大局就太好了！呜呜，您临走前让我照顾您这个义子，他真是很难照顾啊，呜呜，您看，几天不吃饭，人都瘦脱形了……"

疤爷知道，如果不封住黄鳝这张嘴，他还会滔滔不绝地讲下去，这两天，作为一个哥老会的小头目，黄鳝所受的惊吓并不小，又肩负着疤爷让他照看柱生的重责，难免情绪紧张，压力如山。

"好啦，黄鳝，你看我一路上风尘仆仆，脸也没洗，饭也没吃，你赶紧去厨房张罗一点饭菜，让我和柱生两爷子能吃口饱饭。"疤爷将黄鳝打发下去，黄鳝哎了一声，伸袖子擦擦眼泪鼻涕，赶紧退下了。

疤爷蹲在柱生跟前，看义子脸上结了疤的血痂，还穿着当日怀抱妙姐儿的衣裳，衣摆被妙姐儿的鲜血染红了，过去两天，褪了些颜色，现在看上去一片酱紫，脏污不堪。疤爷回来了，柱生依旧没有停止烧纸的机械动作，这两天，他烧满一盆灰，哥老会小弟倒一盆，又换上一个新铜盆，这屋子不停歇地烧着纸钱，黑灰飘舞如地狱蝴蝶，翅膀上还闪着微微火星。

"柱生。"疤爷喊了他名字后，停了一会，仿佛在思索如何开口，他第二句话虽然经过了斟酌，但入柱生耳时，却说不出的奇怪，疤爷讲："柱生，有次我和妙姐儿说，想要将她赎出青楼，我

第七章　袍哥革命者

虽有正妻，但仍可以给她妾室身份，她是我疤爷的女人，任谁也不敢轻视她欺负她的。她却当即回绝此事，还请我日后不要再提。现在想来，如果那时我再强蛮些就好了，也许她就不会早死，红颜薄命啊。"

疤爷这番感叹实在来得莫名其妙。他虽出自真心，却并不知晓妙姐儿为柱生挡枪的隐情，只一味责怪自己没有早早救助她跳出火坑，若她一早成为哥老会二当家的妾室，身后自然有小弟保护，也不至于孤零零一个人到处乱跑，挨到乱枪而惨死吧！

疤爷这番剖白，柱生听到耳里，却是万分别扭。疤爷以为自己的强蛮和武力能救下妙姐儿的卿卿性命？他以为自己是谁？

柱生抬眼，冷笑，因为长时间没有喝水，嘴唇都爆开一层白皮，上下唇似乎粘连在一处，一用力说话，便有血珠渗出。他用舌尖舔了舔唇上的血，牙齿粘了一点红，像是刚刚嗜血的动物，话也问得横冲直撞："义父，您和妙姐姐她，睡过吗？"

疤爷一怔，打死他也想不通柱生为何会在此时忽然抛出这种问题。但疤爷是何等英豪，敢作敢当，顶天立地，再说他当初都想要驱遣大笔银钱为妙姐儿赎身了，怎会与她一直保持君子之交呢？他们有过云雨之欢，又能怎样？

"又能怎样？啊哈哈哈……"柱生仿佛忽然发狂，他猛地推倒疤爷，跌跌撞撞地跃起身子，往外跑去，撞得门口黄鳝的托盘落地，碗碎盘破，遍地狼狈。

"老天爷，柱生他这又是中什么邪了？"黄鳝叫起来，请示疤爷："二当家，您看还要不要派人跟住这个疯子？"

"算了，让他一个人冷静冷静吧。"疤爷的心思何等通透，柱生这一推一撞，让他忽然明白了很多事，妙姐儿当日不肯领这个情，也许并不是怕恩重如山，而是心中早就住进了一个人，住了那个人，她就不会在乎自己身处青楼这样的脏臭泥沼，反而畏惧会成为他身边的"二娘"。

3

疤爷一代枭雄，上了点年纪也变得婆婆妈妈，嘴里说着放任柱生一个人出去冷静冷静，心里却七上八下。原本这些天处理帮中事宜，好几日没有睡过一个安生觉，现在酒足饭饱正该好好休息，却始终无法合眼，闭上眼睛仿佛就看到柱生出事。现在城中动乱不堪，巡防营的兵马四处抓人，柱生年少气盛，又爱强出头，若不小心言语顶撞了那些狗官，说不定就会被扣上莫须有的罪名。

这小子！疤爷又好气又好笑。索性不睡了，一掀被子翻身坐起，他竟然跟自己的义父吃醋！可这傻小子有什么好打翻醋坛子的呢？他和妙姐儿之前姐弟相称，即使郎有情妾有意，却一直没有捅破这层窗户纸。疤爷更是不知妙姐儿的隐情，哪怕是妙姐儿闺阁恩客，也不能将疤爷归为情敌之列吧，柱生的表现竟显得十足的孩子气，半点都不成熟！

想到这里，疤爷又不由得咧开大嘴笑了，是啊，他自己这辈子最大的遗憾就是没有孩子，现在，可不是将玉娘的儿子当作自己的亲生子吗，为这个傻小子忧心忡忡，牵肠挂肚。疤爷再也睡不着了，他蹽出门，径直往大丰米行走去。

疤爷想得很简单，柱生在这城里，除了哥老会的堂口，不是

第七章 袍哥革命者

还有一个家吗?一个傻小子,受了伤,挨了疼,跑回家找爹爹疗伤也是意料中的事。但疤爷只猜对了一半,另一半是,柱生此刻并不身在米行。事实上,柱生在快要走到米行时遇见了白脸,白脸和一群伙计急匆匆往外赶。白脸看到许久不见的柱生十分激动,他拉着柱生的袖子,不由分说,要柱生随他们一起去开会。白脸颠三倒四说了半天,柱生才听明白,由川汉铁路公司的工人牵头,成立了工会组织,现在城里的伙计们、工人们、小手工业者均可自主参加,大伙团结一致,一起为保路运动出力。

白脸显得很愤慨,他遗憾的是那日没有亲自去总督衙门,因有事耽搁了,第二日回到成都,只看到大雨中泡得发胀的尸身,横七竖八地躺倒在街面,赵屠夫那狗日的还不让家人收尸!白脸唾沫星子喷得老远:"如果我在场,哼,少说也能撂倒两个当兵的吧?"白脸这般骄傲,是因为他陪柱生练过两天拳脚,自认为已经天下无敌。

柱生轻轻叹息一声,白脸哪晓得"成都血案"的残酷?手无寸铁的顺民像韭菜一样在台阶前倒下,他们大睁双眼,死不瞑目,血泪无辜,苍天都不忍睹。就算白脸会几下三脚猫功夫,那也绝对不是洋枪洋炮的对手啊。

柱生郁郁不语,若时光倒流,他一定不会让妙姐儿以肉身为盾,为他挡住飞来的子弹,那枚子弹不但射穿了妙姐儿的身体,夺去了她的生命,同样也将柱生心中的一块儿连血带肉地剥除下来,让他内心空空,犹如灌满风的山洞,今生再也不复完整。

正胡思乱想着,工会聚会的地方到了,白脸推开一扇木门,用掌在柱生后背一推,将他轻轻推了进去。

木门在柱生背后关上,与此同时,在大丰米行附近一家小茶馆,穆老板低着头,快步走进了内里隐蔽的小包间。

穆老板走得极快,疤爷张张嘴,刚想要叫他名字,却见气氛不对。多年行走江湖的经验,令疤爷身上的每个毛细孔都写着警觉,此刻只需眼角轻轻一瞥,他就发现除了自己,还有两个男人跟踪穆老板。这两个男人虽着便衣,但从他们鬼鬼祟祟的神态来看,并非善类,疤爷骤然明白:这是官府的密探!最近满城风雨,赵尔丰不但派出巡防营铁骑踏踏地四处抓捕乱党,同时也广布暗探。这些躲在黑暗中的家伙,如同吸血的蚊子,举着尖尖的长刺,伺机逮着谁就叮咬谁一口。

不好!这穆老板约了人在这里见面,恐怕内中大有隐情,而只要他被密探当场抓获,在这极不太平之际,百分之百会被定为乱党,难以活命。疤爷眼珠一转,唤来随从,在那小弟耳边如此这般地嘱托一番。那小弟是个机灵人,当下明白,连连点头,对疤爷无声地抱抱拳,一溜烟儿潜到后厨房。片刻后,只见他头戴瓜皮帽,身系蓝围腰,双臂还套着粗布袖套,提着大铜壶,一路上慌慌张张如同刚从乡下出来不久头天上工的毛头小子:"借过借过,得罪得罪,开水不长眼呐!"

小弟故意走得跌跌撞撞,弄得众人抱怨,他像一个演滑稽戏的小丑,好不容易才撞进穆老板的包间,大概穆老板提前吩咐过,不让伙计打扰,此刻惊得差点跳起来,这小弟偏偏还手忙脚乱,差点将开水倒在人家脚面上。小弟装出害怕的样子,硬是要拉着穆老板擦水渍,边擦边轻声讲:"您老被人盯上了,快让您对面这位朋友走,否则大有危险!"

第七章 袍哥革命者

穆老板一怔,小弟已经旋转着出去,当然,他又连带撞倒了小包间外的一张凳子,气得那茶客直骂娘。

算算时间差不多了,若再拖延,恐怕会引得探子疑心,疤爷昂首阔步,走路虎虎生风,挺着肚皮梗着脑袋,一脚踢开了小包间的门,大声喝道:"别以为欠了钱敢不还!也不出去打听打听,我马王爷有几只眼!怎么的穆老板,你将我约到这里来,不就是怕丢脸,怕成都人晓得你堂堂一个大老板,还找我疤爷借钱嘛?我今天偏偏就是要吼出来,没有见过像你这么不要脸的男人,还钱,赶快还钱!要不我将你的丑事宣扬得四邻皆知,让你再也抬不起头来做人!"

不光是穆老板一愣,连门外的探子也一愣,哥老会二当家疤爷的大名,他们不会没听过,但他们万万没想到,原本是想抓获穆老板与乱党接头的罪证,现在竟无意得知一条小道消息——大丰米行的穆老板前不久迷上了赌博,不但将家资输了个底儿朝天,还向袍哥疤爷借下不少银子。

好事的群众兴奋得抓耳挠腮,一个个挤在门口,兴致勃勃地看疤爷发飙。疤爷算过时间,这会子,穆老板约见的人应该已经从后门安全离开了,但他不敢掉以轻心,还是继续演戏,做戏要做全套嘛:

"各位老少爷们,你们都晓得三,咱们这条东大街,看上去光光鲜鲜,一条街上开满了各种商号,商铺后面不是厂房就是深宅大院,可这些大院里啊,少不了开赌局博彩头的。男人嘛,不赌不嫖算个啥鸟男人?连赌都不会,那活着还有个什么劲呢?可这穆老板好啊,他简直是想在牌桌上吃,想在牌桌上睡,还想在牌桌上升官发财再娶个美娇娘当婆娘呢！自从迷上了压登登宝，简直是没日没夜地将自己的命都压在了牌桌上，说句老实话，这两个月，你穆老板看上去还人模狗样的，恐怕连裤腰带也输掉了吧？"

穆老板被臊得面红耳赤，茶客们当场哄堂大笑，快活极了，他们撇开不言不语的穆老板，自己开始纷纷议论，一个老者摸着白胡须说："你们这些碎娃娃是不晓得，咱们这条东大街，一到了春节歇业时间，那赌起来才是凶哦，不分白天黑夜的，有些赌瘾厉害的，能从腊月二十三过小年，一直赌到正月十五。当然，赌起了瘾，就算过完大年，还是不能及时刹车，那接下去就是步向深崖渊谷了。这些院子里啊，凑得近了，就能听到那些推牌九的、掷骰子的、打麻将的、玩纸牌的声音震天，这些老板们，喉咙里都像塞了一口老痰，还拼命要造出声势来。"

白胡须老者拿眼瞟了瞟垂头丧气被众人指指点点的穆老板，呷口茶，得意地继续摆谈龙门阵："老板们阔绰啊，赌起来那才叫一个豪气！"老者竖起大拇指，脸上却换了一副鄙薄神色："他们通宵恶战，拿麻袋装了银钱，一堆一堆地往赌桌上捧！但俗话说得好，'十赌九输'啊，赌博哪有常胜将军呢？让你吃点小小甜头，后面的苦水，还要自己咽呢！"

疤爷对穆老板使了个眼色，他还是做出凶巴巴的样子，提溜起穆老板的衣领脖子，粗声粗气地吼道："走，现在就到你家去，让老子好好翻翻，说不定你这个鬼小子还藏着什么值钱物事，老子随便拎两样，当作利息也好。"

这时，穆老板已入了戏，十分配合疤爷，做出一副抖抖索索的尿样,双手不断打千作揖:"大爷饶命,大爷饶命,君子动口不动手哇……"两人拉拉扯扯的,在众茶客的指指戳戳下,出了茶馆门,拐了两道弯,便见到了大丰米行的招牌。

4

进了内堂,掩上房门,疤爷退后一点,对穆老板抱拳,郑重道歉:"刚刚事发突然,多有得罪,还请穆兄不要见怪。"穆老板赶紧扶住疤爷双拳,感慨道:"疤爷仁义,适才你救了穆某一命,穆某感激不尽!哪里还敢忘恩怪罪?"

彼此对看,其实早已耳闻对方大名,因为柱生,他们之前即使未曾谋面,已有几分熟稔。一个是柱生养父,从小将柱生养育成人;一个是柱生义父,让柱生年纪轻轻已在哥老会有了一席之地。但想不到,他们会在这种情形下见面。

不过也好,穆老板为人颇为大气,觉得让柱生义父看到自己最为狼狈的一面也无不可,所以,当疤爷直截了当问他,刚刚所见何人时,穆老板也爽快回答:"是同盟会的吴玉章先生,他得孙文先生派遣,刚从日本回国不久。"

疤爷点头,内心敬佩不已,他感激穆老板如此的肝胆相照,敢于对他掏心掏肺,于是,他也打开天窗说亮话:"既然穆兄见的是吴先生,那么,穆兄应该也是同盟会的一分子了?"

穆老板慨然点头,他问疤爷:"这段时间有没有发现街头有个瞎子一直在打金钱板唱歌?"疤爷晓得金钱板,那是在四川民间流传的一种曲艺,"伴奏"不过是手中的三块竹板,却能为演唱增色不少。提及瞎子，疤爷似乎有点印象，自从六月开始，有几回打东大街经过，仿佛是听过有打金钱板的声音。

穆老板点点头："疤兄，这位瞎艺人其实就是受同盟会之托，翻来覆去唱《反对铁路借款合同歌》。"

说罢，穆老板五音不全，也勉强为疤爷背唱了一大段：

"这几天闹喧喧，四川人结同志团。同志团忙乱乱，到底是为了哪般？只为那亡国事迫在眉睫近在眼前。亡国事又是哪件？是那外国人勾搭了汉奸。哩儿呀嘿，汉奸的罪状咱先不忙谈，先说说外国借债探根源。英法德美联成串，将我大中国当憨憨。定个合同命难扳，不公不平只有冤。任你心儿铁如石，看到合同也眼泪涟涟……"

这唱词写得好，既朗朗上口亲民易懂，又将问题的严峻陈列出来，催大家尽早觉醒团结。疤爷拍着大腿赞过了，穆老板才不好意思地说："这唱词是我起草的，同盟会的同志们作了一些修改，再拿给瞎子唱，就是为了唤醒川人，我们一定要将保路运动进行到底！"

说到保路运动，疤爷之前也捐款出力，但他自愧学问不够，见识不足，所以正好得此良机，向穆老板请教一二。穆老板也不含糊，简单扼要地说道："朝廷出尔反尔，强行要收回四川的铁路路权，川人强烈反对，朝廷却对万千民声置之不理，那叛贼李稷勋违法乱纪侵吞修路公款，反而被钦命为宜昌官办铁路总理。吞了川人七百万两银的邮传部大臣盛宣怀也毫毛未损，越发趾高气扬。川人不仅争路失败，上谕还要惩办争路川人，疤兄你说，这不是欺人太甚吗？咱们川人有血有肉，铁骨铮铮，如何能咽下这口冤枉气？现在，同盟会积极参与组织，就是为了不让咱们川人吃下这个天大的哑巴亏！"

疤爷连连点头称是，他自叹自己见识不如穆老板，当即拱手许诺："将来同盟会若有差遣，我哥老会上下定当竭力辅助！"

一诺千金，两双手紧紧握在一起，两位胸怀天下的志士就此结盟。这时，疤爷才想起自己此行初衷，问穆老板："柱生呢？他到哪儿去了？"

穆老板也奇怪，他说柱生这段时间不是一直在枣子巷的堂口吗？

疤爷苦苦一笑，他不好意思将义子和自己吃飞醋的事摆谈出来，于是只含含糊糊道："那小子人大心大，谁管得住他的脚？我还以为他回穆兄这儿了呢。"

穆老板深以为然，他何尝不是为柱生操碎了一颗慈父心呢？

他们并不知道，这时柱生身在工会，原本是懵懵懂懂来参会，和这些年轻人聊着聊着，倒也刺激了他最近死气沉沉的一颗心。

白脸拖柱生来的地界在一扇沉沉的木门里，这里原本是一个大仓库，现在废弃不用了，但多多少少还是留下了一点当日仓库的影子，比如门背后的大扫帚，还有几个已经干得张牙咧嘴的木桶，底部结了一层黑黝黝的淤泥。

屋中间放了一张大长桌子，以粗木头简单加工而成，上面连清漆都没刷一道，木头的纹路凹槽里不知聚集了多少陈年老灰。围着桌子摆放了一圈板凳，一看也不正规，长长短短，方的圆的，仿佛乡场演大戏，各人临时从家里拖了根板凳，兴高采烈过来看闹热。倒是桌上那盏马灯，灯芯拨得旺旺的，送了一屋子的亮堂，这亮堂映在正演讲的青年脸上，使这位原本矮小瘦削的青年平添了一份庄严尊贵。

青年是川汉铁路工会的一分子，他身量虽小，底气却足，声如洪钟："各位，赵尔丰不讲信用，以阴谋骗术，诱捕我保路同志会九位代表，还企图以官府武力，威逼我们工人开工，学校开课。今天上午，我已和几所学校的老师交换过意见，大家一致决定，绝不复课！坚决抵制赵尔丰的高压政策，可不能轻易认输！现在，咱们工会的弟兄也要一条心，在朝廷给出满意答复前，我们千万不能自乱阵脚！听了那赵屠夫一点花言巧语，就自己把自己的基业给毁了！"

矮个青年刚说完，旁边一个脸上有块胎记的男工人站起来愁眉苦脸地说："唉，不是我不想和大家团结一心啊，但抵制朝廷，会被当作乱党抓起来嘛。你们看，城里巡防营到处抓人，吓得百姓连门都不敢开，家家关门闭户的。"

"怕啥子，我就不信赵尔丰能将咱们全川七千万人统统抓到大牢里去！"一个眼睛有点问题，好好看东西也呈"斗鸡眼"模样的年轻人硬邦邦地顶了这"胎记"一句。"胎记"脸色烧红，多了几分不自然，但他依旧硬着脖子嘟囔："饱汉不知饿汉饥！你是光棍一条，一人吃饱全家不饿，我还要养老娘养妹子，这么久没有赚到一文钱，倒是让家里两个女人都跟着我吃风屙屁啊？"

这话说得粗俗，但十分在理，在场的人先是哄笑一番，那个矮个青年站起来做了个"肃静"的手势，待大家笑声平复，他才开口说："这位弟兄的话不无道理，不过你不用太担心，有什么困难，我们工会一定会尽力帮助的。大家都是苦出身，本来就应该互相帮助,而工会就是大家遇到困难时的依靠,倦了困了想回的家!"

这席话说得大家心底敞亮,在座的工人们脸庞放光,不约而同鼓起掌来,连柱生都被深深感染,不由自主地重重点头。

工会几位领头的年轻人决定接下来继续串联城里的工人,让大家稳住阵脚,绝不复工。就让朝廷看看,赵屠夫到底在成都做了什么好事,才让昔日繁花似锦的美地变成如今这番凋敝衰落的景象。

可现在光是串联成都市内的民众还不够,还要将赵尔丰阴谋逮捕九代表,在总督衙门前大开杀戒的恶行通报出去啊,但老谋深算的赵尔丰现已切断电报、邮路,还有什么办法能传递消息呢?

这不光是工会同志遇到的问题,也是整个保路同志会、整个成都目前遇到的棘手问题,柱生跟着大家一起陷入心焦的沉思,他正努力琢磨,看能不能想出别的法子开辟一条"言路"时,坐在旁边的白脸忽然想到什么,突兀地冒了一句:"听说,赵屠夫下令开枪开炮,城里乱了套,云杏也跑丢了。"

第八章 创新水电报

1

"什么叫跑丢了?"一出仓库大门,柱生就抓住白脸衣襟厉声喝问,他这才惊醒,自己此前一直沉浸在妙姐儿的惨死之中,无法自拔,竟然忘记去关心身边的人,比如穆老板,比如云杏,这些人任何时候都是他柱生生命的全部,可他在经历生死变故后,竟忘记去问问他们的安危。现在白脸忽然提及云杏,柱生又发了狂,倒把白脸逼得一个踉跄,差点栽倒在地。

白脸和柱生相交好几年,从没当他是个"少爷",此刻恼火地用力一拨柱生的手,气急败坏道:"你问我干啥子,又不是我把云杏弄丢的,把她藏起来的!喏,那天我听人说,最后见到她是跟在她表哥后面,一起到总督衙门请愿,要求赵尔丰释放九代表。后来到了晚上嘛,她表哥发疯般跑到云杏家啪啪打门,那晚雨下得大，天上还打雷闪电的，我刚好返回成都，看到云杏表哥的举动不对头，又担心这位戴少爷没有带蓑衣斗篷，还专门摘了自己的斗笠准备送过去，还没走近，却听云杏的瞎子娘哭得呜呜的，她说你把我女儿还给我呀，云杏啊，你这个死丫头，娘跟你说了不要乱跑，不要惹事，做人要本本分分的，你为啥从来就不肯听娘一句话啊？"

柱生怔怔地放开白脸，云杏失踪了，这事已经铁板钉钉，戴子厚自知犯下大错，自然忙不迭地赶紧补救，他请福全和几位要好的同学与他一同寻找，但在成都搜寻了整整一夜，也没找到云杏的影子。

其实母女连心，在9月7日"成都血案"的当天，瞎子娘仿佛早有感应。一大早起来，她那只能见蒙蒙光亮的眼就像抽了风，眼皮跳个不停。

云杏是个乖巧女儿，她从很小开始，不管早上多冷，哪怕被窝外呵气成冰，也从不贪恋多片刻的温暖，她总是早早起来，先捅燃炉子热洗脸水，在炉子旁烤两个玉米面窝窝头，那就是两娘母的早餐了。

9月7日这天，云杏还是一如往常早早起床生炉子，摆窝窝头，正拾掇了尿盆要往外面倒，瞎子娘叫住她，忧心忡忡地说："云杏，娘这眼皮跳得日怪得很，你在家里好好找找，看还没有过年写春联剩下的红纸，扯个纸角角给娘，娘贴在眼皮上镇一镇，可能会好一点。"

云杏没有去找红纸，她凑近了仔细端详娘兀自抖动不停的眼皮，靠得那么近，嘴里吹出的热气喷到了娘的鼻子上，她担心地问:"娘,您眼睛疼不疼,要不咱们去耿大夫那儿看看?"瞎子娘闻着少女身上的甜香气息,百感交集地拍了拍云杏的手背:"傻女子,娘眼睛不疼,早八百年它就不晓得疼了,也不会再生病了,还去看什么医生?娘可能是夜里没睡好吧,眼皮乱跳,拿红纸镇镇,啥事都没得了。"

云杏清脆地应了一声,她在家翻箱倒柜找红纸时,瞎子娘又想起了伤心往事,一个人絮絮叨叨说起来:"真是不敢想啊,眨眨眼,你爹都离开咱娘俩多少年啦,还记得你爹刚没了那年,你才这么一点点高,我真是犯愁啊,怎么才能把你养得大,咱们家正正经经的,就算穷死,饿死,都不会走卖儿卖女的路。可那时,云杏,我真动过心思把你卖掉。不是娘狠心,娘只是临到头,想得好好的,抱着女儿死就抱着女儿死吧,但真要让那么一点点大的你跟着我去死,我又像万箭穿心,痛得要命的!娘那时好为难啊,带着你逃荒的一路上,无数次想把云杏卖给哪家有钱人当丫鬟吧,如果运气好,说不定人家待她好,还能识文断字呢。但又终究舍不得,我的女儿,真要去伺候别人,小小年纪就受人家打骂,这不是给我做娘的心里插刀子吗?"

"娘!"云杏找到了一小块红纸,不知放了多久,早已褪了色,轻轻吹口气,扬起一片灰尘。云杏将吹干净的红纸交到娘手上,故意将话说得又硬又重:"娘,我可不爱听啊,您休想卖掉我,别说卖我去当丫鬟,就算卖我去当千金大小姐,我也离不开娘的。"

云杏撒娇似的,身子往娘怀里一滚,瞎子娘欣慰地抱住女儿,欢喜得像是白落了一个宝贝,嘴里嗯嗯道:"那是,那是,我又怎么舍得离开我的云杏呢,如果这几年没有你照顾,娘这把老骨头,

第八章 创新水电报

不知哪天早就喂了别家的野狗。"

这话云杏更加不爱听,她觉得娘今天怪怪的,一大早就哀哀切切跟她说什么死的活的,和娘相依为命多年,外人都只看到云杏能干,小小年纪已经一肩担起养家糊口的重任,但并不知道,在这两口之家,其实看似羸弱的瞎子娘才是真正的顶梁柱,云杏永远依赖信任的"定海神针"。也多亏了娘的坚毅和强韧,否则,她们母女无依无靠,如何又能在偌大的成都立下脚来?

瞎子娘自知身体不好,她能给予云杏的十分有限,所以平日对待女儿多是鼓舞打气,极少像今天早上这般丧气话不断,还老是让惨痛往事勾起心弦,难过得又掉下几滴眼泪。

娘哭了,云杏心里非常不好过,她现在不钻娘的怀抱了,反而张开双臂将娘紧紧搂在自己臂弯里,在娘耳畔说着体己话:"娘,您要长命百岁哦,让云杏有福气好好孝顺您。"

"傻女子。"瞎子娘被这么懂事的闺女逗得泪中带笑,她点着头说:"云杏,这些天你跟着闹罢工,虽然不去裁缝铺,但看你早出晚归的,照样忙得很。"娘说到了云杏心事上,少女娇羞得不知如何才好,幸好娘眼神不好,要不,一张火烧云般的脸庞,含春带羞,如何能瞒过娘这过来人的眼?

其实,娘压根不用看,只需侧耳倾听,云杏胸肋间那擂鼓般的心脏跳动声已经告诉她答案了——女儿大了,有自己的心事、自己的天空了,难道还像小时候一样,自以为自己是老母鸡,将云杏这个小鸡雏藏在翅膀底下吗?

没错,这些天,云杏罢工,戴子厚罢课,他们几乎整日都在一起,虽说在一起,但又不是两人都在一起,总是一群人,福全乐意当戴子厚的小跟班，脑子一点都不机灵，完全没察觉自己不但是跟班身份，更多的时候还是电灯泡。

戴子厚的朋友甚多，他们见了云杏都极为客气，云杏对他们印象不深，甚至连人家的名字都叫不上来，单单有一个尹长子，大名叫尹昌衡的，上次与戴子厚、福全他们一起去青羊宫游玩过，他倒给云杏留下了颇深的印象。

论及原因，好像不仅仅是因为戴子厚对尹学长推崇备至，当他是偶像英雄，而是他为人磊落，双眼如鹰，看向云杏时，眼神从不掩饰拐弯，这倒和戴子厚那些习惯低头与云杏说话的朋友大相径庭。

这个尹昌衡倒是有意思的人呢。云杏大胆地想到。很快，她又自觉她一个未出阁的姑娘，这般不害臊地想人家男子有意思没意思，本身就是一桩让人脸红的事。

她偷偷想了一下自己的表哥，那么，子厚哥哥呢？从小她就觉得子厚哥哥与众不同，他家世好，读书成绩好，为人也谦和温厚。在云杏眼里，子厚哥哥简直就是十全十美的人，她喜欢追随子厚哥哥，就算明知道他要带着自己去干一些危险的、娘不喜欢自己做的事，她还是忍不住当那个追随者。

可为什么，她就算踩着子厚哥哥的影子，在他的目光漫漫望过来时，她紧张得连话都不敢多说？生怕自己见识短浅，哪句话没说对，白白惹了人家嫌弃。毕竟，子厚哥哥不是柱生，她在柱生面前向来是想吵就吵，想闹就闹的，活像天府土地上一株鲜嫩嫩活泼泼的小辣椒，野生野长的倒十分自在快活。

唉，想到这个挨千刀的瘟生穆柱生，云杏又难免生气地想到他们前不久因为照片而发生的一场争执,心里恨恨地连骂柱生几句"瓜娃子",这才稍稍消解了她的怒气。

云杏陪着瞎子娘又流了一会泪,母女拥抱偎依,彼此温暖,待两人情绪平复下来,云杏擦擦眼睛,站起身。她和戴子厚提前约好了,今天要去帮忙贴标语,说到打糨糊嘛,若云杏排第二,只有瞎子娘一个人敢排第一。

云杏都收拾好东西要出门了,瞎子娘又多余地嘱托她一句:"云杏啊,今天过盂兰盆节,别忘了晚上给你爹爹准备好纸钱,娘好亲手烧给他。"

"忘不了的。"云杏脆生生地回答:"娘,我走了啊。"

瞎子娘眼瞎心亮,她将云杏失踪前那个早上发生的事想了又想,在脑海里过了又过,不知倒腾了多少遍,她反复回想着那日云杏身上的淡淡香气,云杏的娇嗔和撒娇,云杏在她怀里像扭股糖儿一般扭来扭去,云杏对她说,要让她这个又穷又病的瞎婆子长命百岁呢,听听啊,这闺女的嘴巴多甜,她说我长命百岁竟然是她的福气。

瞎子娘拉着柱生的手哭了:"柱生,大娘求求你,你帮我把云杏找回来吧,活要见人,死要见尸,我只有这么一个女儿,不能没有云杏的。就算丢掉我这条老命都可以,只要能换云杏回家,变鬼我都心甘的。"

柱生离开瞎子娘黑咕隆咚的小偏屋时,袖子和心都湿漉漉的,被瞎子娘的眼泪弄得好湿,好湿。

2

"柱生,你还在这里磨蹭什么,赶紧走哇!"白脸从瞎子娘门口逮住柱生,不由分说拖起他就走。

白脸从工会那儿领到了一个"发水电报"的任务,他一路上滔滔不绝地对柱生诉说,能想出这个主意的一定是天才人物!要不,怎么会在赵尔丰封城又切断电报、邮路的情况下,还能想到"发水电报"这个绝佳妙招呢。虽然白脸说得乱七八糟,柱生到达工会,与矮个青年一起往木板上刷桐油,制作这特殊的"电报木"时,他自己还是拼凑出了关于这桩"天才妙法"的来龙去脉。

赵尔丰以雷霆手段镇压民众,血洗平民,原以为这种极端做法能让民众畏惧,同意停止罢市罢课,乖乖与他合作,民众非但没有被吓倒,反而群情激愤,斗志更加昂扬。就在九位代表被无故逮捕的当天,已经有许多保路同志会成员舍身求仁,不等巡防营上门捕人,自己寻到衙门,慷慨陈词:"我是和九代表行动一致的,要捕就把我一起捕走吧。"

更有一位白衣秀才,他身背铺盖卷,手提亮灯笼,将一条粗大绳索搭在自己肩上,粗看上去,宛如昔日过年来成都耍蛇卖艺的印度人,不过头上没包帕子,而是顶着一张状词,从盐市口一路走到了走马街,一路上高声呼喊:"反对赵总督捕杀好人!""誓为同志会九代表喊冤!""官府释放九代表!"……沿街百姓一路跟着这位秀才,议论纷纷,大拇指翘得老高,一直将他送到了总督衙门的门口。不消说,这位仁人义士也以"乱党"的名义被逮捕收押了,虽然他的行为看上去是以卵击石,却深深鼓舞了民众,让大家更为团结。

英雄义士不能白白牺牲,九代表也不能白白被关押在牢里啊。在"成都血案"发生的第二天,保路同志会的成员们纷纷向理事会提出建议,都希望能尽快将这里的消息传递出去,争取各地支援,以解成都之困。

蚕桑学堂监督曹笃是理事之一,他心中忧愤如火,勾头急急忙忙地转出南门,来到农事试验场,想找另一位同志——场长朱国琛商量商量,看怎样才能将省城的消息通知到各州府县的同志会。

曹笃来得正好,所谓"赶得早不如赶得巧",刚进门,同盟会四川支部负责人董修武便招呼他:"曹笃,你来得正好,你来了,人就到齐了,大家赶紧一起开会。"等他落座,董修武皱起眉头说:"赵尔丰以为使出凶残的杀戮手段,就会将四川的保路运动镇压下去,真是滑天下之大稽!我们要因势利导,切实贯彻孙中山先生'借保路之名,鼓动人民以行革命之实,推翻鞑虏'的指示……"

这位董修武可是由孙文先生亲自介绍加入同盟会的,日前,他同吴玉章等人一起,受孙中山委派,秘密潜回四川,进行旨在推翻清王朝的革命斗争。他是经验丰富的革命党人,即使遇到赵尔丰封城的大事,也阵脚不乱,赶来和大家一道商量对策。

"现在,赵尔丰引得民怨沸腾,我们正好把握机会,发动广大民众,开展武装斗争!"董修武特别强调:"孙先生说过,四川的哥老会有很大的势力,且有强烈的反清倾向,我们现在最为紧迫的工作是：第一，立即将今天成都发生的血案告诉全川人民；第二，现在应该立即派人去新津、华阳，同当地哥老会大当家取得联系！"

"可是，"雪亮的美孚灯光下，董修武的两道剑眉愈发皱拢起来，"现在我们如何才能将消息送出城外？"

在座的同志彼此对视，有人小声建议："古代征战，信息难通，我看用飞鸽传书挺好的，要不咱们也试试吧。"

"不妥。"董修武摇头否定："别说一时之间，我们找不到这种受训的信鸽，能圆满传递消息，就算找到，恐怕那鸽子刚飞上成都上空，就会被巡防营的利箭射下，据我所知，赵尔丰麾下是养了一批神箭手的！"

唉，飞鸽不能传书，难道还要找土行孙施出遁地术不成？众人又陷入沉思。

正在绞尽脑汁地冥思苦想，一个刚上工没几天的愣头小工闯进来找朱场长，他为了挣表现，做了几十块木片，现在恭请朱场长在上面写下农场植物名称。小工原以为自己这般卖力工作，积极表现，会受到上司嘉奖，没想到朱场长原先吩咐过，开会商量重大事宜时，不许任何人擅闯会议室，但这小工刚来不久，对农场房屋布局不熟，乱走乱闯，突然跑进来，还是搅得会场里众人一惊。

小工不但是路痴，情商也低，也不看看现在是什么时候了，手里还拿着一堆木片儿添乱，傻乎乎地站在一旁等着讨赏。朱场长心情不好，大声呵斥他："抱着你的破木片爬开些！没你的事赶紧出去，别进来瞎凑热闹！"

第八章 创新水电报

那小工热脸贴了冷屁股，气嘟嘟地跺一跺脚，也不看这里是什么地方，只觉得自己冤枉得紧，跟上了这种笨蛋上司，哼！至少表扬一下他嘛，人家为了修木片，连手指头都削破了一层皮，出了几颗大大的血珠啊。

自己出血出力还讨不了好，小工生气地嚷嚷道："哼，走就走，你说我辛辛苦苦做的是破木片，那我索性把它们投到河里江里，让它们漂流到大海去安家，反正破烂不值钱，与我屁相干！"

小工抱着他的劳动成果转身就要出门，曹笃眼前一亮，大叫一声"慢"，他一拍大腿，突发灵感，欢喜激动地说："有了，咱们有办法将赵尔丰的血案罪行通知全省了！"

董修武大喜："好！请问曹先生想到了什么妙计？"

"就是这个！"曹笃像是抢劫一般，将小工怀中的木片都夺到手里，那小工原先气鼓鼓，觉得自己忙活大半天，场长还丝毫不重视，正要赌气将这些木片扔掉，岂不知"甲之砒霜，乙之蜜糖"，在朱场长看来，那堆破木片纯粹瞎搅和，曹笃却在瞬间想到一个绝佳妙计，激动地对董先生说："赵尔丰切断电报、邮路，但有一样东西他是主宰不了的！"

"什么？"在会的同志全都伸长脖子，刚刚他们被"飞鸽传书"这计策行不通打击了一番，既然连"领空权"都被制裁了，上天都不行，难道这曹笃还真的要效仿土行孙不成？可偌大的成都，不晓得能不能找到土行孙土拨鼠⋯⋯

曹笃微笑着揭晓答案："咱们可以发水电报！"

"啊？什么叫水电报？""我长这么大，从没听说过哦。""水还能发电报？真是奇了怪了。"大家议论纷纷，惊讶不已，觉得曹笃这话实在是说得太不靠谱了，全世界都闻所未闻什么水电报啊，大家齐齐将目光对准曹笃，看他葫芦里能卖出什么药来。

曹笃目光灼灼："咱们成都水渠纵横，现在又正处于涨水季节，我想啊，在一块块木板上写下这样的字：'赵尔丰先捕蒲、罗，后剿四川，各地同志，速起自保。'然后，在木板上涂抹桐油，投入江水河床，让其漂流而下，顺着河道，不就可以抵达各地了吗，这样，消息也能很快传遍全川嘛。"

"对头啊！"一位中年男子激动得两眼放光，拍着额头说："我咋没想到呢，这可真是好主意，诸位不知听过'飘叶为媒'的故事没有？"大家来了兴趣，暂时忘却情况危急，催他快讲故事，他便得意地饮下一大口茶水，郑重其事地开讲了："古代在皇宫里头，那宫女可是多得要命，有些宫女从进宫到死都见不到皇帝一面，就这么寂寞凋零，郁郁死去。她们心里堵得慌啊，每天伤春悲秋的，日子实在不好过，总要找些法子来排遣忧郁嘛。这不，就有位不甘心寂寞终老的宫女，想出个好法子来，她在御花园捡得的树叶上，写下一首闺怨词，上面刷了一层淡淡的清漆，放在水中，字迹不染，顺着皇宫外的河水顺流而下，竟然被宫外一个守城的将士捡得。那位将士将写着诗句的树叶当作定情信物，紧紧揣在胸口，后来他到边关打仗，竟获大捷，顺利晋升官职，班师回朝。论功行赏时，他不要任何封赏，只希望能与写'飘叶诗'的宫女见上一面。皇帝晓得了这番来龙去脉，大为感动，不但帮将士找到了这位蕙质兰心的宫女，还让二人结为夫妇呢。"

这个古代的故事有鼻子有眼，说得大家信服不已："如此说来，咱们古代就有水电报嘛。""就是，发水电报肯定可行的，这真是好主意啊。""古代人好聪明哦，嗯，曹笃也聪明，晓得想办法。"

"好！"董修武惊喜地叩响桌子，"等会我们多多安排些人手去发水电报！"

"要得，我也要连夜赶回荣县，吴玉章正在苦等我的信！"少年英武的龙鸣剑站起来，朗声说道。

待大家细细研究了一番行动方案，董修武慷慨道："一个篱笆三个桩，一个好汉三个帮。人多力量大，各位同志出谋划策，咱们的革命大业焉能不成？现在，巴蜀大地已经是星星燎原，到处都燃起了愤怒的火苗。我们就是要煽风点火，让遍地的星星之火变成点燃巴山蜀水的冲天大火。我们要把各地同志会发动起来，联合一切力量，打赵尔丰一个遍地开花！我们就是要在各州、县，截留赋税，招兵买马，堂堂正正，闹他个天翻地覆。只要占领了几个重要城池，就把咱们的军政府成立起来。"

想了想，董修武又说："各位同志在各地组织起义军后，看情况而定，不必非要组织军队向成都进军，若当地的条件成熟，各地可以先宣布独立！独立之时，记得亮出我同盟会定下的'驱除鞑虏，恢复中华，创立民国，平均地权'的政治纲领。同志们，大家加油，看来孙先生希望我们的'将保路之面具揭去，而树同盟革命之旗帜'的时候到了！"

董修武讲完后，场上群情振奋。来自各地的同盟会中坚力量相互勉励，大有"风萧萧兮易水寒，壮士一去兮不复还"的悲壮气势。

会后，同志会员们联络工会积极分子，从成都东门九眼桥、北门万福桥、南门安顺桥等处,将木牌放到水中,趁着仲夏水势汹涌迅猛,木牌四方漂流。这些"水电报"不负众望,顺水而下,流至重庆、涪陵、万县,出巫峡还漂流到了宜昌、沙市、汉口、南京、上海……木牌冲到了省内各州府县,沿河群众捡到后疾声惊呼:"啊,水电报来了!"

柱生和白脸接到"发送任务",他们也沿着锦江投下了数个"水电报",在往水中丢木片时,柱生仿佛看到了童年的自己。在母亲刚刚病逝的那年"鬼节",穆老板牵着他的小手,胳膊里挎一只柳条大篮子,父子俩往锦江边走去,准备给玉娘放纸船。每到"七月半",锦江畔或站或蹲,总有不少人来为亡故的亲人放纸船,船里放一截小小的蜡烛,映一点浅浅的亮,仿佛那亮光是指引灵魂从此岸通往彼岸的明灯。柱生还小,不时被江畔的小石子绊住,走得歪歪斜斜,穆老板便也慢下来,配合柱生的脚步,两人慢吞吞地靠近江水。

穆老板放纸船,也放莲花灯,他不像别人那样念念有词,絮絮叨叨。江边有个老太太,放一个灯,要拖声幺幺地唱上好久:"啊呀我的死鬼老公啊,你这个狠心短命鬼啊,你把老婆子一个人留在人世受煎熬啊,你就下黄泉去吃香的喝辣的风流快活吧,你就不管老婆子一个人吃风屙屁受人欺负,你这个短命鬼啊啊啊,你这个挨千刀的啊啊啊……"

柱生明明不想听,可别看这个老太婆白发苍苍,脸上遍布皱纹,但她中气实在是忒足,那些抱怨指责像是生了翅膀一般,一串串飞进柱生耳朵,让他躲都无处躲,他就在这荒唐的指天骂地中,在老太婆对死鬼男人阴间幸福生活的奇妙想象中,哇的一声哭了起来。

柱生想娘了,他虽年幼,却已明白了娘不在人世,不能再回到他身边,好好照顾他了。这悲伤如此真切,让他小小年纪就懂得了生与死之间不光是隔着一条黄泉,也许还隔着一条银河那么宽的距离。

现在,一边放"水电报",柱生的思绪一边不由自主地回到了儿时那次痛切心扉的啼哭回忆之中,他控制不住自己的倒霉想法:"云杏,你现在到底在哪里?你有没有出事?你可千万千万不要去和我娘做伴啊。"

3

云杏,云杏。

有声音在轻轻唤她,云杏。

云杏?这是谁呢?她绞尽脑汁地想,这个名字好熟悉啊,春有云雾,桃杏芬芳。云杏,这名字真好听,到底是谁家姑娘呢?为什么这呼喊一直跟着自己,像是自己发上的一根丝,衣服上的一条线,缠缠绕绕,总也挥之不去?我呢?我到底又是谁?我叫什么名字?我怎么会到这里来?这里,又是哪里呢?

云杏"啊"的叫起来,她想要掀起被子一跃而起,身体却滞重得像灌了重重一桶铅,她以为自己叫声凄厉,其实只不过如同蚊虫嘤嘤。不过这也够了,足够守在床边的绿衣姑娘欢喜地跳起来,往外面跑去,边跑边喊:"哥哥,哥哥,云杏她醒了,你快来看看啊哥哥。"

尹昌衡大步走进屋子里来，自从那日他在街头一具补锅匠的尸身下发现云杏，以为后脑勺洇了一摊血的她已经不行了，只是抱着一颗慈悲的恻隐之心，想要为云杏收尸，结果一触鼻息，云杏还有游丝之气！

尹昌衡赶紧救她回来，找大夫处理完伤口，久久不见云杏醒转，去问大夫云杏是否伤势沉重，大夫大摇其头，说他的本事反正都用尽了，这姑娘能不能醒，到底什么时候醒，要看她自己的造化了。

尹昌衡在云杏床边守了一天，云杏一直沉沉昏睡，毫无清醒的征兆，到底军中事务繁忙，尹昌衡只好叫来妹子春分替他照拂云杏。春分从小最听哥哥的话，看哥哥这么紧张云杏，她立马上心，也跟着焦急得不行，将照顾病人当成了头等大事，片刻不休地守在云杏病床边，就连三顿饭都是拿到这床前吃的。现在云杏醒来，春分好比干成了一件了不得的大事，喜不自胜，满院子找哥哥报告好消息。

但这云杏姑娘有点不对头啊，春分没寻到哥哥，刚转身跨进屋子，就见云杏直愣愣地坐在床上，腰背挺得笔直如线，小声问她："谁是云杏？"

"啊呀！"春分更加焦虑地拍着腿叫起来："哥哥，哥哥你到哪里去了嘛？哥哥！"

云杏想要下床，身体却虚弱如棉，被床沿一绊，重重摔回去，她望着自己的双腿，脸上露出不可思议的神情。

"哎呀，云杏姐姐，你乱动什么啊，我跟你说啊，你那天被我哥哥救回来的情形才吓人呢，一头一脸都是血，我用温开水帮你擦了好久,才能看清你的脸!看清姐姐是这么漂亮的一个大姑娘。云杏姐姐,你还是好好安生躺着吧,人家大夫都说了,你失血过多,一定要安心静养,静养!对啦,你想吃什么不?我去给你熬点黑米粥好不好?我呀,打小就喜欢吃黑米粥,滋味喷喷香,还补中气,有营养!"

春分从老家过来,成日待在哥哥府上,来往尽是男人,还多是行伍之人,个个三棍子打不出个闷屁来,只觉得无聊。没想到赵尔丰在成都又是开枪又是打炮,吓得一城的人恨不能躲到地缝里去,春分当然也害怕杀人,怕看到血淋淋的场面,越发躲在房里不敢出门,这就更加气闷了。但她开心的是,外面乱糟糟,也能"因祸得福",哥哥带回来一个漂亮的大姐姐,和孤单单的春分做伴。

春分一时高兴,也不管人家才刚刚醒转,噼里啪啦就是好一顿言说。

"我……不想吃什么,只想问你,你是谁,我是谁?"

事情麻烦了,春分坐下来啃小手指头,刚刚云杏姐姐问"云杏是谁",现在又问"我是谁",这也就是说,她彻底弄丢了自己,遗忘了自己就是云杏的事实。

春分一筹莫展,只能发愁地望着云杏,好在云杏身体虚弱,听了她的话,并不怎么乱动。过了一会儿,尹昌衡得知云杏苏醒的消息,大步流星地回来了,春分一见哥哥,扁着嘴简直要哭出声了。尹昌衡大概已听说了云杏失忆的事,所以并不特别惊慌,手掌往下按了按,安抚春分也莫慌,他坐在了云杏面前,两眼发亮地看着她。

"你别怕，好好住在我家养病，有什么需要的，跟我妹子春分说就好，她会帮你张罗的。"尹昌衡自己都没发觉，他也会用这般柔情的口吻和一个姑娘说话，此前，他以为自己永远不会对女人动心，女人是什么呢？世上最最无聊无趣的生物，她们头发长见识短，遇到一点小事就只会哭哭啼啼，动不动就寻死觅活的，天下最没意思的就是她们，定国安邦能靠她们吗？国富民强能靠她们吗？让国家变得更加民主未来更加繁荣能靠她们吗？

那时的尹昌衡满脑子都是民族大义，他活了二十多年，压根不懂得儿女情长，也误以为自己将来会需要一个女人，一个贤妻良母来为他料理家事，管理府中杂务，当然，也为他尹家传宗接代，但除此之外，这女人于他就没有别的意义。但自从一次偶然的机会，他在戴子厚那里见到云杏，第一眼便觉得几分诧异：这女子是在哪里见过呢？

尹昌衡虽身在行伍，幼时受教，也是读过几页《红楼梦》的，他这一惊，将自己都吓着了：那多情公子贾宝玉初见林黛玉，不也是发出了这样的惊问吗？他也觉得这妹妹似曾相识，今生即使没见过，也许前世早早就已结为旧识呢？

犹记得那次出游，尹昌衡素来欣赏学弟戴子厚，戴子厚还带上了一个性格温和说话挺逗的福全同学，但那日他们说了什么，做了什么，现在记忆里一片空白，尹昌衡唯一记得的，是云杏拍照时，不知从哪儿飞来一只蝴蝶，栖在她的肩膀上，让大家大为称奇，特别是福全，他还像个愣头青，凑过鼻子去，非要嗅上一嗅，嘴里还发着奇奇怪怪的议论："啊，为什么蝴蝶只爱云杏呢？难不成女孩子天生都是香的，咱们男人生下来就是臭男人吗？怪不得说女儿是水做的，男人是泥捏的，咱们真是天生就有浊气，蝴蝶都不爱啊。"

尹昌衡长长久久地记住了那只蝴蝶，更记住了蝴蝶所爱的云杏，辫子乌油油的，脸蛋初看上去稍有些黑，但那是健康的黑，左腮一粒朱砂小痣，若是笑起来，嵌在梨涡里，是那般俏皮生动。云杏并非美女，为何就会让尹昌衡这般顶天立地的男子念念不忘？那时，尹大人还未自问过，这苍茫人世间啊，究竟情为何物？

倘若9月8日，尹昌衡没有在巡城时发现奄奄一息的云杏，他也许会随着时光的推移，慢慢遗忘那个蝴蝶栖肩的俏丽姑娘。毕竟，他不是瞎子，虽然对爱情一窍不通，也能看出云杏对戴子厚持有深切的依恋，这女子面对戴子厚时的殷勤是他心中的一个结，他可不愿赌上自己全部的自尊，去换取云杏一个虚无缥缈的答案。

现在，真要感谢命运，将云杏送到了他自己面前。安顿好云杏，尹昌衡戴上军帽，站起身，理了理皮带，往外阔步走去。

春分忙不迭地追上哥哥，急焦焦地问："哥哥，我看云杏姐姐很不好！她脑子摔糊涂啦，连自己是谁都不认识了，咱们是不是应该通知她家人啊？对了，上次哥哥不是说与云杏姐姐的表哥熟悉吗？叫人赶紧带个信给她表哥吧。"

"不妥！"此话一出，连尹昌衡自己都吓了一跳。他是如何有了这样隐蔽的想法？不将云杏在自己府上养伤的事告知戴子厚？让云杏就活在自己的庇佑下吧，不管她是生病，还是安好，不管她认得自己，还是茫然懵懂。

尹昌衡走出几步，又回头叮嘱妹妹："春分，你云杏姐姐伤着脑袋,也许才会变得糊里糊涂的,你好好照顾她,千万不要让她到街上去,现在外面乱得要命,她可不能受一点伤了。咱家安全,暂时别告诉别人,就让云杏留在这里好好养伤吧。"

春分重重地点头,她虽然并不十分理解哥哥不让人通知云杏表哥的事,但她坚定地认为,哥哥所做的一切都有他的道理,他也许是担心云杏安危,现在就算是家人,恐怕也不如哥哥这里更安稳,能保护好云杏,还能为她延医治病。

4

在春分眼里,世上再没有比她的哥哥更为伟大的男子了,她对哥哥的崇拜和依赖已经成为她生命中的一部分。云杏虽已醒转,但看她糊里糊涂,连自己的姓名都不记得,春分谨遵哥哥嘱托,小心照拂云杏,和云杏朝夕相处,睡觉也挤在同一张木床上。都是妙龄少女,这般的形影不离,春分很快对云杏产生了一种浓烈的好奇和喜欢,她实在太喜欢云杏了,所以在云杏面前讲起哥哥来便眉飞色舞滔滔不绝。

云杏姐姐,你晓得我哥哥他有多聪明吧?我给你举个例子吧,我家爹爹以前是在乡下务农的,娘却是女人中的英豪,巾帼里的大丈夫,熟读四书五经,还在本地教私塾。我家日子虽然不算富裕,却过得和美快乐。打小我就听人家夸我哥哥,说他是结合了父母优点出生的,不管是父亲的憨厚,还是母亲的聪慧,好处都被我哥哥一个人包圆儿了。云杏姐姐,你听我这么讲,别以为我是在嫉妒我哥哥啊,不是的,怎么说呢,我其实是很羡慕哥哥,

第八章 创新水电报

他那么完美无缺,还是我尹春分的哥哥,这是多让人开心高兴的事啊!

我这个哥哥从小就好学,跟着母亲学了不少知识,9岁能诵经,10岁能赋诗,如果你觉得他是一个身材瘦弱只会死读书的书呆子,那就大错特错了,事实上,哥哥读书的时间都是挤出来的,他将大部分时间和精力都放在下田干活,插秧种稻,为爹分忧这些事上面。所以呢,四邻八乡不管谁说起我哥哥来,都会竖起大拇指,由衷地赞一句:老尹家那孩子,真给他爹娘长脸,将来必成大器!

哥哥13岁时真的做成了一件大事,给我爹娘大大地长脸呢。那时,我爹不知怎么得罪了我们那儿鼎鼎有名的一个坏蛋,那坏蛋想要敲诈我家财物,得手之后还"猪八戒的钉耙——倒打一耙",诬告是我爹骗了他的钱财,让我爹娘犹如哑巴吃黄连,有苦说不出。特别是我爹,老实巴交半辈子,平日里多半时间都用在侍弄庄稼上,性格温厚善良,简直想不到世上还会有这般无耻龌龊的人,行这下流之事。

我爹气得病倒了,他有冤难伸,有气难出,遇上这种事,只能躺倒在病榻之上,一碗碗黑酱酱的药汁灌下去,又从他嘴角溢出来,爹含着泪说不中用啦,自己连药都喝不下啦,这样窝窝囊囊的被人算计,受人欺负,还不如死了干净。

我娘虽然懂得书本知识,本性却也温良如绵羊,看我爹对自己的病况这般放任死心,娘就像老天塌倒半边,只会嘤嘤啼哭,说不出更多的话来宽爹的心——事实上,娘已经费尽心力,将她能想到的大道理都给爹讲述了一番,但爹自己着了魔,一心一意等着病死,娘就算口舌生莲又能怎样?

那时啊,我虽然还小,也觉得我家里气氛太异常了,整个家庭都陷在一场愁云惨雾之中,每个人都面带哀容,没有一丝笑意。这时,我13岁的哥哥站起来,不服气地大声说道:"明明是我们被恶人欺负,为什么还要继续忍受?不敢反抗?"

我爹强撑着从病床支起身子劝他:"儿啊,咱家一直是良民,怎能和那种强盗说得通道理?还是算了吧,不忍又能怎样呢?"

"不行!如果我们这次忍了,就会被那坏蛋抓住把柄,认定我尹家软弱可欺,下次还会变本加厉,我不能让这种事发生!爹,咱们和强盗是说不通道理,那咱就去衙门啊,我就不信,这世界是恶人的世界,这衙门是恶人的衙门,连一个清醒的好人都找不到!"

就这样,我哥哥亲自到了县衙,和那坏蛋对簿公堂,据理力争,那坏蛋其实也算是口若悬河,擅长阴谋矫饰,将有的说成没的,又将没的说成有的,但这些在我哥哥这里统统吃了败仗,哥哥以他的聪明才智,一一驳回那坏蛋的诬告,让坏蛋的谎言看上去漏洞百出,再也经不起一个小小的推敲。

就这样,哥哥不但替我爹打赢了官司,更为我们全家赚回了尊严,让缠绵病榻一蹶不振的爹一下子活转过来。在得知少年哥哥以自己的机智敏捷、能言善辩、胆识过人而赢得堂上堂下一片赞誉后,感觉幸福极了的爹爹从床上一掀被子而起,他大声吩咐我娘:"给我一碗粥,要煮得厚厚的。"

我娘惊喜莫名,给爹送去一碗筷子插上都能不倒的黑米粥,我爹扒拉了几根酸萝卜,香喷喷地几口吃完,腿脚长了力气,他像燕子一般轻快地跳下床，对我娘说："我要去给我爹娘坟前烧点纸，告诉他们老尹家出人才了，我儿子就是我这辈子最大的荣耀！"

云杏姐姐，你看，我哥哥就是这般聪敏能干，13岁便显露出过人的才干，19岁时更是以优异成绩考入了四川武备学堂，一年后，还被保送到日本留学。姐姐，我们现在已经这样亲密了，你看我晚上睡觉都舍不得和你分开两个被窝，我是什么话都愿意告诉姐姐的，所以，我也要告诉云杏姐姐一个关于我哥哥的大秘密。

你知道现在外面有多乱吗？赵尔丰让他的虾兵蟹将在成都到处搜捕同盟会会员，其实，赵屠夫并不知道他眼皮子底下就藏着一个同盟会的伟男子呢，我哥哥当初在日本留学，其实已经悄悄加入了同盟会。

前年他回国时，并未先回四川老家，而是到广西去任职，但你晓得他为啥在广西待不下去了吗？因为我哥哥在广西与蔡锷同办陆军小学期间，与广西同盟会关系很密切啊。哥哥与人主办的《指南月刊》反清兴共和的言辞激烈，还被广西巡抚张鸣岐勒令停刊呢。当哥哥辞职回四川时，张鸣岐设宴相送，并以"不傲不狂不嗜饮，则为长城"告诫他。我哥哥呢，慨然对"亦文亦武亦仁明，终必大用"以明志。

姐姐，其实我心里也担忧着，我哥哥他可是得罪过赵屠夫他阿哥的，想当初四川新军十七镇正式成立，在北校场举行仪式，是赵尔丰的亲兄弟赵尔巽亲自主持，并作了简短讲话，那赵大人意气风发道："十七镇今天成立了，我为川人庆，为川人贺，从此国防省防更有保障了。"不料赵总督的话刚讲完，我哥哥就突然从列队中正步走出,行了一个标标准准的军礼之后,大声说道:"大帅说十七镇成立,为川人庆,为川人贺。昌衡以为大谬不然。"

这话一出啊,就像晴天响了个大霹雳,六月天飘起鹅毛雪,把在场的人都震惊了,特别是与我哥哥关系亲厚的那些军士,个个手心都捏了把冷汗,怕他贸贸然抛出一个惊雷,说错话被赵尔巽责罚。全场的人都将视线投向我哥哥,气氛紧张得连一只蚊子都感到压抑,不得不收敛翅膀,不敢从上空飞过。

赵尔巽内心擂鼓,但出于自己的身份,不得不自重,还要在众人面前强撑镇静,故意温厚慈祥地问道:"此话怎讲呢?"我哥哥毫不畏惧,迎着赵尔巽冷冷的目光朗声道:"我看这些军械都是落后的,是日本人不要了卖出来的,而统兵的又不是军人。像这样械不可用,将不知兵。古人云,兵犹火也,不戢自焚。此昌衡之所以为川人悲,为川人吊耳。"

我哥哥这席话啊,虽然说得赵尔巽脸红脖子粗,却使得自己声名大噪,新军官兵一致认定了他是领袖之才,特别佩服他,要跟随他的人海了去呢。

云杏姐姐,再告诉你一个秘密好吗?你看我哥哥长得怎样?是不是特别英俊挺拔,锐气逼人?姐姐,不瞒你说,你是哥哥第一个带回府里的女孩子,我不知道你对我哥哥感觉怎样,但我是真的喜欢你,云杏姐姐,如果以后我们能天长地久地做伴,那就太好啦。咦,哥哥你回来了?

云杏几分木然地坐着,她甚至没有将头转一转,看见她现在的样子,尹昌衡心中暗暗绞疼,他多么怀念初次见面她的美丽啊,那时的云杏,灵动如小鹿,眼睛闪闪发亮,她眸子如清水,柔情像春天的小河静静流淌,是从她说第一句话开始,还是看她在细碎阳光下奔跑开始呢?他的心便不知所以地受了牵绊,甚至隐隐发疼了。可惜,他比任何人都清楚,云杏那时的活泼与俏丽并不是为了他。

尹昌衡让春分去帮云杏熬药,春分激动得鼻翼上的几粒小雀斑都鲜活起来,她仿佛猜到了哥哥的心思,而她,作为最爱哥哥的妹子,当然是责无旁贷要帮哥哥达成这个心愿的。春分都离开一会儿了,尹昌衡却还不晓得怎么开口和云杏说话,他和她闷坐了一会儿,倒是云杏比他有定力,连眼皮都没抬一下。这行伍出身的尹长子,背心悄悄黏了一层汗,痒痒地贴在身上,弄得他好生不舒服。

"云杏。"尹昌衡终究受不了这沉默的压力,率先开了口。

这两日,要感谢春分的饶舌,她一口一个"云杏姐姐",至少让云杏熟稔了这个名字,再听到耳朵里时,她不再像从前那般抵触,虽然还未完全认可自己的身份,但她已经习惯了别人暂时以这个名字来称呼她。

云杏听到尹昌衡叫她,专注地抬起头看他,这目光看似清澈到底,其实如同婴孩般懵懂。偏偏尹昌衡就从这目光中看到了淡淡的责备和不信任,他内心像是打鼓一般,却是自己都憎恨自己了,想他一个顶天立地的大丈夫,怎会做出这般连自己都不齿的行径来?他以为将云杏留在身边,她就会永远想不起自己的亲人过往,想不起她的子厚表哥了吗?

尹昌衡叫过云杏之后,嘴巴发苦,喉咙干涩,一时间不晓得该说些什么,他只能硬着头皮,见话找话:"云杏,我现在简直不敢想象,当初发现你的时候我有多惊骇。你身边尽是尸体,那些尸体,手脚叠着手脚,脑袋压着胳膊,有的是被大炮轰飞了半边脑袋,有的是被枪弹射穿了胸膛,看上去极为可怖,连我这种见识过沙场模样、无惧流血受伤的人都会觉得内心隐痛。因为这些尸身,并不是荷枪实弹的兵将,他们都是老百姓,和你一样,是老老实实安分守己的人,若说他们有什么异心,想与朝廷作对,那真是高抬他们了。我最惊讶的,是在这些残缺不全的尸体中看到你。云杏,当我向你走近时,其实非常非常害怕,怕你也已归西,尸身横在这里,魂魄却不知已飞到了哪里。所以啊,云杏,请你相信,当我触到你还有一线鼻息,气息若游丝尚存时,我有多兴奋!我快要高兴得跳起来了,不管不顾的,在死人遍地的街头,我将你带回家,差人叫来最好的医生给你治病,只要你能得以康复,哪怕用最贵的药,哪怕以我尹昌衡的血当作药引子,我也心甘情愿!云杏,现在看到你能稍微好一点儿,我这心里,真是比吃了蜜糖还高兴!"

尹昌衡自顾自地一股脑儿说下去,他几乎控制不住自己的嘴巴,三番五次想要刹住车,但他无能为力,仿若那些话是滚烫跳跃的铁钉,如果不快快脱口而出,它们就会扎根在他的心尖之上,将他烙得血肉模糊,让他痛得鬼哭狼嚎。

"我想问你。"冷不丁的,云杏忽然开口,这让尹昌衡又惊又喜,他直觉云杏的病况比前两次见她时好太多了,前两次,不管他怎么滔滔不绝,云杏都是一副置若罔闻的样子,那明净如水的眼望着他,望着他又能怎样呢?她其实并没看他,看的仿佛是尹昌衡身上的一颗扣子,他身后的一堵墙,他飞扬的剑眉或者圆润的耳珠。今天,云杏竟然会主动提问了,尹昌衡温柔地点头鼓励:"好的,你想问什么,云杏?"

"我想问你,谁是柱生?"云杏攒起眉,歪着脑袋,一副迷惑不解的神情,她说为什么我只记得这个名字了?柱生是谁呢?

尹昌衡暗暗吃了一惊,往后一仰,身子沉沉地跌到椅子上,他并没见过柱生,之前听快嘴的福全说过一句,缘于"柱生是否同来出游"的事,福全他们觉得好玩,彼此打了一个赌。那时尹昌衡有一搭没一搭地听了两句,并未放在心上,他压根不知道这个柱生会在云杏心里占着如此重要的位置,当她摔伤脑袋丢失记忆,她遗忘了母亲和表哥,甚至弄丢了自己,却若有所思地问他:谁是柱生?

第九章
九死传情报

1

正如云杏睁着一双迷瞪瞪的眼,不知柱生到底是谁,如今下落如何,柱生一边发着"水电报",一边也在忧心如焚地担虑云杏,不知她生死祸福,身在何处。

柱生最开始被工会的矮个青年指派去锦江放木牌时,他心里并不那么笃信,咚咚敲着小鼓:就凭这小小木牌,就能解成都之困?事实胜于雄辩,在"水电报"发出的第二天清晨,便有成都周边府县闻风而动,由保路同志会会员组成的数千同志军开抵成都东门牛市口、大面铺一带。

当天晚上,温江保路同志会也派人到成都来侦察,他们见到偌大的锦官城一派百业凋敝、万民瑟缩的景象,怒不可遏地慨然道:"我等岂能坐视不理?必须匍匐前往救援不可!"于是,温江

第九章　九死传情报

保路同志会火速宣布起义，他们高高举起温江保路同志会的旗帜，率领团勇，不管日夜冒雨前进，第二日抵达成都南门外，杀声震天地包围了成都南门。而与此同时，郫县保路同志会的会员接到"水电报"之后，也立即组织了保路同志军数千人之多，攻打了成都西门。几天之后，全川的保路同志会会员迅速组织起同志军，汇聚成了一股势不可挡的洪流，为保路而反抗残虐无道的"赵屠夫"，开始展开一场场英勇斗争。

赵尔丰面对这溃堤般的"乱民组织"，开始变得不那么自信了，甚至食不下咽夜不能寐。朝廷责怪他做事不够雷厉风行，不能以雷霆手段制止暴动；民众又恨他冷面绝情，屠城杀民令人发指。现在，他深深感受到自己就像是风箱里的老鼠——两头不讨好，里外不是人。

外忧内困，气急交加，赵尔丰发起了高烧，管家为他熬煮了一碗又一碗黑乎乎的药汁，他眉头不皱地喝下去，却觉得内里仍旧如同被烈火烧炙，被硫酸腐蚀，就连泛上来的药嗝都散发着一股如同腐肉的臭味。赵尔丰不禁心寒地想到：自己还不足七十，难道命中注定要遇此大劫，再无翻身之力了吗？

人在病中，更为脆弱，反而能回忆起许多往昔烟云，过去琐事。赵尔丰想起了自己曾经郁郁不得志的仕途之路，那时，他何尝不是热血满腔，还信奉着自己的理想，以为能当一个好官，受万民爱戴，挥凌云壮志。即使是日后百年归老，也能青史留名，万古流芳。

现实永远比假想残酷，很快，他感觉到自己的迂腐、可笑与卑微。那时，他的兄长赵尔巽已平步青云，而他备受打击，几番起落,眼看就要被排挤得连官都做不成了,是从哪一个夜晚开始的呢?他不是女人,并不像女人那般热衷于照镜子,清晨贴花黄要照,午后梳洗打扮要照,即使夜里卸下妆容,对镜梳理三千青丝,还是一个劲地照。那日,也不知他是中了什么邪,打发服侍他的人先去休息,他一个人坐在镜子前,眼睛直勾勾地望着镜子,以一种静默的方式与自己对话。

"赵尔丰,你甘心吗?"

"不,我不甘心,想我一片丹心可昭日月,如此忠诚于朝廷,为何非但不得重用,反而处处受到排挤打压?"

"赵尔丰,这是你的宿命吗?"

"命?我可不认命,从我第一天为官开始,我就已经不认命,我想要的一切,都是靠我赤手空拳打来搏来的,要我如何认命?"

"不认命,你就认输吧。"

"笑话,我赵尔丰也是堂堂七尺男儿,文治武功哪点比旁人差?让我俯首认输?这真是天大的笑话!"

"唉,世事如此,你想当一个好官,受万民敬仰,得百姓传颂,也许不过是痴人说梦,眼看你连仕途都走不成了,还谈什么流芳百世?"

"那……那我情愿不要这劳什子的敬仰传诵,我宁愿变成修罗阎王,也要在这刀尖似的官场稳稳地立住脚跟!"

赵尔丰再次深深瞥了一眼镜中那个孤傲的灵魂,他内心深深懂得,从这夜开始,那个曾经天真、炙热、有信仰的灵魂就寂寂地死去了。

又是很多年后,他遇到了一个潜伏在府中一心要来杀他的女

第九章　九死传情报

人，那女人原是他家仆佣，两人地位悬殊，她竟也敢持着刀，对着赵尔丰怒吼："你这个杀人不眨眼的刽子手！我恨你，恨你！"那恨意是如此决绝，当女人明知杀不了赵尔丰后，转而将刀架上自己的脖子，她生无所恋，只求速死。那夜，赵尔丰着了魔，他竟会用自己的双手紧紧夹住利刃，刀锋割破手掌，鲜血滴落如珠串，他眼中的神色如火焰之跃蹈，最终摄住了那个一心求死的女人。

那也许是他生命中少有的一段幸福时光，太浓烈的东西都会莫名地发生转换，正如浓烈到无可救药的恨意也会变成令人心驰神醉的爱，而缠绵不尽的爱也会因女人某天清晨的不告而别，带来永世无法愈合的伤口。

从女人离开后，他变得更加冷漠无情，更像阎罗屠夫。他以为自己可以遗忘一切，但在发着高烧的夜里，他分明又看到了那个眉眼带着一股恨意的女人，手持匕首，身着白衣，向他步步逼近，嘴里咬牙切齿地说道："你还我的儿子，我的儿子！"

女人的声音不高，却如同利剪裁断丝帛，赵尔丰即使在睡梦之中亦惊出了一身冷汗，他同样冲着女人喊："谁是你的儿子？告诉我，你的儿子怎么了？"但他分明被命运扼住了喉咙，越是呼喊挣扎，越像是上演一场滑稽的哑剧，他四肢扑腾，如河鱼被抛沙岸，看似垂死的挣扎，也不过是无声呻吟。

但赵尔丰要感谢这个女人，这个他以为在生命中出现一遭便会永久遗忘的女人。如果不是她步步紧逼言语如刀，向他索要自己儿子的下落，赵尔丰又怎会被激出一身冷汗？汗出如浆，躯体如同航行水上，海面茫茫，看不到彼岸，看不清暗礁，更不知水下潜伏着怎样的巨鲸水怪,但还能漂游就是好的,至少不会搁浅水上,无能为力地晾晒囚禁,白白等死。

汗水带着淡淡腥臭,透过内衣,透过床单,浸湿棉絮,那女人的逼问,让赵尔丰眉头紧锁,呻吟不绝,折腾了整夜。到了天亮公鸡打鸣时,他发现自己头脑一片清明,四肢虽还感乏力软弱,但已能从床上慢慢坐起。

他对着遥远梦中的女人道了感谢,虽不知她是人是鬼,但这是她第二次救自己不死了,一次不杀之恩,一次病中逼迫。

赵尔丰精神好了一点,管家便拦不住底下人,随从络绎不绝地来报告,听到耳中的却没有一桩是令人振奋的好消息。

成都已陷入总督大人难以把控的乱局,之前将那誓死保路的九代表关了押了,捉了捕了,以为这群弱质书生胆小如鼠,随便吓吓便能乖乖屈服,没想到这些书呆子身体里倒长了一身硬骨头,他们虽被收押在牢房,却依旧姿态潇洒,以牢室当华屋,在里面过得开开心心,谈笑生风,毫无惧意。

赵尔丰听得火冒三丈,盛怒之下,他决定亲自去牢房一趟,挫挫这九人锐气。在想到以非常手段扣押九代表、枪炮怒杀市民之前,还多亏新任东三省总督的二哥赵尔巽发来一封电报,坚定了赵尔丰的杀戮决心,赵尔巽言辞干脆:"弟向来办事明敏果断,何以在此关键时刻优柔寡断?当今之时,绝不能姑息养奸……需速将四川保路风潮压制下去,贯彻国有政策,不然将摇动大局,养痈为患!"

从赵尔丰想要在仕途上大有斩获那天起,二哥就一直是他的榜样和楷模。对赵尔丰而言,赵尔巽不但学问好,有政治才干,

第九章 九死传情报

而且非常懂得为官之道，朝中朋友又多，二哥说的话当然是金玉良言，他受用不尽，听之信之，绝无疑义。所以，即使面对今日难以收拾的局面，赵尔丰感到百般棘手，但逮了就逮了，杀了就杀了，又需要什么悔意歉疚？

赵尔丰昂着头，虽然高烧初退，脚步还有点虚滑，但在左右随从的护拥之下，并不输架势，他往关押九代表的牢房昂首阔步走去。

随从的报告着实不假，还未走到牢房，已经能听到里面传来的朗朗笑声。这帮人，哼，到底是在坐牢还是坐茶馆，硬是到了现在还弄不醒豁嗦？赵尔丰脸色铁青，豹眼环张，蕴含着一股杀气，先自运了运气，才叫狱卒打开铁将军，吱呀一声推开牢门，步入其中。

"诸位，这些时日困在这里，滋味可好受？"赵尔丰以为先发制人，拿出总督的威势来，便可将这群不怕死的家伙吓个半死，结果却只听到犹如斗嘴般的一片欢呼："赵大人好闲啊。""不错不错，赵总督招待我们坐牢，牢房管饱，就当是白吃白喝啦。""赵大人怎么有时间过来耍？难不成不用处理外面的公务？"

这些乱臣贼子！赵尔丰的脑袋仁又痛起来，他气得简直想骂娘，看他们这目中无人的狂妄样子，还偏偏戳中了他的痛处——是，现在外面乱成一锅粥，而他却回天乏力，现在即使他为官，对方为囚，还要被这群人牵着鼻子走……

气急攻心的赵尔丰大声嚷道："枉自你们都是有功名的人，这些年你们的圣贤书到底读到哪里去了？晓不晓得，君要臣死，臣不得不死；父要子亡，子不得不亡——这是千年的圣谕，做人的基本道理！诸位才高八斗学富五车，不会连这个道理都弄不明白吧？你们明明可以将自己的才学知识奉献给朝廷，现如今却困在这里，沦为阶下囚，真可谓千古笑柄！不知心中做何感想呐？"

张澜斜睨了赵尔丰一眼，冷冷一笑，道："赵总督此言差矣，即使臣为君死，子为父亡，至少也要死得其所，而非现在这般稀里糊涂，卖国求荣。再说我们即使身处囚室，依旧心中清明自由。总好过有人身居高位，却日日自危，夜不能寐吧？"

张澜这话惹得其他几位代表一阵大笑，他们嘲弄的笑意让赵尔丰几乎发狂，他额上青筋暴凸，失声嚷嚷："说一千道一万，跳蚤难拱棉被，别以为就凭你们几个书呆子，就能反抗朝廷！既然借款修路、路归国有的方针已定，你们还在一旁煽动民意，那就是乱臣贼子，人人得而诛之！事到如今，你们只有乖乖认错一条路，否则，休怪本部堂铁面无情！"

颜楷迎着赵尔丰的盛怒，轻蔑回应："既然在赵总督眼中，我们几人不过徒有跳蚤之力，难以与朝廷抗衡，那么，你又何来如此惊惧？如此恐慌？如此的不自信？"

"我……"赵尔丰气得满脸通红，几乎将牙咬碎："胡说八道！谁说我惊惧了？谁说我恐慌了？"

邓孝可不理赵尔丰，反而冲着罗纶微微一笑，道："罗兄，真是可笑，可叹矣！这世间怎会有这样的人，明明惊惧，却不知为何惊惧；明明恐慌，却又不敢承认自己恐慌！"罗纶配合地唱起了双簧："那是，那是，人啊，贵在有自知之明，倘若连这点眼力见都没有，活着不过是一具行尸走肉罢了，真是令人深表同情哪，可叹兮可叹。"

赵尔丰转身离开囚室时，双肩塌下来，眼眉耷拉，垂着脑袋，他强撑出来的气场竟败给了这群丝毫不将总督大人放在眼里的阶下囚，他们以自己特殊的方式给了他一记响亮的耳光。而自己果真是深陷惊惧恐慌之中仍不敢不愿承认的可怜虫吗？自己是朝廷命官，顺应朝廷旨意，难不成已被绑在一架高速行驶的火车上，除了被动前行，无法选择中止或改向——任何轻举妄动，都是自寻死路。

赵尔丰从胸腔深处，深深叹出一口浊气。

2

疤爷告诉柱生，同盟会将交代柱生去做一件大事，柱生精神为之一振，但同时又有几分不解，不知疤爷何时与同盟会扯上了关系？疤爷用手指头点了一下柱生的额头，笑着说："傻小子，你现在甭管什么哥老会、同盟会，正如异性兄弟可以结为生死同盟，咱们这些大老粗咋就不能助同盟会一臂之力呢？"

柱生顿了顿，还是讲出心中隐忧："义父，可咱们哥老会毕竟与同盟会不一样，朝廷也说过同盟会是乱党，若我们今日真的相助革命党人，是否会为帮会引来不必要的麻烦？"疤爷慈祥地摸了摸柱生头顶的双旋，这小子，旋儿都和玉娘一样，民间有说法"双旋拧"，他也和玉娘一样，是个犟驴子、死脑筋、倔脾气，若是认准的事，九头牛都拉不回来，若他还没想通，就算你把刀架在他的脖子上，也是不肯乖乖就范的。

于是，疤爷眼里闪烁着几分神秘，眨巴着一双铜铃大眼说：

"小子,你愿不愿意为同盟会办这趟差事,今晚见了同盟会会员再说吧,到时若不愿意,义父绝不强求。"

柱生见疤爷说得神神秘秘,也不好打破砂锅问到底。入夜,疤爷将柱生带到接头处,进得一处院落,院子没点灯,黑洞洞一片,似乎院里的花草树木都成了黑色剪影,虚浮如是。柱生只能辨出那接头的同盟会会员是个男子,个头不低,身形修长,稍显单薄。那人背对柱生站着,反剪双手,不知为何,仅仅一个背影,竟让柱生产生了一种奇异的压迫之感,还未见到人家的庐山真面目,他已觉得对方气场不弱。

"先生。"柱生不敢往前了,在离那人几步之遥时,站定脚步,规规矩矩地喊道。

屋子里的灯忽然亮了一盏,灯光亮起来时,那人也转过身,柱生惊讶得退后一步,结结巴巴地问:"爹……怎么是您?"

柱生踩着地上半块砖,差点跌个"脑翻翘"。穆老板上前扶住柱生,严肃的神情中溢出一丝淡淡的笑意,他说柱生,我的好孩子,你愿意帮为父跑一趟吗?

父子执手,在屋里坐定,穆老板恳切道:"柱生,如今九代表被困牢狱,赵尔丰横行成都,连手无寸铁的市民都惨遭荼毒,局势紧张,一触即发,我们要做的,是尽快占得先机,利用同盟会在各省的同志,聚集力量,万众一心,才能等到千载难逢的好时机,推翻腐朽朝廷,建立民主共和。"

"什么?你们要推翻朝廷,那岂不真的坐实了乱党之名?"柱生失声喊道。穆老板知道养子不可能瞬间接受革命理念,所以并不急躁,循循善诱道:"柱生,你看这赵尔丰手段凶残毒辣,视民

第九章　九死传情报

众如草芥，而朝廷三番五次打压咱们川人，强取豪夺，状若匪盗，人民早已身处水深火热之中，中国若不变革，将来只有死路一条。"

这些时日，柱生不管是跟着白脸在工会帮忙，还是和黄鳝一起救助在保路运动中负伤的哥老会兄弟，他不是没想过这个问题——朝廷不以民怨为意，只会一味恐吓镇压，民众稍有呼声，便冠之以乱臣贼子的污名，杀戮了事。这般草菅人命，又如何使得万民信赖？这般自私自利的朝廷，又哪里能为百姓提供安居乐业之所？

穆老板见柱生沉默不语，若有所思，他轻轻加了一句："赵尔丰那屠夫，竟连妇女孩童都不放过，妙姐儿不就惨死在总督衙门之外？"

穆老板冷不防提起妙姐儿的名字，让柱生打了个大大的激灵，一股熔浆般滚热的暖流从他的天灵盖贯通至口鼻，使得鼻腔一酸，眼泪险些奔涌而出。是了，他就算再没良心，也不该忘记为救自己小命而不顾生死的妙姐儿。妙姐儿半生悲苦，她善良如菩萨再世，哪里行过半点坏事，可怜这般弱质女流，也死于赵尔丰那无情老贼之手！

柱生猛然站起，面色通红，他说："爹，您别说了，柱生懂了，若咱们保路斗争不胜，恐怕连妙姐姐也只能当一缕枉死孤魂！飘摇于天地而无法瞑目！我……我愿意为了同盟会的大义，赴汤蹈火，在所不辞！"

"好！"穆老板两眼噙泪，双手如铁钳，止住了激动下跪的柱生，在他背上怜爱地抚拍数下，欣慰地感叹道："好孩子！"

穆老板连夜为柱生收拾好行装,交付他一封秘信,届时呈与湖北的同盟会。柱生备了一匹快马,离开成都,直往东门大道奔去。不料,赵尔丰早已设下天罗地网,四处搜捕出城入城之人,生怕走漏消息,各省各地串联,让他无法掌控局势。

柱生被守城兵丁截住盘查,他急中生智,换了一副纨绔子弟的脸孔,故意与对方缠磨不清,指点着兵丁鼻尖怒道:"你们这些不长眼的,还不晓得小爷是谁吧?小爷告诉你们,谨防吓你们一个脑翻翘!我乃'少城四公子'的柱生少爷,鼎鼎有名的大丰米行的少掌柜,得罪我,有你们好果子吃呢!"

那两个兵丁才刚调到城门不久,还有些土头土脑的,尚未学会老兵痞的油滑气,被柱生这一咋呼,倒自己把自己吓得退却三分,原本怀疑柱生夹带私信出城,刻意盘查,此刻畏畏缩缩,倒也不敢用强将柱生打倒在地,随意搜身检查了。

柱生心里并非不慌,他一边用计与两个兵丁纠缠不清,一边暗暗思忖,如何才能找到脱身之法,赶紧离开这是非之地。若换了之前,凭自己的身手,柱生并不将这两个兵丁放在眼里,但现在,不到万不得已,他可不想暴露身份,与他们动粗,因为一旦动手,必定引起对方警觉,到时自己被捕事小,连累同盟会的联络大事才真正要命。

眼看时间越拖得长,危险就越增加一分,柱生额头渗出颗颗冷汗,心中飞快地思考应解之法,只听旁边有人喊:"百姓让开,车马停下,总督大人到!"再一瞅,左右跪倒一片,愣怔之中,赵尔丰已从一匹白色大马上轻巧跃下,眉头紧锁地问下跪兵丁:"何事喧扰?"

第九章 九死传情报

柱生吃了一惊,他记起来了,是那个人!那个与他曾经夜饮醉倒的老人,他还不知天高地厚,不晓得在赵尔丰面前说了多少大逆不道的话呢,天哪,怎么会这样巧?他竟然便是那冷面冷心的赵总督?这真是兔子瞎了眼,往哪儿跑不好呢,偏要往猎人枪口上撞,这下该如何是好?

情急之下,柱生脑海一片空白,别说伶牙俐齿地应对,他连下跪行礼都忘了,还是兵丁急得以肘撞他膝盖弯,他才大梦初醒,知道自己这番呆怔,已将礼数丢到了爪哇国,现在不但形迹可疑,还有曾在一省总督面前大放厥词的前科,恐怕这回是在劫难逃,神仙都难救了。

柱生内心打鼓,神色却强自镇定,不改颜色,强烈的慌张惊骇之下,柱生反而木着脸,对着赵尔丰微微一笑。

这一笑像是一道金光劈开了赵尔丰眼前烦躁的薄雾,他仿佛在多年前就见过这微笑,它让赵尔丰舒心惬意,如伏天饮冰,通体舒畅,他不由自主地也回应了柱生一个笑容。

左右随从像是傻瓜一般望着他们的大人和这小子眉来眼去,都觉得大惑不解。倒是赵尔丰的贴身侍卫张麻子想起了这小子,想起了赵大人初入成都的那个不眠之夜,他微服出游,忽发酒兴,还邀请一个说话不着四六的小子与之同饮。天晓得,当时赵大人在店堂与柱生推杯换盏时,张麻子一直攥紧手中兵器,不敢稍有松懈,他并不知晓这小子来历,若柱生稍有异动,对大人不利,他张麻子只管叫这小子一秒之内人头落地!

现在,这小子竟然又出现在赵大人面前,而赵大人何等英明人物,不知为何,每次见到这年轻人,就像被人施了蛊,笑微微的脸,眼中精光四射,素日一张不苟言笑的脸,此刻竟端呈了三分慈容。

现在,赵尔丰也认出了柱生,他不由自主地变柔语调,问道:"大早上的,这么急慌慌出城,要到哪儿去呢?"

这话问得那么慈祥,就连柱生都受了蛊惑,他的心瞬间定了下来,于是,家常话也随之脱口而出:"原来是赵伯啊。"除了张麻子,赵尔丰身后的随从都大吃一惊,心想这是怎么回事?这小子是吃了豹子胆不成?他怎么敢以这种亲昵的语气和赵总督言说,貌似在拉家常?更加令人摸不着头脑的是赵尔丰听了这话,非但不觉忤逆,反而极度愉快地咧嘴一笑,仿佛被称作"赵伯"是人间至高光荣之事,这个名头可比什么"大人""总督"好太多了。

气氛轻松得让左右眼晕,柱生已抓住时机,脸色一变,谎言随之编出:"赵伯,您就评评理吧,我要是再出不了城,就要出大事了!"

"哦?"赵尔丰浓眉一拧,似乎也被柱生的虚张声势吓了一大跳,赶紧问道:"出城有何要事?"柱生摇头叹气,面有羞赧之色:"唉,说来丢人。赵伯,不过您不是外人,我柱生但说无妨。前不久,家里为我定了一门亲,我甚是满意,真想早早将那姑娘娶回家,一定疼她疼进骨头里。但俗话说得好啊,天有不测风云,人有旦夕祸福。哪晓得我喜欢的那位姑娘,不晓得中了什么邪,她三姑姑是个'洋盘货',刚在欧洲转了一大圈回来的,这姑娘听三姑姑说得心动,也吵着嚷着要到国外去留学,去当什么大学生,这不,前几天她已经一个人跑到了上海,我若不速速跑去截住她,我媳妇就要跟着那个跑滩匠三姑姑跑到老洋毛子的地盘了！"

谎话说得顺溜，几乎无懈可击，娇美任性的未婚妻、煽风点火的三姑姑，谁听了都会相信柱生这遭"为情所困"，困得很苦恼也很高级。当然，就算你说破天，赵总督有言在先，封路锁城，不让一个苍蝇飞出成都。他要不放行，你还是只有干瞪眼。柱生只能尽人事听天命了，他瞪大眼珠，屏住呼吸，眼巴巴地瞅着赵尔丰，仔细端详他的神情，一颗心七上八下的，紧张得要死。

赵尔丰忽然一笑，他还伸过手来，也许想要拍拍柱生的肩，但想着不合适，及时收刹，一个笑容还凝在脸上，转头已经换了威严声调吩咐兵丁："放他出城。"

柱生内心的慌张变成一种莫大的喜悦，他刚要策马奔去，赵尔丰又叫住他，其实，连赵尔丰自己也搞不懂为什么会莫名其妙对柱生说这些话："你若喜欢一个女子，不管去到天涯海角，也要将她追回来，千万不要放她走。女人啊，她们不是长了脚，而是生来就有翅膀的，如果一旦放飞了，你就是头破血流也难以追回她的。"

柱生脆生生地"嗯哪"一声，马儿扬起四蹄，得得驰远。

3

柱生一路疾驰，不敢耽搁，第二日便到了重庆，将马儿寄在朝天门同志会馆，即刻登船，沿江顺流而下，过了涪陵到奉节城，转过巫峡又过夔门，一路行船到了武汉，跑船登岸，这才觉出这趟旅程的辛苦之处。柱生从小生活在成都平原,即使会游水,也比不上在大江边吃水上饭的汉子,刚在重庆码头坐船时还觉得新奇,在船上东摸摸西看看,对什么都好奇得不得了。但没过两个时辰,眩晕感便重重地击打了柱生,他觉得胸闷无比,恶心得要命,将脑袋伏在船舷,干呕了半天却又没吐出什么东西来,反倒把自己难受得眼泪汪汪。

船再往前行,柱生什么风景都不想看了,他缩成一团,坐在舱里恨不能变成一个肉球,也许团成一个球,就不会再感受左拉右扯的头晕眼黑了。柱生的胃变成了一只破口袋,时而翻个底儿掉,时而紧紧蜷住,胃壁肌肉兀自痉挛,将他折磨得够呛。就这样,当柱生千辛万苦抵达湖北时,只觉得自己三魂已经丢了二魄。

虽然柱生头晕眼花,但他依旧没有丢掉高度警惕,登上江岸后,柱生觉察身后有人跟踪,他不敢冒险,决定先在城里找个地方住下,再找时机去接触湖北同盟会的同志。

柱生到了武汉之后,才真正晓得穆老板的良苦用心——穆老板此前和吴玉章先生见面,差点被暗探逮个正着,身份已经遭人疑心,苦于无法招摇出川,和武汉同盟会的会员传递消息。但柱生历史清白,又兼有米行少东家的头衔,由他去武汉这个当时国内最大的米谷集散中心考察是再合适不过了。

柱生找好了一家悦来旅馆,看看天色还早,如果就此猫在屋里,倒显得几分诡异,他灵机一动,到楼下和老板笑嘻嘻地聊了几句,抓起帽子迈出了门槛。

柱生信步走到了武汉港对面的一条小巷子里。这小巷子从外面看来平淡无奇,但一走进去,便看到里面是"螺丝有肉在壳中",毫不起眼的小巷子里竟坐落着一座庞大的建筑物。这建筑物是四层钢筋混凝土框架结构,楼板整体浇筑,厂房四周外墙用红砖砌筑50厘米厚,花岗岩勒脚,抱住略为突出的墙面。窗间用壁柱分割,窗下方装饰着一段灰色水泥拉毛墙面,看上去十分简洁,又不失装饰性。柱生到了楼下,仰头往上望了一会儿,他确定身后的探子已经上钩,跟了上来,这才装作拜山终于找到庙门,施施然地走进楼去。

不出所料,柱生刚与平和打包厂的值班员聊了几句,探子便悄悄包抄了他们。柱生故意大声问话:"你们打包厂每天能完成多大的量?价钱怎样?对,我是来考察考察的,也希望将来有机会,大家一起合作。"柱生毕竟在米行长大,从小就熟稔谷米买卖,他所提出的几个数字问题皆精准无比,对方见柱生是行家,也真当他是前来考察商机的少东家,于是端茶递水,殷勤款待,自豪地介绍道:"咱汉口平和打包厂建于光绪三十一年,是英商在汉口旧租界内建立最早的加工打包仓库,由上海协盛营造厂负责主持施工。要说咱们打包厂的实力,少爷,不瞒您说,若咱平和认了第二,就没人敢在湖北地界认第一了!"

柱生频频点头,故意放大声量,对方以为柱生耳背,也不由自主地抬高声音,听起来他们是在谈生意经,但那分贝已足够聒噪,吵架一般,一字不落地悉数传到外面探子的耳朵里。他们听不出所以然,琢磨了半天,觉得柱生虽有几分可疑,但他来武汉考察市场,也不是绝无可能,所以半信半疑,暂且退到门外候着,以免打草惊蛇。

柱生一边和值班员谈着,一边紧张地耳听八方,他确定警报暂时解除，这才礼貌地告辞，走出平和打包厂，又走出小巷，沿着大街转悠了一圈，到饭店点了长江里野生野长的著名胭脂鱼，当鱼端上来后，他却又发了少爷脾气，着店小二叫大厨出来，将人家挖苦了好一顿，硬说人家给他端上了一尾发臭的死鱼。

那大厨偏偏也是个一根筋，再说他又不是柱生肚里的蛔虫，哪里晓得客人这般吵闹的深意呢？柱生只是为了挑起事端，让那些探子百分百相信——穆柱生不过是一个纨绔子弟，他随意挥霍家里钱财，嘴巴又刁得要命，为盘中鱼十分钟前的死活问题都能闹个天翻地覆。

大厨是当地人，做厨子已经有十几个年头，厨艺算得上精湛，即使此前也受过刁难，但那不过是嫌菜咸了淡了，说到底都是个人口味问题，大厨倒从不放在心上。今日大厨却恼羞成怒了，就凭一个乳臭未干的外地小子，操着一口四川口音，还敢跑到大武汉来耀武扬威？看他嘚瑟的那个样儿吧，还死鱼！大厨气不打一处来，看这讨厌的小伙子才像是一条不要脸的死鱼呢！

"你说老子做的是死鱼，你给老子拿出证据来！"大厨将白围裙摘下，狠狠地往柱生面前一掼。他双眼圆瞪，怒火已经冲上头顶，气冲霄斗，眼看就要掀开重重额发了。他是尽力压抑着，才没顺手将他的宝贝菜刀拿出来，一下子砍在这个不知天高地厚的瓜娃子面前，将盘子碟子一劈两半，他这种不识货的瓜娃子，哪配吃鱼？吃屁还差不多！

面对大厨的火冒三丈，柱生这会子倒显得气定神闲了，他冷哼一声，捡起大厨围裙，像是接受了敌人的降旗，捏在手上极为轻蔑地抖了几下，道："还需要什么证据？本少爷的舌头就是证据。本少爷吃过的鱼，不说上万，至少八千吧，你以为这还吃不出个好歹来？鲜不鲜，活不活，别说尝一口了，就只需要舌头轻轻舔一下，本少爷就能吃出个真假来！"

"你真，你还真假美猴王呢！"大厨快要气疯了，他在厨界扬名这么多年，还愣没见过这么胡搅蛮缠的人，而且他这是干什么？这是在拆大厨的招牌啊，人家都说"毁名一句话，成名上百年"，大厨多辛苦才打出自己的金字招牌，如果被柱生的一句话毁掉声名，那他以后还要不要混了？

看大厨气得浑身发抖，围着桌椅转圈圈，柱生用眼一瞥，跟踪他整整一天的探子看戏看得兴致索然，此刻彼此递个眼色，准备撤退了。柱生刚在心中叫声好，只觉耳畔忽然过来一阵疾风，幸亏他勤加练武，眼明手快，敏捷地一侧脑袋，那只豁嘴茶杯只将耳朵擦伤一点点，细细浮现一条血线。

大厨幸好被店小二拦腰抱住，他只来得及抛出一只茶杯，否则，他那惯于杀鸡宰鱼的肉手要真的招呼到柱生身上，那柱生也是吃不了兜着走。惹事偏惹上了祸事精，不闹个天翻地覆是无法轻易罢休的。

瞅着探子也怕事，他们彼此示意，退出饭馆，柱生做戏做全套，他在离开前，一脚踢翻了人家两张板凳，又将一块银圆甩到店堂中间，大声武气地说："老子赏你们的！虽然你们拿死鱼糊弄老子，但老子仁慈，老子大人有大量，还是赏你们一个痛快！"

柱生这一闹，倒彻底洗脱了他是同盟会送信人的嫌疑，想想吧，哪里会有如此高调张扬的接头人呢？生怕人家不晓得他钱多人傻，少爷脾气忒足，走到哪儿，架子谱儿就摆到哪儿。

夜里，湖北同盟会的同志悄悄来到悦来旅馆与柱生见面。柱生赶紧拿出秘密书信，对方看过之后，对柱生拱手道："柱生兄弟，这趟辛苦你了，请放心，川汉一家亲，我们一定全力以赴，支援成都，共同携手奋斗，开创民主中国！"柱生听到耳里，只觉内心暖融融的，此前他一路晕船吃苦，刚上岸又被暗探盯梢，时刻神经紧张，与敌人斗智斗勇，生怕稍有不慎暴露信件，自己蒙难还无所谓，如果连累了爹，连累了同盟会的同志那就万死莫辞了！还好，他终于避开暗哨，将消息顺利传达到同盟会手中。

而且，湖北同盟会的同志也告诉了柱生一个最新消息：四川保路同志军兴起，保路运动由此发展到全川大规模同志军武装反抗朝廷斗争的新阶段。1911年9月15日，朝廷知晓不能再依靠赵尔丰，赵尔丰在成都已经焦头烂额，眼看应付无力，就快要四面楚歌了，朝廷急命督办铁路大臣端方率领湖北新军精锐约两千人，入川弹压。

湖北同盟会的同志握着柱生的手感叹道："端方将两千精锐带走，城中后防空虚，正好给了我们可乘之机！这要多多感谢四川的同胞兄弟们，是你们的不懈斗争，才能开拓出如此局面。"

端方选择走水路入川，偏偏今年降雨量小，河床水位下降，端方着人拉纤缓行，船走不快，悠悠如在水中定格搁浅，端方急也没用，反正远水救不了近火。现在一个赵尔丰坐困成都，一个端方困于水上，彼此都只能隔空相望，大眼瞪小眼，互相爱莫能助。

第九章 九死传情报

4

柱生原本想送达信件便返回成都，但湖北同盟会上下正在筹划一项大事，他有几分好奇，内心也迫切想要多加历练，便延留下来，住在武汉的四川会馆，帮着同盟会打打杂务。

柱生在湖北逗留期间，也耳闻了四川保路运动的斗争新篇章。

震惊全国的"成都血案"自不用讲了，柱生永远都记得9月7日这个血淋淋的日子，这一天，赵尔丰赵屠夫大开杀戒，手段凶残，震惊全国，同盟会成员龙鸣剑在发出"水电报"后，就迅速潜回家乡荣县，找到了王天杰。

这位王天杰又是何等人物呢？他出生于荣县一户富绅豪门家庭，虽然是衔着金钥匙出生的少爷，身上却丝毫没有少爷的纨绔颓丧之气，自小就聪明绝顶，心怀正义，好打抱不平，在16岁时已经加入同盟会，是荣县顶呱呱的少年英豪。

王天杰胆大而心细，利用家族及自身的影响力，在县城内举办了民团训练所，又以维护地方治安的名义，大量招收学员，并采购武器弹药及装备，自发组建起一支千余人的革命党队伍。继1911年8月24日成都罢市、罢课、抗租赋后，3天后，王天杰就火速在荣县扛起了起义大旗。

所以，当"成都血案"发生后，龙鸣剑找到王天杰，英雄重英雄，二人一拍即合，便一心一意策划起北伐成都的事来。时间不等人，王天杰马上用鸡毛文书发出了紧急号令，命令各场镇民团和哥老会立即组织同志军，备好武器、钱粮，在双古场集中待命。

"鸡毛令"一下,短短几天内,双古场就聚集了数千人。集合那日清晨,荣县双古镇街头早早便挤满了人,大伙都目不转睛地盯着一个方向,似乎在期盼着什么。"来了,来了!"当同志军队伍在远处出现时,人群中立即爆出欢呼声。同志军的队伍很威风,走在最前面的士兵挥舞着两面大旗引路,接着是两名肩扛"满筒"(一种专作发号施令用的长号)的号兵,大队人马紧随其后。几千名同志军肩扛枪炮,举着大刀、长矛,浩浩荡荡激情洋溢地向成都进军……临行,龙鸣剑慷慨激昂,拔剑大声起誓:"不杀赵尔丰,绝不入此门。"

龙鸣剑、王天杰挥师北伐的当天,刚要出城就遇到了匆匆赶回荣县的吴玉章,龙鸣剑激动地对吴玉章说:"你回来就太好了,我们马上要去攻打省城,后方事宜就指望你筹划了。"吴玉章郑重点头允诺。当晚,大地主张子和请客,吴玉章也在受邀之列。可在席上,郭慎之却冒出一番混话,说:"'三费局'(征收局)被匪(指龙鸣剑、王天杰)劫去了八百两银子。"

吴玉章言语如铁,当场质问:"龙鸣剑、王天杰他们是去打赵尔丰,为我们大家争铁路、争人权。他们此番为民除害,做的是正大光明的事情,你怎么能说他们是土匪?"

这一问,令满座士绅瞠目结舌,哑口无言。吴玉章顿了顿,又接着说道:"同志军到前线去为我们打仗,我们在后方应继续支援。我提议全县按租捐款,替他们筹军饷。"

吴玉章声音不高,却颇有气场,对此提议,地方豪绅虽不赞成,却没人敢出来反对。散席后,吴玉章立即召集各方人士商议,通过了按租捐款的办法。有了经费,吴玉章便加紧训练各乡民团,并且还办了一个军事训练班,准备不断扩大队伍,增援前线。不久,又在城南三里外的饶钹顶上开设军工厂,制造枪弹器械以供民军所需。

吴玉章在后方积极筹谋,前方的战斗形势同样也紧张激烈。再说龙鸣剑和王天杰的队伍开到仁寿时已近拂晓,同志军闯进了县衙,县知事还在床上睡大觉呢。一听同志军来了,吓得魂不附体,裤子都掉到了脚背,他一边用手提着裤子,一边大喊"饶命",一身肥肉簌簌抖得不停。

随后,荣县同志军在仁寿的杨柳场与秦载庚领导的同志军会师。为统一指挥,两支队伍组成东路民军,与朝廷军队转战于中兴场、中和场、苏码头、秦皇寺等处,大小战斗20余次。然而,由于装备悬殊,战斗失利。于是,龙鸣剑让王天杰先打回荣县。荣县知县闻知消息,吓得胆战心惊,根本没等荣县同志军逼近,自己收拾细软,很快就夹着尾巴逃出了荣县。

9月下旬,王天杰率军回到荣县,与吴玉章议定:迅速建立革命政权。于是,推倒清朝县政权,自理县政便成为水到渠成之事。9月25日,吴玉章、王天杰率队打开牢房,释放被捕的革命党人,驱逐清廷官吏。随后,又在荣县城内"学衙门"召集各界开会。吴玉章发表演说,"宣布独立,自理县政",成立革命政权荣县军政府,设民政、军政、财政、邮政四部。

当荣县独立,正式脱离清政府的消息传到湖北时,湖北同盟会的会员大受鼓舞,他们高兴得鼓掌欢呼,认为荣县独立必令朝廷惊骇,注意力将集中于四川,此前又下旨将湖北新军主力调走,武昌空虚，湖北的起义运动大有箭在弦上不得不发之势。

柱生被一股革命热流裹挟着，也感觉兴奋莫名。湖北的起义时间已被定为10月16日，他决定留下一同参加革命，贡献自己的一份微薄力量，万万想不到，事情会提前败露。

且说1911年10月9日正午，孙武在汉口俄租界宝善里14号机关装配炸弹，不慎爆炸，孙武受伤。俄国巡捕闻声赶至，迅速包抄，把来不及转移的炸药、旗帜、符号、文告、印信全部抄走，起义计划暴露。瑞澂下令紧闭城门，大事搜捕。

蒋翊武与刘复基计议，刘复基主张当机立断，说："与其坐而被捕，不如及时举义，失败利钝，非常计也。"蒋翊武以临时总司令名义发布命令，在当晚12时起义。然而在当晚12时以前，军警突至武昌小朝街85号的总指挥部，刘复基掷炸弹时受伤被缚。蒋翊武、彭楚藩跳墙时也被逮捕。

当晚的起义计划遂告流产。瑞澂通告全城："此次匪巢破获，可以安堵一方。须知破案甚早，悖逆早已消亡。"又向清廷发电："瑞澂不动声色，一意以镇定处之"，"俾得弭患于初萌，定乱于俄顷"。

10月10日晚，情况已万分危急，各标营党人集议，决定立即动手。7时许，城外火起。混成协第二十一营辎重队、工程队和炮队起义，向城内进发，柱生也混迹其中。城内工程第八营排长陶启胜发现士兵金兆龙臂缠白巾，吼道："你要造反？"金兆龙答："老子就造反，你将怎样！"这金兆龙真是一条汉子，一边与排长大力扭打，一边振声高喊："同志们快动手啊，还等什么？"柱生心头一热，出手相助，挥掌往陶启胜的肩膀一砍，陶启胜痛得眼冒金星，大声哀嚎，夺路而逃。这时全营暴动，熊秉坤鸣笛集合，扑向楚望台军械库。

楚望台监守官李克果分发子弹准备抵抗，士兵们得子弹后，立即响应起义。李克果大惊，自知个人力量有限，无法制止，为保性命，索性越墙逃走。熊秉坤宣布起义部队为湖北革命军，布置进攻总督署，并举吴兆麟为革命军临时总指挥。此时各标营见火光闻枪声，纷纷起而响应。

清军驻武昌城内外的兵力约20个营，共9000多人，相继起义的达三四千人。革命军向督署连续发起三次进攻。第三次进攻时，革命军放火烧房，为炮兵照明，起义的炮队八标以13门大炮猛轰。瑞徵在围墙上打洞钻出督署，奔江边楚豫兵舰逃命。熊秉坤率敢死队冲东辕门，士兵相继冒弹雨抱煤油罐放火。经一夜血战，到东方黎明时占领督署，武昌全城克复。满城都是臂缠白巾的革命军，一面醒目的铁血十八星大旗，在黄鹤楼头迎风招展。

柱生跟着熊秉坤一路杀将过来，身上挂了不少彩，最大的伤口要数小腿上一条刀口子，被迎面砍伤，血肉翻上来，隐隐可见内里白骨，一路血战，倒并不觉得疼痛，现在战事休停，上了云南白药，又裹一块白布，倒觉出痛得挖心掏肝。

"好样的，小伙子！"和柱生一起战斗的革命党人重重拍他肩膀，赞扬他此次支援舍生忘死，颇具大义。柱生忍着疼，仰头看大旗飘飘，他心中忽然燃起了不可抑制的回乡热望。

是的，革命者需要他，同盟会需要他，这么多年了，柱生第一次自豪地明白：自己也是被人需要的，他的所作所为非常有价值、有意义！他并不是一个来路不明的私生子，他有一个全世界最好的养父，养父不但将他抚育成人，而且还教给他最好的理想——这理想，不是为了自己的私利而苟活于世，而是为了全成都、全四川、全中国人民的安定和幸福，为建立起一个更加美好平等的国度不断努力，即使牺牲也无所畏惧。

柱生想家了，想念穆老板了，半颗豆大的热泪，缓缓滚出男儿的眼窝。

第十章
军政府独立

1

1911年10月10日,武昌起义轰轰烈烈地爆发。10月11日,湖北军政府正式成立,各省纷纷响应。

柱生回成都,却没见到他的养父穆老板,吴玉章有要事邀穆老板前去相商,穆老板和柱生前后脚错开,先去了荣县一步。

柱生回到熟悉的成都,这是记忆中的成都,似乎熟悉之中又带着几分新鲜色彩。金秋时节是成都最美好的季节,早在五代,成都便是一座花团锦簇的城市。《成都记》载:后蜀国君主孟昶令人在成都城墙上遍种木芙蓉,每到深秋,芙蓉盛开,色彩艳丽,高下相照,四十里如锦绣,成都故称"蓉城"。

唐代,这里商贾云集,富甲天下,因盛产蜀锦,又有"锦城"的美称。成都早在唐代就有"扬一益二"的美誉,在汉代为全国五大都会，首先展现在眼前的是长街两边无尽的花草树木和鳞次栉比的店铺，阳光下各种各样、极具文化特色的铜质店招熠熠闪亮。微风徐来，清新的空气中飘送着醉人的花香。

熟悉的成都，多让人沉醉啊。店铺门外，站着热情如火却不讨人厌的么师们，像是亲戚熟人一般邀请客人入内。这些店招有着纱灯、牌匾、挂牌，纱灯一律用红纸裱糊。饭馆多写"酒饭便宜，炒炖俱全"，绸缎铺写的是"洋广匹头，绫罗绸缎"。牌匾多为长方形，悬挂于门楣之上，黑漆金字，端庄醒目。有的店招图文并茂，将所售物品刻形其上。

好些匾额都是名人题写的，书法俊逸，功力深厚，常常有斯斯文文的老先生，在人家店铺前一站好久，仰头对店招行注目礼，摇晃脑袋上上下下左左右右地看了又看，遇上这种老先生，你还不能赶客，否则太不礼貌了，么师看上去满脸堆笑，竖起大拇指夸老先生"懂行，有一肚皮学问"，其实肚子里早就骂开了，若谁听得懂腹语，恐怕会忍俊不禁："这个老瓜娃子又来了！真是活着挡路死了挡铺，瓜站在这儿不进门，人家客人还以为咱们店有啥问题呢！瓜娃子，瓜行头，我让你一站站个坑，一个铜板儿都舍不得花的老瓜货……"

柱生兜里有钱，当然不会只当"打望客"，他今天就约了福全到青羊宫附近的聚丰园吃饭，这餐饭既是向几个月之前柱生对福全的无礼道歉，也想问问福全最近是否知晓云杏的下落。

福全比柱生早到一会儿，提前要了一壶花茶，正美滋滋地喝着，远远看到柱生，已开心得从椅子上弹跳起来，双手挥来舞去地大喊："柱生柱生，这里这里。"

第十章 军政府独立

柱生受到这般热情待遇，福全发自真心的欢迎，使得他心情几分愉悦，但又嫌弃福全咋咋呼呼的性格像是三岁小儿，不见半点长进，将欣喜都压着，仍旧锁着两道浓眉，故意慢吞吞往福全的木桌走去，走近了才放缓语气道："听到了，听到了，那么大嗓门，隔着江都听得到你在喊人。"

福全一点都不介意柱生的不耐烦，他和柱生认识又不是一天两天了，他脾气好性格好，虽是八旗子弟，却愣是没一点旗人的架子，就算柱生对他翻白眼，他也能透心底的傻乐，将嘴巴都咧到耳根去。

"哎呀柱生，听说你长出息了，还跑到湖北去闹革命，我好羡慕你啊，这段时间见识了不少吧，赶紧坐下，跟我说说，你可别在老朋友面前保守秘密啊，咱哥俩谁跟谁啊，没有秘密的是不是？赶紧儿，告诉我吧好不好？"

柱生瞅着福全眼巴巴如同小狗看人的眼神，顿觉哭笑不得，明明是他想来跟福全套消息的，现在竟被人家拉着先来了个连珠炮似的发问。

柱生稍稍谈了几句他参加起义的事，刚把福全胃口吊起来，他就掐住话头，将皮球又抛给了福全："别老说我啊，说说你的近况吧，对了，还有你那个形影不离的好兄弟戴子厚。"

不提还好，一提戴子厚，福全像是晚霜打的茄子，蔫头蔫脑地瘪起嘴巴，叹了一口气道："我都好久没见过子厚了，大概，在'成都血案'那晚之后吧，我们就没有再见过。"

福全说起了"成都血案"，而云杏恰好就是在那天不知所踪的，柱生的呼吸急促起来，心跳也怦怦加快，但他不愿让福全知晓自己的心事，于是故意慢慢地说："你和戴子厚两个人，从小就好得能穿同一条裤子，简直就是'焦不离孟，孟不离焦'嘛，怎么现在会一连这么多天都不打个照面？"

福全的视线抬向半空，仿佛那儿有答案似的，聚精会神地看了一会空气，他摇摇头说："你说的有道理，已经一个多月了，但我们也并不是没有打过照面，几天前，我还在街上遇到过他呢，不过他急匆匆地赶着去做什么事，只是和我点了点头就匆匆擦肩了，连交谈半句都无。"顿了顿，福全又像是想起什么，他自语道："以前我觉得子厚和云杏是金童玉女，老天做媒都没那么般配的，现在，我不这么想了。"

柱生失去了一个机会，后来他无数次陷入懊悔与失落，就是为此事生自己的气——为什么他不多问一句呢？为什么他要装出一副无所谓的洒脱样子，生怕人家福全看出自己对云杏的一片真心呢？为什么他耳朵只捕捉到"金童玉女""般配"这些刺心的词汇，刺得他心尖发疼，默然无言呢？为什么他就不敢站出来，堂堂正正地承认自己担心云杏，担心得每晚都睡不好觉，云杏的生与死，他茫茫无所知，一天不得确切消息，便一天不得心安呢？

柱生愚蠢地与那个机会擦肩而过了。他将福全的感叹当作毫无意义的小牢骚，并没真正放在心上，或者，不愿承认他曾费尽心力，想当云杏身边的那个"金童"。

世事弄人，那时，柱生并不知道，福全和戴子厚关系疏远，其实还有一重原因，这原因福全自己都不好意思说出来，因为一旦承认，便坐实了自己的小肚鸡肠，不够光明磊落。

尹昌衡并非恶人，自然不会将云杏软禁在府，他待云杏稍微

第十章 军政府独立

好了一点,就派人给云杏的瞎子娘送信,瞎子娘专门赶到尹家去见了云杏,可惜云杏此时认不得亲娘,娘来了半天,连声亲亲热热的"娘"都没喊。

瞎子娘心中委屈难过,又看不清云杏呆呆傻傻的表情,倒是春分嘴巴伶俐,尽力劝慰:"大娘,云杏姐这是碰伤了脑袋,才会暂时失忆,大夫说了,只要静心养息,长则几月,短则几日,她就能完全康复,和从前一样活蹦乱跳呢。"

瞎子娘也只能作如是乐观之想。她原本想要将女儿带走,但云杏这些天来和春分相处甚好,情同姐妹,心理上更加认了春分是亲人,倒不肯和她娘一道回家了,尹昌衡便极力劝说瞎子娘也留在他家,一来可以就近照顾云杏,母女朝夕相处,能尽快唤起云杏的记忆;二来他对云杏的一片倾慕之心,奈何对方生病,浑浑噩噩终不得解,现在能对瞎子娘示好,倒不失为一种"曲线救国"之计。

瞎子娘进了尹府,这事儿福全后来自然也知道了,他当然不难猜出尹昌衡对云杏的别样情愫,否则,非亲非故的,尹昌衡军务繁忙,何必专程巴结一个穷老婆子呢?福全觉得自己脑袋不够灵光都能猜到这一点,戴子厚从小就聪明绝顶,他未必还猜不到啊?他又不是猪!

戴子厚猜到了谜底却无动于衷,既没有将心上人的瞎子娘从尹家接到自己家中,也没有和尹昌衡两人锣对锣、鼓对鼓地对质一番,带走云杏,这算什么呢?不知不觉间,福全已经为云杏的真心叫了屈,觉了冤,愈发觉得戴子厚所作所为不够仁义,白白辜负了人家姑娘一颗心,所以这些时日,不知戴子厚忙些什么,

229

他也懒得凑上前去，拿自己的热脸贴人家的冷屁股。

和福全在聚丰园吃了一顿没滋没味的饭，柱生垂头丧气地回到米行，他在半道儿遇到了工会的矮个子青年，他也听说了柱生在武汉真刀真枪闹革命的壮举，便讲着正好工会同志聚集，要拉柱生去会上为大家讲讲湖北的革命局势。柱生推脱不掉，只好跟着矮个子青年去了。柱生原本还打算去云杏家看望看望瞎子娘，给她送些大米银钱，让她能温饱度日。

倘若他未改行程，也许就会早些知道云杏的下落，不至于受思念之苦的熬煎了。但谁能说清世事呢？它就是这般不讲道理，让你无可奈何，只能任由缘分错身别过。

2

夜深了，尹昌衡才处理完军中事务回到府中。这些日子，他不管多晚，回家后总要去西厢房看一眼，那儿睡着他的妹子和云杏，虽然屋里住着亲妹子，毕竟还有另一个大姑娘，他不好走进屋子，就这么站在院子里，远远地看一看，仿佛只为歇口气，看完了，转身干净利落地再回到自己房间休息。

这晚，尹昌衡依旧如此。秋风一日日加紧，屈指算来，云杏在他家住了快两个月了，他自己也觉得奇怪，为什么云杏身在咫尺，他却觉得她遥在天边呢？他假装不去思量云杏对她表哥的情意，假装屏蔽掉戴子厚这个人的存在。

诚然，作为戴子厚的学长、师兄，他也是极为推崇赞赏这个年轻人的，戴子厚是四川武备学堂的优质生，各科成绩优良，长得也一表人才，初次见他和云杏站在一起，就连看人眼光极为挑剔的尹昌衡也不得不承认，好一对郎才女貌的璧人！

现在，自己在做什么呢？为何不敢将戴子厚带到云杏面前，也许他才是能唤醒云杏记忆最有效的良药，为何自己会如此自私？

尹昌衡不敢继续想下去，他发现自己的想法如同这恼人的秋风，无法自在。到底秋凉了，从外面打马热昂昂地进来还不觉得，站了片刻，寒意便从地底渗出一般，透了脚板心，鬼头鬼脑地往上缓缓爬行，尹昌衡觉得撒开的军装领子都有调皮秋风往里面肆意刺探呢，他微微跺了下脚，准备往自己房间走，这时，身后木窗吱呀一声推开，传来云杏的声音："尹大哥。"

平平常常一声呼喊，竟让尹昌衡如同过电，他当即站下不前，云杏隔着窗户问他："你有时间吗？我有些话想要问你。"

尹昌衡心里跳得乱腾腾，幸好他没忘记自己是个军人，要泰山崩于前而色不变，所以及时端肃了颜色，郑重其事地点头说："好的，云杏。"春分妹子已经睡熟，云杏正要关窗户，从屋里折出来，尹昌衡又忍不住婆婆妈妈地叮嘱："多披件衣服，外面风大天冷。"

云杏披了春分一件半旧的斗篷，尹昌衡原本很讨厌这件斗篷的颜色，觉得红得不端正，倒像是陈尸三天的血痕，春分当日做了新衣，欢天喜地地穿给他看，他倒老实，直言不讳端出自己的看法，气得春分大哭了一场。现在见披在云杏肩头，衬托出她的眉眼英气勃勃，倒格外妥帖。

尹昌衡明知自己这是中了邪，云杏就算披块破布都是好看的，披自己妹子的旧衣，他都忍不住多瞅了她几眼。这一瞅，又瞅出一点新东西：云杏对斗篷做了小改动，她重新缝了袖子，双臂可以巧妙地从袖子中伸出来，但若不细心看，又看不出这袖子的存在，就这么一点微末的改动，倒让斗篷立刻变得生动起来。

"你将衣服改得很好看。"尹昌衡非但管不住自己的眼睛，也管不住自己的嘴巴，他说完之后才觉得自己该打，如此轻佻话语，怎可脱口而出？谢天谢地，云杏倒没觉出什么不妥，她低头看了看自己的改动设计，点点头，脸上又浮现出一种梦幻般的神情："我娘——就是你们带来的那位瞎子大娘，大家都说那是我娘，也许是真的吧。我娘说我之前是一个小裁缝，在一间裁缝铺里帮忙做衣服的。不过，我现在也记不得这些事了，有时稍微多想一会，脑袋便疼得要命，像是要裂开一样。"

云杏脸上又浮现出那种疼痛的神情，她也很努力地想要去回忆，却一无所获，过去种种仿佛浮在水面的油，看上去截然分明，但若伸手相握，刚伸过指尖去，却是油随水动，四下波光粼粼，一无所获，毫无头绪。

"想不到就暂且别想了。"尹昌衡赶紧安慰云杏，语气体贴温存，"大夫说了让你静养，不要太劳神，当心思虑太盛伤了身体。"云杏点点头，眉毛却皱起来，攒成一个小小的结，她深深呼吸一口，放弃了徒劳无功的自我求索，而是将求助的目光投向了尹昌衡："是啊，尹大哥，我不中用，什么都想不起来，所以，我想请你帮个忙。"

尹昌衡的心脏又狂跳起来，云杏叫自己帮忙，她终于信任他，依赖他，将他视作自己的支柱，漂浮失忆海岸的绳索，让他帮助自己渡岸。这样的想法令尹昌衡振奋不已，他大包大揽道："云

第十章 军政府独立

杏,别说这么见外的话,你有什么事,都可以告诉尹大哥,但凡尹大哥做得到的,绝不会推脱半分!"

云杏感激地连连点头,眼中有微微的泪光闪烁,皎洁月色中,少女仰起一张明净的脸颊,左腮小痣如同微笑嵌在颊上,她轻轻开口:"尹大哥,最近我不管是睡着还是醒着,总听到有一个好遥远好遥远的声音在叫我名字,有几次,我仿佛也回应了,隔着白茫茫的雾气喊:柱生,柱生。尹大哥,我之前和你说过的,自己什么都忘了,唯独记得这个名字。现在,打死我都想不起来柱生是谁,如果你可以帮我找到他,说不定他能帮我尽快恢复记忆。你能帮我找找他吗?"

尹昌衡怔住了,为何是柱生?他从未见过这个人,但对这名字倒不陌生,他一直以为住在云杏心上的人是戴子厚,不是吗?云杏曾和戴子厚相处亲密,而云杏一个贫苦人家的女儿,一个靠手艺吃饭的小裁缝,为什么要搅和到保路运动中来,甚至差点在总督衙门外面丢了性命呢?还不是因为表哥戴子厚,她要追随他,跟从他,她将表哥所说的一切都当作神的旨意,一心一意去执行,也不管自己到底懂得多少思想与理念之类的东西。但现在,她心心念念盼望见到的,竟是一个柱生。

连尹昌衡自己都没想到,一种又辣又苦的况味袭中了他,那时他太年轻,意气风发,少年英挺,是军中人人景仰的英雄人物,并不晓得饶是世间的大英雄,度千山过万关,总有一关是难以逾越的——那就是情关。

问世间情为何物?尹昌衡温柔地应承了云杏,让她回房早点休息,秋天易感风寒,一定要盖好被子。他啰啰嗦嗦说了一大篇,转身往回走。秋风裹着沙尘扑面而来，尘灰跌进眼里，他差点揉出眼泪，气急败坏地想："柱生？柱生你到底是何方神圣？"

他恨不能马上叫人去将柱生喊来，走了两步，又改了主意：真的要就此失去云杏吗？云杏为何单单能听到柱生呼唤她？难道说这两人才是真的情根深种而毫不自知？倘若他现在见到云杏，云杏会马上离开自己，那么，试问自己能接受这样的事实吗？

尹昌衡那夜辗转反侧，久久不能入眠，现在外面闹得天翻地覆，赵尔丰的威势一日比一日弱，眼看就要呈坍塌之势，乱世出英豪，本来这局势就是为尹昌衡这样的豪杰准备的舞台，他却心有旁骛，不能说服自己收敛精神，专心应对，一切以大局为重。

事实上，随着荣县独立，武昌又闹革命，成都的权势交割已迫在眉睫了。

3

现在，赵尔丰深刻感到日子不是在"过"，而是在"捱"，每一分每一秒都过得那般艰难，大势已去，他明知仅靠一己蛮力，已经无力阻挡历史车轮的铿锵步子，11月22日，赵尔丰万般无奈地签订了《四川独立条约》，同意四川脱离清廷。

11月26日，皇城外竖起的大旗随风飘扬，上书"军政府"大字。成都大街小巷张灯结彩，四处张贴着"大汉已兴，大清已亡"等告示。当晚，街正们到居民家散发纸条，命街民27日上午要一同到"皇城"军政府庆贺。当然，改朝换代这种大事，要几辈子才轮得到一次呢？爱看闹热的成都人向来都不会放过这种好机会的。

说是庆典安排到了中午,到了 11 月 27 日这个黄道吉日,天刚麻麻亮,街巷里的人们已经如同蚂蚁出窝,一群一群地往皇城涌来。

这个老皇城啊,在唐朝时,靠西一带是有名的摩诃池,靠东是节度使府。唐末五代的后蜀国就在此地大修宫室,那位风华绝代的花蕊夫人还作了上百首宫词来描写它的繁华盛景呢。

明太祖朱元璋分封他的爱子朱椿为蜀王,专门叫人修了一座气势雄伟的藩王府,那正殿恰好留在从前摩诃池的一角。

明朝末年,张献忠在成都建立大西国,藩王府便是大西国皇宫。后来,张献忠见情势不妙,眼看要倒台,便实行焦土政策,藩王府一夜之间化为乌有。

到了康熙年间,四川省会从保宁迁还成都,才将这片荒场焦土重新启用,将就前殿殿基修成了一座颇有名气的明远楼。此地经过数载变迁,大家还是依着惯例,称之为"皇城"。

天光尚早,白脸已经按捺不住,他和工会的矮个子青年一左一右,拖了柱生胳膊,随着人群往皇城兴冲冲地行来。人群越走越挤,走到皇城坝"为国求贤"的石牌坊前,人多得像是进了大减价的劝业场,或者哪个名伶开了锣的大戏场。

这样言说大名鼎鼎的"皇城坝"似乎有些不礼貌,但须知皇城坝原来就是一个百戏杂陈的场所。那儿有说评书的、唱金钱板的、说相声的、耍把戏的、卖狗皮膏药的,还有招人看西洋景的、测字摸骨的、拔牙止痛的。游方医生将自己的"家传绝学"说得油爆爆的,那是天上有、地下无的一片大好,天天挤在皇城坝,将这里变成一个喧喧嚷嚷热热闹闹的花花世界，就因为这些嘴巴没个定准的先生们热爱信口开河，皇城坝还有了一个诨名——扯谎坝。

今天的皇城坝人山人海，又挤得像是一个逢年节的大戏场了。皇城的三个门洞都大大敞开着，挤进门洞里面，坝子平坦宽大。门洞旁边修着两道窄窄的石梯子，顺着梯子就可以通到城门楼。有些人使出了吃奶的力气，发现自己实在挤不进院坝，便退而求其次，跑到门楼上占据一席之地，向远处眺望。

只见内门的台阶上站着两排兵士，有的拿枪，有的手中紧紧握着黑漆棍子，神气活现地拦住潮水般往前涌的人群，不让他们进去，嘴里嚷道："现在时间还不行嘛，还没到嘛，等一会大家再进去观礼。唔，有标记的可以进去了！"

这话一说完，白脸一拉柱生袖子，两人赶紧从兜里掏出写了字的白布条，在威风十足的守卫面前挥舞："我们有标记的哦！"挥舞完了，又学着众人样子，将布条斜系在了左胳膊上。

快到中午，太阳亮堂起来，大家挤成一团，没谁带伞，只能以手"搭凉棚"，不错眼珠地往露台上看去，生怕错过了西洋景。白脸以肘拐了拐柱生，怪兴奋地说："想不到咱们这么年轻，就能赶上改朝换代啊。"

柱生的内心也汹涌澎湃，但他并没表现得像白脸那么猴抓虎跳的。他看着公堂高高的檐口外撑着两面大旗，旗子是用白色丝绸缝制的，两面都写着字，画了十八个圈圈，在太阳光下闪着丝绸特有的光泽。白脸和柱生说了两句话，不知看到了哪个熟人，偏要从人群中开辟出一条艰辛的道路来，千难万苦地挤过去跟人

第十章　军政府独立

家拉呱。

柱生继续端详，成都平原一年四季多是阴天，这日却是个少有的好天气，虽是仲秋，却好比小阳春，人人身上都被晒得暖融融的，额头都渐渐渗出一层薄薄的汗意来。

由明远楼进来的人并不全是各街各巷、各行各业以及各界的代表，还有整队而来的学生。学生都意气扬扬地踏着正步，一直走到露台下，排列在代表们的前头，把顶好的地位全占了去。

这些学生朝气蓬勃，柱生羡慕地望着他们，自己虽比学生们大不了多少，但他这半年经历颇多，仿佛凭空长了十岁，现在看学生们兴兴头头地站在一起，仰着脸等待仪式开始，他稍稍有点感慨地想：如果自己当初听了穆老板的话，继续升学念书……但很快，他又打断了自己的这种猜测假想，甩甩头换了另一种潇洒思路：可我现在这样也挺好的啊，其实，今年诸多阅历，让我学到了很多书本中学不到的知识呢。

轰隆……轰隆……轰隆！三声震耳欲聋的铁铳响传来，打断了柱生的浮想翩翩，接着昂扬的军乐占领了大家的耳朵。广场之上，人群立刻沸腾嘈杂，大家争先恐后往前涌动，将列队的学生都挤得七零八落，有人被挤得脚痛，大声呼喊："慢点，慢点，大家注意秩序嘛！"但现在谁还管文不文明、秩不秩序呢，都想逼近露台，好好看一下新任四川都督的风采。

这时，最主要的人物即将登场了，一个穿军装的魁梧大汉，下巴刮得光光的，整张脸不苟言笑，双手捧着一面三尺见方的红色汉字旗帜，首先走出。跟在后面走到桌子跟前的，便是正都督蒲殿俊、副都督朱庆澜，两人都穿着深蓝呢军服，戴的是绣有金绦的军帽,各人手提着一柄挺长的金把子指挥刀。这两人虽衣着相似,效果却迥然有异:朱庆澜身形高大,又兼行伍出身,这套军装穿在他身上,就像长在他身上的一层皮那般妥帖。而蒲殿俊与他一比,要瘦削矮小得多。若拎出来单独看,蒲殿俊还是有一副儒生秀雅的精神气的,但与朱庆澜站在一起,对比格外强烈。蒲殿俊的军装不知是不是连夜赶制的,并不合身修体,上装长了一些,衣袖几乎盖过了手指头。这时,柱生后面有人议论:"还是朱都督穿军装顺眼,蒲都督看上去不那么巴适呢。"

闲话碎语很快又被广场的山呼海啸给盖了过去。"万岁!万岁!大汉万岁!大汉万岁!"四川民众又喊又叫,声如雷鸣震天,他们那发自肺腑的呼喊,欲将此前"成都血案"所受的窝囊气一并发泄而出,一扫当日晦气。喊声此起彼落,如浪涌浪袭。还有激动的人们,又是拍巴掌,又是吹口哨,秩序真是乱得热气腾腾,犹如揭开蒸锅锅盖。

大汉四川军政府正式成立了,正式宣布了蒲殿俊为正都督,朱庆澜为副都督。

这时,似乎司仪又说了些什么,现场太嘈杂,柱生一个字都没听清楚,只见朱庆澜神色严肃,两腿一并,挺胸收腹,向着国旗,不慌不忙地把手举在帽檐边,行了一个标准军礼。而蒲殿俊也随之举起手来,可怜他并未在军中受训,姿势看上去生涩得很,两只脚仍然站的是八字形,而且五根指头也修得老开,似乎还点抖颤。

这时,白脸不知又从哪里挤了回来,嘴巴对着柱生耳眼直呼热气:"哎呀,你看嘛柱生,咱们这蒲都督好像还有点慌张,没见过大世面的样子吗。"在柱生心里，蒲殿俊是保路运动的头号功臣之一，他还曾在岳府街的川汉铁路公司亲耳听过蒲殿俊演讲，那时的激动人心，真真过去良久也难以忘怀。听白脸这样说，柱生有几分不高兴地反驳道："你厉害，要是你上场，恐怕还吓得两腿发抖。""不止不止。"白脸快活地拿自己打趣，"如果是我站在上面，那肯定是要吓得尿裤子的！"

白脸就是这样有趣，他的人生哲学是"绷着张白脸做人，哪个仙人板板欠你钱嘛"，所以格外心宽，想得也开，他最开始拉柱生去工会帮忙，并不是说受到什么进步思想的影响，而是纯粹为了热闹，觉得"人家都可以活得兴兴头头的，我白脸咋不行嘛"，对他而言，革命的崇高性是天神一般渺远的东西，但他至少能把握一点世俗的快乐作为，高高兴兴地跟在大伙后面"敲帮帮鼓"，都是一件了不得的乐事呢。

柱生其实还有点暗暗羡慕白脸的，他的出生是一个沉重的秘密，也许还有谎言，还有罪恶，有着母亲从不对外人道的苦楚与辛酸，而他就像母亲脸上一个擦洗不去的烙印，死死吸附在母体，让母亲不管在天上人间，都要因为柱生这个标记而无法恣意舒展。

如果说柱生曾经深深痛悔并愤怒过自己的出生，那么从今年初夏开始，这几个月时间的经历让他犹如受洗，每洗一次便轻盈一层，脱去的老皮如蛇蜕，柱生怜惜地回头望望，不再触摸，更不会笨到将蛇蜕织成外衣铠甲继续穿戴，而是选择了轻装前行。他也希望自己有朝一日能变得像白脸这般纯粹，纯粹的快乐，纯粹的欢腾。

也许这只是奢望，柱生不无苦涩地想到：妙姐姐为我而死，云杏在"成都血案"中失踪至今，我曾经以为能和她们永远待在一起，天长地久，哪怕吵吵闹闹，哪怕彼此赌气，都能有一份安乐的小日子，现在却与一个她天人永隔，另一个她又生死未知。

柱生在热闹的庆典中走了神，变得怔怔的，白脸正在和民众一道狂欢，他们揭下头顶的帽子，用尽力气往空中抛去，接住，再抛。这个简单的游戏倒让皇城坝上的民众玩得乐此不疲。白脸快活地冲柱生喊："柱生，这么大喜的日子，愁眉苦脸做什么呢？"

柱生自己也恨自己此刻的走神，他不但想起了故人，还隐隐浮现出一种怪异的担心：大汉军政府的成立，真的能为四川带来幸福安稳的新篇章吗？

这时，正都督蒲殿俊已经开始了喜气洋洋的演说："从此平权自由，改专制为共和。都督是七千万同胞之公仆，组织共和宪法，以巩固我大汉联邦之帝国！"副都督朱庆澜接着讲："四川独立，来日方长。凡我同胞，必须人人奋勉争取富强，避免贻笑邻邦！"接着宣布新政府名单。

其实台上的人说了些什么并不重要，因为不管他们说什么，台下民众都报以热烈的掌声，后排的人踮起足尖都看不到前面的场景，但这并不妨碍他们大力鼓掌，将巴巴掌拍得通红通红。

二位都督演说完毕，大家欢欢喜喜地各自散去归家，这时人们才觉得这一番拥挤真是令人又累又饿，耗尽了身体里的全部气力。幸好那些做小生意的小商贩们灵醒，早早就在皇城外占好位置，摆了摊子，一散会就立刻比赛似的拉长嗓音喊起来，这边唱："锅盔啊锅盔，好吃不贵，酥香化渣，最好吃的皇城锅盔！"那边叫："烤红苕喽，烤红苕，不面不要钱，不甜不要钱，吃了难吃我

第十章 军政府独立

还倒补钱！"那些卖钵钵鸡的、干拌牛肉的、夹肉馍馍的、冰糖葫芦的……他们都不甘示弱，个个抬高嗓门，大声拉客，顿时香气盈鼻，人们高兴地大吃大嚼，好一阵盛世欢腾，百业繁荣。

这一天，就算家里再贫苦，父母也会给小孩子买一串糖油果子或者一碗米凉粉，满足一下他们的小馋嘴。这天是四川人共同的节日，大家在离开皇城坝各自往家走的路上，还议论纷纷，对未来充满美好想象，也对政局表达着自己的独到认识：

"我听说武昌、重庆的军政府就是革命党人掌火，起事的新军里头好多都是革命党人哦，咱们四川，怎么感觉不是革命党人掌大印啊？那拨民军流了血，哪里就能善罢甘休的？"

"你个憨包儿，不服又能爪子嘛，你没看到那独立宣言中讲乱党分子照剿不误嗦？"

"啊呀，其实我这阵都还是有点心悬悬的，你说咱们这就算改朝换代了呀？如果北京城的皇帝爷爷哪天气不顺，一口气顶上来，龙颜大怒，岂不是要派御林军来咱们四川搞平乱，那不是咱们平头老百姓都要跟着遭大殃？"

"啊呀，你娃怕啥子嘛？皇帝老儿的御林军装备不行，尽是举些刀片片，跟唱大戏的一样，咋个能比得过新军的炮头嘛？这世道还是洋枪洋炮更厉害！"

"对头，关键是看城头的新军，脚板子踩在哪只船上，他们要给哪边扎起，哪边才说得上话！"

…………

在这盛世欢庆时，赵尔丰成为独自黯然神伤的异类，早在11月15日，他自知走投无路，四面是墙，无一扇门窗，任何垂死挣扎都无济于事，于是他被迫释放了扣押所有的保路同志会领导人。

11月27日，端方在资州被自己麾下的官兵从被窝中拖出，士兵欠缺粮饷，军心不稳，失去了继续等待的耐心，军中发生暴动，端方兄弟二人被乱刀砍死。

紧接着，赵尔丰交出军政权力，承认新成立的"大汉四川军政府"，还发表了有滋有味的《宣示四川地方自治文》，试图以此保住自己和家人的性命。"尔丰不德，不能出我四川父老子弟于水火。第一，奉告人民。呜呼！我至亲爱之父老子弟，亦知今日之四川为破坏之四川乎？……呜呼！尔丰不德，愧对四川……呜呼！尔丰去矣！"

第十一章
乱兵打起发

1

蒲殿俊因为与朱副都督一同亮相时身量实在瘦小,被成都市民小小嘲讽了一通,其实,他也是有苦难言啊。蒲殿俊书生意气颇重,适合治学育人,并无主持川政的野心,偏偏被政治浪潮推到了风口浪尖,主持四川军政府政务。

果真,军政府刚刚成立,董修武头一个便按捺不住了,跳出来又是搞集会又是发传单,称以蒲殿俊为代表的立宪党人是妥协误川,侵吞了共和胜利果实。董修武跺脚失悔道:"他蒲殿俊哪里是在搞独立?明明是出卖共和嘛,咱们四川要建立民国,就是要狠狠地革清廷的命,像他蒲殿俊那么温良恭俭让,那叫一个什么改朝换代?哼,该革的命不革,该崭新的不新,哪有脸叫什么'四川独立'?"

蒲殿俊对这些牢骚并不是毫无耳闻，可他现在是"形势比人强"，已经被推举到这个位置上，只能硬着头皮，走一步看一步了。

柱生对蒲殿俊倒没有什么坏印象，现在，他自己也正式加入了大汉四川军政府，对柱生而言，现在军政府最高的行政长官蒲殿俊虽看上去并不孔武有力，但人家心怀热忱、爱国爱川，之前又在保路运动中无私奉献，这还不算好人吗？还不够柱生为之效力吗？

大汉四川军政府成立后，尹昌衡被任命为军政部长，他压根没想到，一名新加入的下属竟然是云杏苦苦求索的人。柱生当然更不知道这个相貌英俊、身形修长的年轻部长，内心与他一样，都盛装着同一个女子的情影与喜悲。

柱生在湖北闹革命时，他的义父疤爷也没闲着，"关圣人"疤爷带领着哥老会的兄弟与赵尔丰的亲兵混战，伤了右臂。这天，柱生刚好换班休息，他去街面上买了些美味点心，又砍了一只香喷喷的九尺板鸭，大包小包地提着，去枣子巷的堂口看望疤爷。

一见柱生的面，黄鳝高兴坏了，他扑过来不由分说给了柱生一个亲热的熊抱，抱完之后，自己又觉得不好意思，眼角还闪烁着泪花，嘴巴已经荤素不忌地开骂了："好你个柱生，真是一个狠心鬼，你这一送信，将自己都送去'革命'啦，这么久都不见人影，可想死老子了！"

提及想念，黄鳝可能觉得这太不对袍哥人家的口味儿了，实在太婆婆妈妈了，于是又画蛇添足地补充道："哎呀，你看我，不晓得是不是因为你小子最近少晒了太阳，养出一身细皮白肉，老

第十一章 乱兵打起发

子都要把你当作是娘们了,欢喜得这阵只想抱你转上几圈儿。"

柱生不说话,只是咕咕笑,再次见到黄鳝,他也倍感激动,他永远也忘不了,两个月前的"成都血案",他们兄弟同心,一起突围一起撤退。那时,柱生打横抱着血流不止的妙姐儿,还以为只要自己跑得足够快,妙姐儿就一定有救,她不会死,她经过那么多苦厄,哪里会连这个小坡坎都迈不过,会在这个小阴沟里翻了船,她怎么会死呢?

当时,好兄弟黄鳝就跟在身边,为柱生打掩护,还帮他挨了几棍子。黄鳝明知妙姐儿九成九没救了,却不忍心毁灭柱生最后一点念想,所以咬牙将他们护送到大夫家中。再后来,柱生无法接受妙姐儿离世的事实,自暴自弃,水米不进,只一味给妙姐儿焚烧纸钱,又是黄鳝敢冲着柱生大吼大叫,不惜用最重最狠的话戳他软肋,逼他振作精神。

经此一事,柱生早已当黄鳝是异姓兄弟了,别说黄鳝激动起来抱抱他,哪怕这厮轻狂至极、孟浪非常地在柱生脸上吧唧亲上一口,柱生也会见怪不怪,绝不横加指责的。

两个大男人正亲亲热热地拥抱完,退后一步,各自歪头打量对方的变化,从里屋传来一把脆脆的声音:"怎么来了还这么磨叽,你义父都等你好久了!"柱生抬头一看,竟是小红,数日不见,小红仿佛长了身量,眉眼也打开了,此前她跟在妙姐儿身后,所有人的目光都被艳光四射的妙姐儿夺走,但不知不觉间,小红也有了这样娇俏漂亮的样子。

柱生刚想和小红寒暄几句,小红已经瞪圆眼睛,老大不客气地问黄鳝:"你的事儿做好没?一上午都看你磨皮擦痒的,这会子又耽误人家柱生时间，你呀你！"小红一跺脚一转身，黄鳝忙不迭地放开柱生，跟屁虫般撵了上去，这两人唱双簧般前后离开，柱生傻傻的还没看出细名堂来，里屋传来了疤爷中气十足的声音："柱生，你小子来了不进门，难不成还要等义父给你'颁旨觐见'？"

柱生微微一笑，跨进屋去，看疤爷受伤后瘦了一大圈，右胳膊依旧用白布吊在胸口，看上去伤得不轻，好在疤爷精神头挺足，知道柱生要来，提前修了面，胡子剃得干干净净，下巴铁青，光光生生的，看上去倒比上次见面还年轻一大截。柱生将真心话说出来："义父，您看上去好年轻，走出去人家肯定不会说我们是两爷子，更像是两兄弟。"

"你这小子，当了一趟信差，学得这么油嘴滑舌了！"疤爷高兴，大力拍打柱生肩膀，又扯下他买来的烤鸭的一只肥腿腿，递给柱生，两爷子就着疤爷最爱的老鹰茶啃了一会鸭骨头。

头碰头大吃大嚼实在开心了，柱生便将自己心中的疑问抛了出来："义父，刚刚我看到小红姑娘了，她怎么在这儿呢？"疤爷呸地吐出一个小小的骨头渣，拿毛巾擦擦手，又饮口茶说："这有什么奇怪的？等会你到后院去，还有个人想见你呢。"柱生好奇地问道："哦？这么说，还有我认识的旧人吗？"

疤爷仿佛想起了什么，脸上浮起了笑意，他发现柱生在偷偷打量自己，索性打开天窗说亮话，向来英豪，不拘小节，又何必躲躲藏藏？疤爷笑着摇摇头："想起妙姐儿刚往生那几日，你小子简直是要疯要死，其实，也怪义父眼拙，并不知道你们这对小儿女的情思，否则，我何必当这种讨人嫌的老不羞，早早就撮合了

第十一章　乱兵打起发

你们，也是一段佳话呢。"柱生被疤爷这段调侃说得面红耳赤，他赶紧辩解："不是的，义父，我和妙姐姐之间，真的没有什么的……"

"我当然相信这一点。"疤爷收敛了笑容，截住柱生的话头："就是因为这样，我才更可怜妙姑娘，她是个善良的好女人，当日也是万般畏惧，怕阻了你的前程，才拼命隐藏心事，一个字都不敢对你表露，连我也被蒙在了鼓里，还对她痴痴情深，想要纳她做妾，余生疼之怜之，相伴终老……柱生，你一辈子都不该忘记妙姐儿，她不但救了你的命，而且还从不计较回报，这般恩深义重，非平常脂粉女子所为，她是我见过的最有个性的巾帼英雄。"

谈及妙姐儿，柱生眼里也蒙上了泪，他又如何能遗忘妙姐儿呢？斯人已逝，即使再怀想思念，也无法让妙姐儿起死回生了。疤爷假装没看到柱生忽然变得悲郁的神情，淡淡地说："之前，我就和妙姐儿说过，要为她赎身，其实，她是跟我还是跟别的男人走，我都不会太介意的，我是真心实意地喜欢她，想要为她做点什么事，她实在命薄，没等到这天……她也不算顶顶没福气啊，至少，还有小红和门婆子两个知己，巴心巴肝地为她奔忙。妙姐儿的后事，她们出了很多力，我报答不了妙姐儿，想着能报答妙姐儿善待过照顾过的这两个女人也是好的，她们又不是什么头牌，'春满园'老板倒也豪爽，意思意思地塞了一点银钱，倒也许了这两人的自由身。喏，从两个月前，她们已经留在这里帮忙了，反正堂口尽是糙汉子，有两个女人帮着洗洗刷刷，做点厨房灶台的事，也很相宜的。"

不用说，后院等着见柱生的，是那个弓腰驼背的门婆子。柱生望着疤爷的眼睛，忽然多了崇敬和赞服，和疤爷比起来，他真是彻头彻尾的毛头小子，他都懂得什么呢？莫名其妙地和别人争风吃醋？以为这样就是捍卫了心底那点可怜的纯净如水晶、脆弱得自己都不敢轻易一碰的情感？真正的大丈夫，铁肩担道义的大男人，应该像疤爷这样，喜欢一个女子，即使她故去了，也会尽自己的力量，将她身边的人照顾得巴巴适适的，让她能含笑九泉，不会为人间旧人牵挂担心。

不知不觉间，柱生仿佛觉得自己和疤爷之间的父子情又近了一步，其实柱生的玩笑话恭维得也不算错——他和疤爷之间，从一开始的侠义救助到结为异姓父子，他们的"兄弟义气"倒要多过"父子情深"。今天，疤爷剖白心意，令柱生肃然起敬，一个孩子气的念头在心中翻腾不已："这个义父，真没认错啊！"

柱生满眼崇拜地端详着疤爷，疤爷也仔仔细细看了看柱生，这一凝目，疤爷又想起他和玉虚子谈论过的往事了，疤爷忍不住轻叹一句："柱生，你这双眼睛，长得可真像你娘。""义父，您认得我娘？"柱生吃惊极了，此前并没人对他说起过这件事。

"傻小子，如果不是认得你娘，我怎么会那么快就收你当义子呢？"疤爷爽朗地笑着承认。

"那，那您肯定也认得我爹了？我亲爹到底是怎样的人呢？义父，您可以告诉我吗？"柱生在自己的身世之谜中沉浮了快二十年，胸口一直压着一块巨石，让他喘不过气来，他装作不在乎，别人笑话他时他报之以沉默的拳头，但老天知道，他其实最想问知情人的，便是这个问题——我的亲生父亲，到底是谁？我应该姓什么呢？

第十一章 乱兵打起发

疤爷眼含怜悯地望着柱生,他满腹思绪,几乎要将真相脱口而出了,可那便是真相吗?毕竟玉娘已经仙逝,谁又知道其中的原委曲直?一切不过是人们的猜测推理,疤爷并不敢言说这就是"真相"呵,又如何将它当作一个天大的秘密,再郑重其事地呈于柱生面前?

电光石火之间,疤爷下定了决心,他想好了,要像玉娘拼命守护她的骨血一样,将柱生的出生之谜一直带到棺材里去。于是,疤爷脸上浮现起慈悲的笑容,道:"我并不认识你爹爹,我与你娘结识时,她还是个未出阁的姑娘,她家里开镖局,自幼便跟着父亲押镖,胆子很大,在女人中间身手也算十分了得,总之,是个江湖上能叫出名头的爽利姑娘。只不过后来我被帮会派去南方整顿帮务,事情七七八八琐碎得很,足足延误了一两年,再回来,听说你娘已经远嫁了,就这么断了音讯。说起来,你也是我年轻时一位故交的孩子,看到你,心底的亲切便自然涌起来了,我膝下又无子,收你当义子,正是老天爷的美意呢。"

柱生怔怔的,他虽还未在疤爷这里求得自己身世的正解,但疤爷今天说的话,已经足够让柱生欣喜并珍惜了——在他的记忆中,娘体弱多病,不苟言笑,想不到她曾经还是押着镖旗行走江湖的英姿少女,身手矫健,声如银铃,江湖上流传过"令狐镖局"的地方,也会留下"令狐玉娘"的一线声名。

柱生胸脯起伏,他为自己的娘感到骄傲。更何况,疤爷也说了:"柱生,你娘是个正直勇敢的好女子,你要一辈子为自己是玉娘的孩子而感恩!"

柱生记住了。

毕竟是年岁不饶人，疤爷说了一会话，伤口疼痛，脸色苍白，渗出细细薄汗，面带了几分倦容。柱生嘱咐疤爷好生休息，他会再来看望义父，便退了出来。柱生已经走到门口，疤爷又叫住他道："柱生，现在外面时局不稳，风云莫测，变化多端，城头更换大王旗，义父也看得几分眼晕，说不出孰是孰非真伪对错了，你还年轻，只管放胆去做你想做的事，你本心良善，义父料定你不会行差踏错，至于那些是非曲直，也许只能留待历史来一一评定功过了。"

柱生细细琢磨着疤爷的话，拐进后院，门婆子在等着他。

2

"柱生，这是你妙姐姐留给你和云杏的东西。"柱生小心翼翼地接过锦盒，打开来，里面竟是一对瑞士情侣白金怀表，咔嗒一声弹开，表盖玻璃亮晶晶，里面指针纤细如脚，不急不缓地往前行走，时光正是这般长了脚的怪物啊，不会为任何人停下来，否则，为何妙姐儿化作一缕青烟，这对表还浑然不知地嘀嗒走着？

睹物思人，柱生面色沉重，双眼潮湿。门婆子还是像从前一般，脸上鲜少见到表情，她只是恪守忠诚地道："这是妙姑娘今年过春节时为你与云杏姑娘备好的礼物，幸好这件物事藏在衣柜里，'春满园'的妈妈没有发现，否则，连妙姑娘为你留下的一点念想也要被搜走的。"

柱生用手指摸了一下金表，眼睛湿漉漉的，声音也粗起来，他只是不解："门大娘，姐姐为何要送我和云杏这么贵的礼物？"

第十一章 乱兵打起发

门婆子抬头瞅了柱生一眼,仿佛奇怪世间男子为何看似聪明,其实都生着一副蠢笨肚肠:"咱们妙姑娘是何等蕙质兰心,又长着一副水晶肚肠,有什么看不透的?你对云杏的一片心,她早早就看在了眼里,所以备下这份礼物,是想到时庆贺你与云杏结成佳眷,百年好合的。"柱生的面皮火辣辣地烧红起来,他真是个傻瓜,一直看不出妙姐儿的苦,悟不到她的一片纯然真心。

想当初,他对着妙姐儿大段大段倾诉自己对云杏剪不断理还乱的万缕情丝时,妙姐儿听在自己耳中,又是何样心情?她要怎样强颜欢笑,才能将自己的心事层层叠叠包裹收藏?还要忍住疼痛,细语安慰,为这个傻小子搜肠刮肚地想办法出主意?

柱生自己的脸颊发烧,像是小孩子猝不及防被大人抓到瞎捣蛋,偏还梗着脖子回一句:"我对云杏有心又怎样?人家并不将我看在眼里啊。"门婆子快要被柱生气得发笑了,她也许是想起了自己非常遥远的少女时代,有没有被一个少年这般笨拙愚鲁但万般珍惜地爱过呢?很遗憾,纵然丑陋如她,貌美如妙姐儿,都没有这样的福气,这的确是老天恩赐才可得的一种福气,被爱,被宠,被娇惯,被当作价值连城的宝物,舍不得有一点点唐突。而她们,不是老天垂爱的女子,难以得到爱情的滋养,只能成为今生无可弥补的遗憾。

"柱生,你呀,什么时候才长点心呢?"门婆子咧开嘴,她老了,已经豁了半颗门牙,一条残命,还能蒙疤爷收留,以后至少是有瓦遮头有饭饱肚,对人世还有什么希求呢?老人说出的话最是诚恳,因为他们已经不屑再和年轻人玩那些云山雾罩的游戏:"柱生,还记得妙姑娘见过云杏一面吗?那日元宵看完灯,回来后她就对我们说：柱生是身在福中不知福，不过，可能云杏姑娘也并不晓得自己的真实心意，女儿家，总是这般羞涩天真不通世故才好的。"

柱生的心跳紊乱起来，一张脸涨得通红，他笨嘴笨舌，千言万语，找不到合适的话来应对，幸好看到两个人影一闪，似乎是肩膀并着肩膀走出了院子。柱生呵一声，傻乎乎地问门婆子："门大娘，我刚刚好像看到黄鳝和小红了呢，他们什么时候变得这么熟稔的呢？"

门婆子咧开嘴笑了："你这个傻小子，我看你啊，还不如黄鳝，喜欢一个姑娘要好好对人家，别成天说些天真话，做些幼稚事去气人家，这样，别人不自在，更要还你一个大大的不自在！"

柱生低头哦了一声，带着一个苦涩的念头，转身离开堂口。他想，如果现在云杏还在他的身边，他一定会好好对待她，不会惹她生气，不会跟她顶嘴，更加不会冲她吼出那些歹毒的话来。他只会寸步不离地好好保护云杏，用自己的一切力量来呵护宠爱她，哪怕她依旧只给他一张冷脸一双冷眼，没关系，只要老天允许，他还能留在云杏身边就好。

柱生痴痴念念，没想到这世上，其实还有一个"同情兄"，他们被同一份思恋折磨，却又甘之如饴地吃着爱情的苦头。

尹昌衡也是这样想的，只要云杏还能留在他身边，哪怕她时而清醒，时而糊涂，哪怕她犯病时怔怔忡忡一言不发，任由尹昌衡长喊短叹也无回应，她还在尹府，他就值得心安感恩。

有人自卑暗怯，自然有人心生急切，想要助跑推力。这天，春分好不容易等到哥哥回家，她跑过去帮哥哥接过外衣，挂好军帽，亲亲热热地说："哥哥，您年纪不小啦，早就该娶位嫂子回家，让她帮您料理料理家事，我这个妹子也不用再操那么多心了。"

尹昌衡微微有点脸红，故意顺着春分说玩笑话："呵，如今我妹子大了，看来是女大十八变，也有了自己的小心思，觉得住在哥哥这里，帮哥哥管家是屈了妹子的才呢。""哥哥！"春分原本是鼓足勇气跟哥哥聊他的终身大事，不料哥哥却这么狡猾，将球踢还给她，她还是个女孩儿，脸上挂不住，羞得差点就要逃跑，幸好念及自己与云杏姐姐这段时间的交往相处，甚是愉快，难得有这样一个女子能令哥哥倾心，自己也无比喜欢依恋，若不撮合他俩，过了这村没这店，春分觉得自己都不够格当英明神武的尹昌衡妹子了呢。

"哥哥，"春分稳了稳心思，继续说道，"哥哥，现在您已是军政府的军政部长，升了官位，自然是光宗耀祖之事，成业重要，成家同样重要呢。唉，哥哥，都怪您太不爽利，这才让妹子赶鸭子上架——皇帝不急太监急！"

春分这小嘴把话说得乱七八糟，又是鸭子又是太监的，逗得尹昌衡一口茶喷将出来，咳嗽连连，春分连忙奔上前为哥哥捶打肩背，嘴里还叨念着："看你看你，这么大的人了连喝茶都能呛着，真要找个嫂子帮您治治这毛病了！"春分现在简直成了职业媒婆，三句话不离本行，连喝茶呛着这等小事，似乎都要靠着结婚冲冲喜，才能有效治愈。

春分浑然不知自己对红娘角色入戏有多深，她还继续循循善诱，凑近一点悄悄道："哥哥，不瞒您说，我已经私下和瞎大娘聊过了,人家瞎大娘眼瞎心亮,晓得你一片丹心,将来绝不会亏待云杏姐姐,所以若要向长辈讨主意,她是一万个同意将云杏姐姐嫁进咱们尹家的。剩下来的,就该是你自己努力了,总不能提亲这种事,还要等人家姑娘家里亲口来提吧?"

春分鼓足勇气将这些话一股脑儿讲出来,简直觉得快累死了,背心起了一层毛毛汗,她读书不多,"一片丹心"用得也不伦不类,但尹昌衡深深感受到了妹子对他的好,春分是一心一意想要让哥哥达成心愿,迎目撞见春分期待的眼,尹昌衡也受了鼓舞,默契地点点头,点得很郑重亦很用力。

3

赵尔丰真的甘心将重权移交军政府,然后退回他原来的地方,继续守他的川边吗?当危险近在咫尺,为求活命,他是这样想的,而随着"大汉四川军政府"正式成立,警报一点点解除,他的内心也开始活泛起来:说到底,半生行走仕途,如履薄冰,才爬到如此位置,怎料一朝跌下,差点粉身碎骨。幸好他比端方聪明,懂得"识时务者为俊杰",及时举白旗认输,这才保了安全之身。可说到底,他怎会甘心就此任人摆布?而且看那蒲殿俊蒲都督,一脸书生相,哪有半点杀伐决断之气?要从这样的人手中再将政权夺回来,仿佛并不是不能想象、不敢筹划之事。

1911年12月7日夜,寒风砭骨,阴冷潮湿,看起来,这是一个平平常常的冬夜,平静之中,却蕴藏着暗流和危险。入了夜,皇城坝的军政府倒是灯火通明,蒲殿俊都督召来新任的军政部长尹昌衡，和他商量明天阅兵的事。尹昌衡觉得有几分不妥，现在蒲都督并未在军中树立威信，就要赶在这阵儿急匆匆地阅兵，在这样的非常时期，实在有些欠考量。但他也不好强烈反对，总不能刚上任就给蒲都督留下一种"不听说不听教"的忤逆下属形象吧？

第二日，东方刚露出鱼肚白，尹昌衡就起床了，他洗漱完毕，在院子里练了会儿剑，收住架势，拿毛巾擦拭热汗，准备回房更衣时，忍不住又多瞅了云杏住的屋子一眼，昨晚他回家太晚了，今天阅兵后若无要事，他想早点回来，郑重其事地找云杏提亲——妹子说得对，堂堂一个军政部长，还害怕对心仪的女子表白爱意吗？这般畏畏缩缩的，像什么热血军人？

尹昌衡穿戴整齐，又向云杏的屋子瞅了瞅，深深吸一口气，这才抬步向门外走去。

尹昌衡何等敏锐，这天他一跨进东校场，便觉得气氛不对。演武厅下，准备接受都督检阅的新军、旧军都军容不整，他们站得并不整齐，配以松松垮垮站姿的是三三两两的交头接耳，众人看上去神情诡秘，暗含愤怒。

见到熟悉的尹昌衡，巡防军们围拢上来，一个接一个地冲着他发起了牢骚："几个月没领粮饷了，当兵还有卵用？""尹部长，你们当官的到底晓不晓得我们这些穷光蛋的苦楚哦，每天连饭都吃不饱，还当个龟儿兵啊？""就是，抬眼看看嘛，那些官老爷吃得满嘴流油，我们都要饿成一把穷骨头！"

尹昌衡平时对军中上下极好，大家待他也不错，并不只当他是什么劳什子"部长"，否则，哪敢在他面前口无遮拦地乱发牢骚?

大家越说越生气,柱生也在队伍里,听得这些愤懑言辞,已经摩擦出数点火星,眼看就要爆炸燃烧了,但他刚来几天,并不晓得军饷已经延发数月,个个兵士都压了一肚子火气,现在他们摩拳擦掌,似乎想要找个官老爷来,将他就地生吞活剥了,好解心头之恨。

尹昌衡内心暗暗叫苦,但他依旧记得镇定从容,翻身上马,朗声道:"各位手足弟兄,少安毋躁,等一会检阅完毕,军政府一定会补发大家一个月的粮饷!"

虽然尹昌衡尽力嘶吼,但在这方圆十来里的校场上,能听到他允诺的毕竟有限。看他满头大汗地打马转圈,高喊大叫,安抚人心,柱生觉得这位军政部长不但年轻英俊,内里有"货",而且真正地体恤兵心,为人品行真是不错!

喊来喊去,将天光喊得大亮。这是冬天难得一见的好天气,一轮金阳升上天空,照得东校场明晃晃的,石头砖块都好比镀了一层金。受检阅的有九营巡防军、一营新军,还有几个大队的同志军。军官们开始喊口令,部队已经持枪列队。那些心有怨怼的兵士也还是装个样子,松松垮垮站在队伍中,阴着脸看向前面。

今天奏军乐的是专门从凤凰山新式陆军处调来的军乐队,他们衣着整洁,一律戴着大盖帽,脚蹬亮铮铮的马靴,身穿黄哗叽新军装,看上去神气活现,好一派峥嵘军姿!柱生不错眼珠,也看呆了。这时,随着乐曲节拍,新任四川都督蒲殿俊率军政大员们鱼贯上台入位。蒲都督是新派人士,今天脱下了军政府成立庆典那天的军装,换上了西装革履。说实话,蒲殿俊这样的书生,

第十一章 乱兵打起发

穿西装比穿军装顺眼多了,看上去格外儒雅绅士。

蒲都督也对自己今天的衣着格外满意,他往演武厅上一站,一缕阳光照着他别在胸前的大红花,越显得容光焕发。他气运丹田,开始激情饱满地演讲:"在下各位革命军人!"可怜蒲殿俊刚刚说了这句话,只听"砰"的一声枪响,就像一发信号,场上立刻到处都响起了枪声。

赵尔丰事先安插在军中的探子趁机大吼:"反了,反了!"蒲殿俊和朱庆澜惊慌失措地跳下点将台,情急之下,蒲都督还差点崴伤脚,惨白着脸孔啊啊叫唤。这时场上已经大乱,枪声四起,赵尔丰发起这场阴谋兵变,运筹帷幄于乱场之外,只可怜这些军政要员们惊慌失措,狼狈奔逃,还摸不着火门,不晓得到底发生了何事。

赵尔丰的人此刻混在队伍之中,尽力煽动大家的情绪:"根本没有军饷,尹昌衡那个娃娃是骗老子们的!这个狗东西当了狗官,就越发不是个玩意!压根不是和咱们一条心了!"

柱生想要挤过去跟他们解释,少安毋躁,大家不要乱,不要这么激动,但压根没人听他的,那些被拖欠数月军饷的老兵最是情绪激动,嚷嚷道:"没得军饷,迟早饿死!反正迟早都是一个死,现在大家一起到街上去打起发才是活命之道!"

柱生惊呆了,他原想以自己的武力才能报效国家,忠于崭新的军政府,但没想到军队会腐朽至此,稍有煽动,兵士们便头脑发热,一致认定了到大街去抢劫、去当毫无廉耻的强盗棒老二才是正道!柱生来不及多想,顷刻间,场面完全失去了控制,乱军们一团团裹起,啸聚、呼吼、乱放枪……朗朗晴空,竟忽然涌起了团团乌云。

尹昌衡见红了眼的乱兵正向自己奔跑逼来，赶紧一个箭步从台上跃下，划动长腿朝外飞奔，奔到门外，柱生灵机一动，速速从马厩里将尹昌衡的白马赶了出来，催尹昌衡赶紧上马。尹昌衡抱拳谢过，他想以后有机会，一定找到这位危难之中救助自己的兵士，这是少有的清醒之人，值得他好好酬谢感恩。

不料，尹昌衡还未翻身上马，背后忽然射出一支冷箭，他只觉耳畔风声掠过，忽然一惊，瞬间只道自己此遭必死无疑，再难逃过这一劫，却有一人抢在尹昌衡前面，拿朴刀帮他一格，冷箭咣当落地。尹昌衡惊奇回头，惊喜喊道："子厚！"戴子厚只管举刀与乱兵格杀，红着眼睛吼："部长，赶紧走！"

事不宜迟，尹昌衡两腿一夹，一巴掌打在了马屁股上："驾！"

柱生这时也赶了过来，与力气渐渐不逮的戴子厚并肩作战，有柱生加盟，戴子厚如虎添翼，两人合作，拳脚与朴刀同样耍得精彩，一番激斗，才将乱兵击退，柱生有了机会，拉着戴子厚凑到墙角说了两句话。

戴子厚蒙柱生出手相救，其实也有几分懵懂，他又不是木头人，早早感觉柱生不是那么喜欢自己，无端端地排斥自己，可俗话说得好：路遥知马力，日久见人心。此遭生死之际，柱生能侠义为怀，救他冲出乱兵重围，他也同样感激不尽。

柱生争分夺秒，直截了当地问道："你有云杏的下落吗？"戴子厚咬了咬牙齿，不忍欺骗自己的救命恩人，点头道："云杏她很好，她这段时间一直住在尹家。"

"尹家？"柱生在脑子里搜索了一番，偏偏就没联想到他们的长官尹昌衡。

第十一章 乱兵打起发

戴子厚脸上看不出阴晴圆缺，索性挑明了，语气干干地说："尹家，尹昌衡尹部长家。"接下来，他又补充道："尹部长极为喜欢云杏。"

电光石火间，柱生明白了，但他明白的只是很小的一部分。这一部分已经足够他怒不可遏，抓住戴子厚的衣领怒道："你这是什么意思？拿你喜欢的女子去贿赂上司吗？认识你这么多年了，早知道你戴子厚不算是个正人君子，可没想到你会下作无耻到如此地步！"

戴子厚也不甘示弱，他一把将柱生推了个趔趄，粗着喉咙喊："你把我想成什么人了？当初突发'成都血案'，云杏受伤，与我失散，我到处找她都找不着，这能怪我半分吗？幸好云杏得蒙尹部长相救，她又失了忆，谁都不认识，我还能怎样？难道你要我冲进尹家，硬是将她带出来不成？再说了，我是她的什么人！你呢？你这么急吼吼要打抱不平，你又算云杏的什么人？"

这句话将柱生噎得可以，是啊，他到底算云杏的什么人呢？柱生忧伤且不甘地放开了手，现在，他总算亲耳听到了云杏的下落，她安然无恙，并未离世。即使失忆，却并不危及生命，她没事真的太好了！柱生对云杏放了心，倒是对戴子厚彻底失了望——就算他巧舌如簧说得再像模像样，也无法抹去他在柱生心中的恶劣印象，即使并不是他亲手将云杏当作礼物送到尹昌衡面前，但云杏在尹家一住就是数月，他充耳不闻，只字不问，一味当作没事发生，这般低贱求荣，虚伪无情，难道还让人称赞他光明磊落不成？

柱生用冷得能结冰的眼神望向戴子厚，一字一顿地说："你如此辜负云杏，就为了尹昌衡吗？你就这样想拍长官的马屁？"柱生的话如小刀，割得戴子厚心尖泣血，他面红耳赤地辩解道："这是什么话？我又如何辜负云杏了，我和她有过三媒六聘，有过海誓山盟吗？再说了，就算我一心追随学长又怎样？学长是何等英雄人物，我为了他挡枪挡刀都可以，命都可以不要，若说是马屁，恐怕世间没有人会这样舍得本钱拍马屁吧？哼！"

两人不欢而散，柱生转头边走边骂："最好这辈子都不要再见到戴子厚这个小人了！"

戴子厚呢，受了柱生的窝囊气，他也怒得想要踢墙摔门，恨恨道："最好一生一世都不要再见到穆柱生这个驴脾气了！"

再说尹昌衡，他将坐骑打得四蹄飞扬，飞驰出北门城门洞，沿着一条乡间碎石路，向着凤凰山没命地飞奔，他要去凤凰山找好友周骏，周骏便是赵尔丰当日极想拉拢的陆军新军六十五标标统，屯兵凤凰山。

凤凰山是离成都仅两三里地的山峦，连绵起伏，状似凤凰，山上遍种桃树，一年四季郁郁葱葱。这会儿凤凰山在午后阳光的照耀下，绿树满山，流光溢彩，如同凤凰抖着金翅，翎羽生辉。尹昌衡内心如焚，没功夫欣赏美景，他一见周骏部下，立刻沙着喉咙喊："快叫周骏来！"

周骏深明大义，处事决断，听好友说了个大概，立马就决定让尹昌衡亲自带兵去平乱。

尹昌衡飞步跃上石墩，亮开嗓门喊话："各位手足弟兄，成都兵变，情况危殆！"尹昌衡虽喉咙沙哑，但激情不减，他将暴动情况绘声绘色地讲了几句，然后气壮山河地说："此次兵变是赵尔丰那老贼一手策划，精心筹谋的。百足之虫，死而不僵，想当初他残杀平民，现在又引发军中动乱，只要有他一天在，咱们四川就不得安宁，成都便永无宁日。他现在想要东山再起，搞阴谋复辟，你们说，这口气咱们能不能忍？"

"不能！"几百个男儿异口同声齐齐呼道。声响震天，义愤塞胸："听从军政部长指挥，平息叛乱，绝不让赵尔丰复辟！"

"好！"尹昌衡欣慰地大喊，"你们真不愧是英勇果敢的革命军人，是我尹昌衡敬重的手足弟兄！咱们这就进城平乱！弟兄们，跟上了！"

几百个热血军人举枪誓师，队伍浩浩荡荡，尹昌衡骑马在前，两营人马紧随其后，快马加鞭地往成都城内而去。

这时的成都已完全丧失了正常秩序，乱兵如同溃坝潮水般从东校场冲出，直往银行、藩库、钱庄作乱。傍晚时分，乱兵又大抢商铺、民居……成都城中到处火光冲天、烟雾腾腾，人喊马叫，车翻轿倒，如同人间炼狱。

九里三分的成都城此刻已面目全非。首先遭殃的是市内的大清银行、浚川源银行、通商惠工银行、铁道银行——这是当时成都几家略有规模的新式金融机构。接着，天顺祥、宝丰隆、百川通、金盛元、日升昌、新泰厚、天成亨、协同庆等三十七家银行、捐号、票号都遭到浩劫，连同军人自监自盗的藩库、盐库等，共计损失现金两百万元大洋，尚未计十余家金号的损失。

成都东大街、劝业街、大什字、小什字、暑袜街、总府街、湖广街、棉花街等十多条素称繁华的街上的大小商号也被乱兵洗劫一空。此次兵变，太多人浑水摸鱼了，那些官兵前脚才走，蹲守在门口、垂涎欲滴的差役们便蜂拥而至，一通贪婪哄抢。等他们抹着油嘴巴离开了，商号的老板伙计还来不及痛哭，未将地上的一片狼藉收拾干净，那些整日游手好闲、坑蒙拐骗的地痞流氓又冲进门去，他们一边怪里怪气地大喊"上山打猎，见者有份"，一边细细地搜刮残余剩渣。

好些商号、华宅都被洗劫一空。那些腿脚慢，跑到了后面的乱兵啥都没捞着，他们自然是心有不甘，恼羞成怒的。为了泄愤，他们怒砸穿衣镜，用马刀乱砍门窗、家具……就连挂在壁上的圣贤字画也被抓下来撕得粉碎。如果有人阻拦，这些红了眼的乱兵便将人家推倒在地，拿皮靴大力踏踩，一定要看到人家口吐鲜血才善罢甘休。

绸缎铺的马老板损失最为惨重，他的上等绸缎，一匹接一匹地被人抢去，压根阻拦不住那些疯狂的兵士。那些后来者眼红前面乱兵手中花花绿绿的好缎子，硬是要抢，两边都死死撕拉，一个不慎，上好的绸缎裂成碎片。马老板气得大哭，鼻子头红红的，他见自己的心爱之物被人这般糟蹋踩躏，就像自己的心尖尖被摁入尘灰泥土，任人踩踏一般。

马老板嗓音尖利地哀哭着，他胖胖的身子覆到地上，想要盖住那被撕扯得四分五裂的绸缎，却被后面涌进来的几个流氓好一顿拳打脚踢，他们边踢打边骂骂咧咧："老杂种，死开些，死远些，别妨碍爷们发财！"

待柱生冲进来以铁拳打退流氓，帮马老板解围时，昔日繁华的马家绸缎庄已经只剩一地狼藉，满壁萧索。柱生愤怒得想哭，他从地上半抱起马老板的脑袋，马老板的额角被桌子磕破了，一

第十一章 乱兵打起发

个大洞正在汩汩流血,柱生慌忙要找干净布条为他包扎,马老板从嘴里呸地吐出一口血沫,眼泪汪汪催促他:"柱生,快些去看看你爹!"

幸好,大丰米行有白脸几个勇敢伙计在,他们反应及时,听到街面上刚刚乱起来,便身手敏捷地拆下门板,以粗壮横梁抵在门后,除了白脸脸上挂了一点彩,其他人并无大碍,算是街上硕果仅存、没被哄抢的商户之一了。

不过几条街外,穆老板租来堆放米粮的仓库遭受"池鱼之累",旁边店铺被乱兵纵火,燃起了冲天浓烟,米行的仓库也被连累,业已烧掉了一些货品。但现在着急也没用,街面的乱兵如厉鬼横行,大家谁也不敢擅自离开,到仓库救火。

柱生见穆老板眉头紧锁,晓得这仓库若继续烧下去,他的半生心血将毁于一旦,于是自告奋勇道:"我去仓库那边看看!""不!"穆老板一把拖住柱生,将他的胳膊抓得紧紧的,死也不肯松手:"你别去,柱生,烧就让它烧好了,你不能有事,你千万千万不能有事。"

柱生回头,看到穆老板眼中有泪,更有一派慈爱,他心底一软,膝盖也一软,几乎想同三岁幼儿一般,扑进父亲的怀里承欢,但他三岁时没做过的事,在二十岁又怎能模仿?纵是内心感动不已,柱生也只能与穆老板僵僵地站着,任由他将自己的胳膊钳得铁紧。

柱生刚想说什么,到门外探听消息的白脸折返回来了,他抹了一把脸上的黑灰,安慰穆老板道:"老板您放心吧,工会的同志恰好在仓库附近,他们帮忙救火,现在火势已经被控制住了。"

穆老板嗯了一声，却连眼珠都未转动一下，他依旧攥紧柱生，眼里燃烧着热切的恳求："不要去冒险，柱生，我答应过你娘，你可千万不能出事。"

一股暖流从喉咙翻涌而上，柱生再也无法自抑，也无须抑制情感。他刚张口喊了一声"爹"，泪水已湿了面颊。

赵尔丰此刻站在他的府邸之内，望着高墙外面，火焰如巨龙腾空，在漆黑的天幕之中，它们尽情伸张疯狂的爪牙，肆意妄为地蚕食着平民的家园和生命，这些噼里啪啦的声响之中，又夹杂着人们凄惨泣血的哭声，听来实在恐怖。赵尔丰没想到自己的反间之计如此轻易就成功了，他不过是安插了几个探子，挑起兵士对军政府的不信任，便能收获全城大乱的结果，实在是出乎意料。

原本赵尔丰以为自己大势已去，再不甘心也只能乖乖交出政权，但他很快后悔了——宣统帝不是还在北京城里稳稳地坐着龙椅吗？而朝廷重臣袁世凯正准备以雷霆之势袭压革命党人，他并未输掉手中最后一张牌啊！

于是，赵尔丰认真考量，越是思索越觉得立宪派蒲殿俊这些人不过是书呆子，书生革命，哪有什么说服力？哪能镇得住堂子？他巧妙筹谋，利用蒲殿俊校场阅兵，发动兵变，他算是成功了，却是以成都市民的流血牺牲、无辜枉死、被劫被盗为代价的。

全城哀哭，似乎就为了成全他一人的野心。现在，他该高兴吗？为何在兴奋之余，内心又会有着这般的空落和茫然呢？

第十二章
瓮杀赵尔丰

1

尹昌衡精神抖擞，带领百余新军，在子夜时分打马来到了皇城坝的军政府所在地。抬头望去，依旧是红墙黄瓦的深庭大院，却并无往昔那种灯火通明紧张忙碌的气氛，反而寂静如荒郊坟场。拱圆形的城门洞前，以往门楣上会挂上两盏俗气的大红宫灯，底下垂着长长流苏，岗亭里也会万年不变地站着两位卫兵，他们一动不动，如同木偶，但如果你敢硬闯试试，人家身上的火枪可不是吃素的。今天气氛格外凄清，只剩一轮迷迷瞪瞪的月挂在天上，瞪大眼睛，不动声色地望着这空空如也的军政府。

尹昌衡安排好士兵勘察各处，自己也带了几个人，沿着花径，放轻脚步往明远楼走去。偌大的宅院，因为没有一盏灯，又没有一点声音，显得格外诡异深重，尹昌衡带人上了楼，往致公堂走去，数人的军靴同时踏在楼板上，发出难听的吱呀声，加重了恐怖气氛。

致公堂的门被撞开了，尹昌衡身先士卒地冲了进去，他听得此间屋内有嘤嘤啼哭，声音郁闷至极，带着人东寻西找一番，猛然发现屋内破床之上蜷缩着一个男子，正抱着大汉国旗，埋头于此，不管不顾，专心哭泣呢。男子听得尹昌衡佩剑的哐当声响，以为大限将至，不禁抬头大叫，将心中所有的委屈恐惧都化作这一声断喝："逆贼，快杀了我吧！"

"你是谁？"

这大骂"逆贼"的声音这般熟悉，倒让尹昌衡吃了一惊。这时，部下举了油灯跑到门口，灯光一照，看那个哭得一团糟，眼泪鼻涕糊了满脸的胖子怒气冲冲又可怜巴巴地缩成一团，可不就是大汉四川军政府的安抚局局长罗纶吗？

尹昌衡的精神松弛下来，呼出口气，抿嘴一笑，浮现了少年人的玩笑心，故作威严道："罗局长，你死到临头了！"罗纶应声惊恐抬头，待看清站在床前的竟是军政部长尹昌衡，大喜过望，一时破涕而笑，猛然站起，差点摔个趔趄，他趋步向前，紧握尹昌衡双手，激动地问道："尹部长，你这是借了兵，进城平叛来了吗？"

尹昌衡点点头，罗纶开心一瞬，却又立刻转喜为忧："这么几个兵想要平叛？实在是杯水车薪嘛！"

"放心，我自有平叛之计。"尹昌衡微微一笑，语气颇为自信。

天色放亮，尹昌衡和罗纶并肩站在明远楼上，往下眺望。陕西街上的教堂还披着牛奶般乳白的晨雾，而城门洞外，那个人声

第十二章　瓮杀赵尔丰

鼎沸、无奇不有的坝子上，今天竟出奇的安静，简直能用鸦雀无声来形容。

尹昌衡胸有成竹，指着平安桥方向一幢大院里的碉楼说："罗局长请看，那里是武器库所在之地，若要控制成都局势，须先掌握武器库！我带兵士先去将武器库理顺，你在城头坐镇指挥，咱们好好唱一出空城计给那些作乱的兵匪看，如何？"

罗纶原本被变故弄得凄凄遑遑，现在听尹昌衡有条不紊地安排调遣，说得头头是道，他也吃了定心丸，重重点头嘱咐："好，尹大人，你万事小心！"

尹昌衡在军中威信至高，满怀正义，还未等他多说，把守武器库的兵士已经忙不迭地表示："一切唯尹部长马首是瞻，在下愿听从调遣。"

待尹昌衡收治了武器库，与罗纶携手走上老皇城的金水河桥上，这时，受了一天一夜惊吓的官绅、民众都闻风而至，聚于桥边，他们忍不住大放悲声："时局危急，如果没人出头绝不能平叛镇乱啊！我们坚决拥护尹大人当都督！整治乱局，清肃兵匪！"

是啊，现在的大汉军政府已经乱到了极点，如果再不收拾，后果将不堪设想，要推举有威望有才能的人来统帅，才能制止乱军的这般胡作非为，祸国殃民。尹昌衡刚略为推辞，吓破胆的众人已经跪伏在地，痛哭失声，苦苦哀求尹昌衡顺从民愿，答应他们。

尹昌衡望着大家，百感交集，昨天他也亲身经历兵变，还差点被冷箭射个透心凉，晓得对百姓来讲，乱兵打起发实在是太恐怖的事了，身家性命顷刻系于一线。

尹昌衡沉思：大丈夫在世，原本就该有所作为，也许，这正是老天给自己的一个机会，让自己可以更好地定国安邦，造福四川……他脸上露出了坚毅如铁的神色。

有尹昌衡接手兵器库，乱局已初步控制，张澜、颜楷通知军政府原有的官员即刻前来皇城开会，张澜当众宣读了蒲殿俊托付他转交的一封信函，信中表明自己不过是一介文人，不适合再任都督一职，请辞去职务，希大家另举贤能，平定乱事，以安川民。会上，官、绅共同商议，一致推选尹昌衡担任都督，罗纶担任副都督，重新改组军政府。

尹昌衡着笔挺戎装，玉树临风，站起身感谢大家，抬高声量道："承蒙诸位信任！昌衡愿意就任都督，一腔热血，甘为四川抛洒！"

2

成都动乱初定，尹都督以重典治川，乱兵被收拾得服服帖帖，接下来要商讨的重要议题便是如何处置赵尔丰了。此次赵尔丰策动乱兵打起发，原想借着兵变重新登台执政，没想到被尹昌衡这娃娃抢了个先。尹昌衡迅速整肃军纪，在军事会议上，张澜、罗纶等人态度强硬地表明"非杀赵尔丰无以谢川人及保路同志会的死难烈士"，大家反复磋商，确定方案，讲明不在城内作战，以免伤及无辜民众，并要求"活捉赵尔丰，交民众公审判决"。

虽然下了方案，但要怎么具体操作还需费点脑筋。尹都督陷坐在太师椅上，沉思片刻，有了主意：现在赵尔丰手上还有三千

第十二章　瓮杀赵尔丰

巡防军，如果大家硬碰硬，尹昌衡倒是不虚火自己这边力有不逮，但这样火拼势必会伤及平民。这大半年来，成都人富庶安稳的生活不时被生生打乱，死伤残败，风波不断，市面也大受损失，如果为了活捉一个赵尔丰，再闹得生灵涂炭，恐怕会让成都市民的处境雪上加霜了。看来，只能想办法智取。

有什么办法能最大限度地瓦解赵尔丰的警惕意志呢？尹昌衡带着疑问，紧锁眉头回到家中。他刚迈进熟悉的小院，才倏忽想起：在阅兵那日清晨，离开时他曾对自己许诺，今晚推开杂务应酬，争取早点回家，他要亲自跟云杏提亲。这段时间，他被这相思之苦折磨得够厉害了，经此兵变，差点丢掉性命，他更加知晓了生命可贵，光阴有限，如果再滞步不前，将时间都浪费在等待和空想之上，他自己都看不起自己！

尹昌衡挥动矫健的长腿，迈着稳稳的步子，往云杏的厢房走去时，他有一闪念想起了戴子厚，在危难之际，戴子厚跳出来助他策马飞奔，他一点都不怀疑戴子厚的忠诚之心，不过，算是他今生亏欠戴子厚一个人情吧，他就要一步步走向曾与戴子厚出双入对的姑娘，向云杏提亲了。

这样想着，尹昌衡低头走路，心事起伏不定，一下子撞到了正收了院里一竿子衣服往回走的春分身上。

"呵，哥哥，您可真是一个大忙人，好歹看到您了。现在，我哥哥当了大都督，连带妹子也神气了呢，以后我出去跟人家说，就说我是尹都督的妹子，保管吃火烧都挑大个儿的，喝豆浆那碗儿都给盛得满腾腾的！"

春分小嘴伶俐得像是春天的黄莺儿，甚是好听，打趣完自己，又拿眼睛欣喜地去瞅哥哥身上那套新军装，尹昌衡当了都督，还是独爱军装，只不过今天他穿这军装，显得比平日更加挺拔英伟。虽是自己的亲哥哥，春分看了都不免眼睛发热，脸蛋红红地想：我哥哥真是人中之龙，格外神气啊！

尹昌衡和妹子轻松说笑了一会儿才拐入正题，特意放低了嗓门："春分，今天云杏情况可好？"说起云杏，春分面色活泛，她开心地也压低声音道："好！哥哥我跟您说，这几日我看云杏姐姐的身子一天比一天更好了，精神头儿也足，看着云杏姐姐能康复，我就高兴！开心得都想去昭觉寺酬神谢佛了！"

尹昌衡听妹子这样一说，自然也高兴，但他万万没想到的是，云杏是好了，且是大好，她丢失的记忆全都潮水般涌了回来。

这话要从兵变那天说起。那日，云杏原本乖乖待在院子里，忽然听到外面人仰马翻，枪声连天，这兵乱的混乱景象触发了云杏冰封的记忆，她一下子就回到了那个枪炮齐鸣的下午，她被人推挤着，你撞了我的腰，我踩了你的脚，每个人都张皇失措，五官扭曲，两腿战战，不知道往哪个方向跑才对。

人群如海啸，铺天盖地而来，云杏被人推倒在地时，她还清晰地听到了有重物砸在她头盖骨上的声音，而戴子厚此刻身在哪里呢？云杏躺倒在地，再不甘心，两只眼睛的眼皮还是越来越沉，越来越重，她在合上眼的刹那，将关于戴子厚的记忆删除得干干净净。

生病这段日子以来，调皮地躲藏身影、让云杏误以为再也抓不了握不住的过往全都一一呈现，走马灯般在眼前晃过，她想起了一切。想起了自己病中一直在追问柱生的下落，那是自己都不曾了解的情愫。她和柱生从小一起长大，青梅竹马，彼此了解至深，所以他们肆无忌惮地争吵、赌气，又若无其事地和好。云杏从未认真思考过，为何在柱生面前，她会这般恣意任性，脾气上来了，二话不说便要甩脸子给他看。

对于戴子厚，她从不这样，表哥是世家子弟，待人彬彬有礼，相貌亦儒雅俊朗，在表哥面前，云杏永远都在倾慕和仰望，永远都低低地站在尘埃之中。那时她以为这便是心有所属，因为只要有戴子厚出现的地方，她都会反复自省，收敛言行，生怕被他看低，从未轻松自在过。但现在，她迷惑极了，自己这颗心，为何找不到一个可妥善安放的地方？

尹昌衡便是在云杏心乱如麻时兴冲冲地走进来，几分腼腆又几分忐忑地与她谈起了成亲的事。云杏呆呆地听完，仿佛没有听懂，低头思考片刻，她傻傻地问："尹大哥，怎么可能？"

对于云杏，尹昌衡向来是"情浓怯三分"的，她这样一说，让他满腹的兴奋激动都冷了五成，原来，她对他的情意是如此迟钝，并不真正懂得他这段时间陪在她身边那些莫名的相思之苦。

尹昌衡在意乱情急之下，许是为了自尊颜面，张口就为自己开脱道："云杏姑娘，其实，尹某是想请你帮我一个忙，此事事关四川数万民众未来生存安康，平安幸福，所以，虽然明知此事凶险，尹某也只能厚着脸皮斗胆向姑娘恳请了。"

这话一说，云杏立即坐直身子，她也是川人中的一员，亲历了这大半年轰轰烈烈的保路运动，自己还差点命丧黄泉，又如何不对赵屠夫的所作所为反感至极？现在便听尹昌衡细细讲来。

原来，赵尔丰手里还握有三千巡防军，若要与之硬碰硬，恐怕成都平民又要遭受苦厄，但若就此放过，老奸巨猾的赵尔丰既然已策划过一次"成都兵变"，难免不会没有第二次、第三次。

当务之急，尹昌衡必须竭尽全力，打消赵屠夫的疑虑，暗中解除赵尔丰的武装，才能"瓮中捉鳖"，将之生擒。尹昌衡说得言辞恳切："云杏姑娘，结婚是假，咱们设下迷局引赵尔丰上当是真，唯有如此，才能尽量不费兵卒，不动干戈，剿灭这心腹大患。"

这席话说得云杏心服口服。她没有告诉尹昌衡自己已经恢复记忆的事，现在，儿女情长是最微末次要之事了，若国之不国，家之不家，云杏又何来立锥之地、安身之所？面对尹昌衡闪烁着热望的期待眼神，云杏郑重点头允诺："若云杏能为尹大哥出一份力，为咱们四川出一份力，这便是我应做之事，应尽之责。"

云杏并不知道，尹昌衡在听到云杏亲口首肯之后，暗自呼出一口气。他其实并未死心，只是电光石火之间，想起了兵书上讲过的"兵不厌诈"，虽然云杏现在并未对他倾心，但若两人结为夫妇，届时他有信心以一颗热诚真心，呵护温暖，百般宠爱，令她日久生情，再也无法拒绝他的爱意。

尹昌衡离开云杏房间时，郑重其事地道了谢，谢谢云杏，谢谢你以大局为重，才让我今生有幸与你结为秦晋之好；谢谢云杏，谢谢你丢失记忆，才让我有了可乘之机，在未来漫长的光阴里，我可以尽全力来爱护你照拂你，让你生活得幸福快乐，而看着你快乐，我尹昌衡才会快乐。

第十二章　瓮杀赵尔丰

3

尹昌衡公布了婚讯，全川民众大喜，在他们心目中，尹昌衡是顶天立地的大英雄，救民于水深火热之中，现在他要成婚，便成了家家户户共同期盼的头等喜事。

尹府里要数春分最为开心，她像小喜鹊一般喜不自胜地跑来跑去，一会帮着哥哥核定酒宴名单，一会让下人采买好酒佳酿，忙得脚不沾地，肚子饿得咕咕叫了，才记起来上一顿饭仿佛也没来得及吃。

和春分相比，准新娘云杏简直表现得太安静了，安静得像是白墙壁上的一抹影子，她又开始捡起了针线箩筐，除了吃饭睡觉，便是倚在窗前，低头静静地穿针走线，一言不发。瞎子娘陪着女儿呆坐，倒也不絮叨，两母女常常这般安静，一坐就是一个晨昏。

春分忙晕了头，抽空子来看云杏一眼，话里话外都是喜气："嫂子，好嫂子，现在你就再劳动劳动妹子吧，等你进了门，以后妹子就万事不管，家里一应事务，都赖给嫂子打理了！"春分打心眼喜欢她的云杏姐姐，这话也说得娇嗔软糯，说完了还要抱着云杏胳膊摇上一摇，云杏被她逗得发笑，但仍旧不说什么。

春分想要去看云杏做的针线，云杏总是躲躲闪闪，春分几次打闹也没瞧个真切，只看到云杏还是一味地喜欢素色，素材也只用了黑白两色布料。云杏故意藏起自己的针线活儿，春分倒也不恼，她嘻嘻一笑，像是破解了大秘密，自己对自己说："傻妹子，你莫非还猜不出来？你的云杏姐姐日忙夜忙，八成是为了给你哥哥做双鞋子呢，关心丈夫走路舒不舒服的好媳妇，马上就要成为你的亲嫂子了，你就偷着乐吧！"

婚期眼看将近，那日，云杏竟破天荒地对春分说："好妹子，这些时日，为了作这场戏，难为你了。"春分惊讶得半天回不过神来，不过，她以为嫂子的头疼病还没好利索，所以话说得稀奇古怪，并未深想云杏一直对哥哥漠然，为何会那么痛快地答应婚事，而且近来云杏沉默如雪，闭口再也不提"柱生"这个名字了。

诸多古怪，其实已经为日后之事埋下了草蛇灰线。倘若春分那时多想想，也许未来发生变故时，她不会那么恼恨云杏，可那时春分也忙昏了头，府里府外为了办喜事，她忙得像是大内总管，哪里还有闲情逸致和云杏打哑谜呢？

在婚礼前夕，尹昌衡只身相携未婚妻云杏，并未带一兵一卒，去了赵尔丰的府邸。

赵尔丰其实早已成惊弓之鸟，随时担心受到这位新任都督的暗算迫害，现在看尹昌衡"单刀赴会"，更是惶惑不堪。尹昌衡的行为却让人费解得很，他让驾车的随从尽去，只牵了云杏的手，又向门房递上一张"世晚"的手本，以晚辈自称，表示此行纯属私人拜侯。

赵尔丰见尹昌衡只带来一个娇俏姑娘，并没夹带什么刀枪剑戟，松了口气，即使仍警惕其心怀不轨，依旧将之迎进了屋，心想老夫也算是练家子，就凭你一个黄毛小子，料想也翻不起多大的浪！

尹昌衡语气温存，体贴地让云杏跟着赵夫人去内堂喝茶，稍做歇息，他与赵大人有几句要紧话要说。云杏乖顺退下，赵尔丰

第十二章 瓮杀赵尔丰

一双豹眼，警惕地望着尹昌衡，他吃不准这个不到三十岁的四川都督葫芦里到底卖的什么药。

尹昌衡先是和赵尔丰扯了几句闲谈，说他大婚将至，届时希望赵大人能出席，定会令蓬荜生辉，让婚礼增色不少，为了表示诚意，他今晚特意带了未婚娘子到府上拜贺赵大人，亦不知赵大人对云杏印象如何？

可怜赵尔丰一颗心绷得弦线紧紧，刚刚连云杏的样子都未看清，哪里敢论及印象？不过他一眼就看出云杏并不是习武之人，眉眼之间亦无杀气，这便足以见得尹昌衡并不是带了一个绝顶高手进府，想要出其不备，近身取他赵尔丰的首级，晓得这点已足以证明尹昌衡的诚意了。

于是，赵尔丰搜肠刮肚，极尽华丽之词，对云杏赞不绝口："尹夫人天姿国色，举止不俗，既有大家闺秀之风，又无闺阁女子的忸怩作态，与尹都督果然是郎才女貌，天生一对。"

尹昌衡不由得嘴角咧开微笑，赵尔丰这通夸奖，倒让他内心无比受用，于是，他装出情逢知己的样子，趋前一点，对赵尔丰诚恳说道："赵大人与我甚为投契，我也不妨为赵大人畅所直言，今日愿与大人在此结盟，若将来朝廷倒塌，昌衡将誓死保全大人；倘若民国没有成功，则由大人保全昌衡如何？咱们就此盟誓，海枯石烂，天崩地裂，此志不渝！"

赵尔丰听得这一席话，内心甚为触动。尹昌衡如今炙手可热，坐上了四川第一把交椅，还与他立下这生死契约，足见其诚恳周全。赵尔丰纵横官场这么多年，早已看惯了仕途起伏，他内心明白：今日得势的，说不定明天就会倒台；今日受屈的，难说明天不会卷土重来！他原以为尹昌衡少年气盛，弄不懂其中玄妙，不料人家早已将利弊得失看得清清楚楚，为自己将来早早多备了一步棋，进退都有了谋求周全的保障。

尹昌衡见赵尔丰神色松动，眼中隐隐有泪光闪烁，便趁热打铁，他又请赵尔丰传令，召集巡防军集合，尹昌衡对赵尔丰的部下大声训话道："如今诸君无势无饷，外人不知皆以诸君为敌，大祸已不远了。今天我特别来此，是让四川民众晓得，诸君仍是四川之兵，仍食四川之饷，不过奉新政府都督之令保卫赵大人，使你们今后真正有个依靠！"

赵尔丰只顾热泪盈眶，并未深思尹昌衡此番训示其实大有深意，他这是暗指自己才是兵士们的大靠山呢，一味愚昧保赵，绝非良策。赵尔丰之生死祸福，终究还是系于他尹昌衡的一念之间。

可惜那时赵尔丰只顾唏嘘感叹，误以为尹昌衡年纪轻轻，已修炼出官场老油子的功夫，所以才左右逢源，提前拜会，为自己预备后路。这样的碎娃娃，哪里是他老谋深算、深谙为官之道的"老姜"赵尔丰的对手呢？

赵尔丰不由得捻须微笑，极为周到地亲自将尹都督和尹夫人送出大门，宾主喜笑颜开地道别，彼此又送上了不少吉庆佳言。

4

柱生想了很多办法，都无法闯进尹府，戴子厚却进去了，以新娘表哥的身份拜贺，春分也不好阻拦。

戴子厚只想问云杏一句："是不是真心实意，想要嫁进尹家？"

第十二章　瓮杀赵尔丰

云杏看也不看，只顾低头忙着手里的针线，淡淡回他一句："此心可昭日月。"

戴子厚也不知怎么回事，失魂落魄至极，他忽然提起了柱生。

"你还记得柱生吗？还有他的红颜知己妙姐儿？也许你都记不得了吧。"

云杏虽不看他，却停了针线，微微侧头，像在努力思考一件重要的事。

戴子厚鬼使神差地开了口："'成都血案'那一日，妙姐儿为救柱生，被流弹打死，听说柱生好几日不吃不喝，为她守灵，不准人葬她。"

云杏将目光垂下去，看着膝上的黑布，她淡淡道："你走吧。"

戴子厚也说不清楚，自己为何会忽然讲起柱生，是想让云杏明白，生死无常，要郑重对待自己的感情，不要做出令今后失望的事吗？但她神情如水，这些话，恐怕一个字也没听进耳朵去。

戴子厚怀着一腔失落离开了。他并不知道，自己刚走出院子，云杏像是被抽光了力气，身子软软地往桌上一伏，脑袋埋进臂弯，热泪很快就淌了满脸。

老天爷啊！柱生和他的妙姐姐，果真早已情深义重，达到了可为对方牺牲的程度。云杏，你真傻！

这世上，每个人都有他自己要受的折磨。戴子厚原以为自己并无痛楚，哪怕不久前得知自己最为尊敬崇拜的学长不但救下了云杏，还对这女子生了情愫，将云杏延留府中。戴子厚也以为好男儿志在家国天下，哪来那么多婆婆妈妈的儿女情长？可今日，当他见到云杏决绝的神色，一张粉脸上毫不掩饰的冷漠，知道经历这番,他们之间再无可能。

念及这般,他难过得心如刀绞,刚刚强撑着走出尹府,便在街角无力地蹲下,双手捂住脸,肩膀不住地哆嗦,像是寒热病人当街打起摆子来。

云杏爱当他戴子厚的小跟屁虫,他想要做的事,即使云杏不理解、不懂得,也会照猫画虎地坚定执行,那时,他当她又是什么呢?一个不甚聪明不算优秀但乖巧听话的红颜知己?一个头脑简单只会谈情说爱的小妹妹?现在,当他成为云杏眼中彻头彻尾的陌生人时,他才知道失去的滋味并不好受。

好在,不是自己一个人承受这种苦难,有人在喊他的名字,喊得冷冷冰冰,喊得嚼钢含铁。戴子厚抬起已几分脏污的脸朝上一看,原来是柱生,是几天来一直想方设法想要见上云杏一面,却始终未曾达到目的的柱生。

"哈哈哈,哈哈哈。"戴子厚忽然着魔般大笑起来,笑得浑身乱抖,他一边笑还一边指着柱生道:"你看你像什么样子?你没指望了,和我一样没指望了,云杏一直看不上你,不会喜欢你这种窝囊废。你能和四川大都督比吗?你恐怕连尹都督一根毛都比不上!你说她怎么会选你我,而不选少年英武只手遮天的尹都督?"

柱生的衣襟被戴子厚揉搓着,皱得可以,他的心也变成了咸菜一般的皱褶,口中拥塞着万般苦涩况味。戴子厚说得不错,云杏怎么可能看上自己呢?以前,她心仪的是表哥,世家子弟,文武皆通。现在,她想要的归宿是受全川人爱戴拥护的尹昌衡。这并不是云杏的错,试问世上哪个女人不爱真英雄呢?

柱生失魂落魄地与戴子厚擦身而过。戴子厚索性坐在地上,

第十二章 瓮杀赵尔丰

嘴里疯言疯语不断："穆柱生，你这个孬种，胆小鬼！你比不过我，更比不过尹昌衡，他抢了你的女人，你敢怎么样？你敢对他怎么样？"

我想杀人，我想杀了他！柱生没有言语，内心却被这个可怕的念头撑得饱满欲裂。他害怕地捂着胸口，似乎这样便可以捂住这无法张扬的疯狂心事、这可怖的想法。

1911年12月21日，尹昌衡的大婚典礼果真办得热热闹闹，官绅名流前来祝贺，尹府菜佳酒美，来客都放松身心，喝了个痛痛快快。

礼仪完毕，半夜三更，谁都猜尹都督此刻是春宵一刻值千金，正在和新娘子颠龙倒凤呢，不料云杏一脸沉静，头戴锦帕坐在喜房充样子，尹昌衡早已通过密道，到了府中的演武堂，他戎装在身，英气逼人，按着佩剑对官兵们拍案而起："生死存亡，决于今日！"

言毕，尹昌衡命令两千官兵，直捣赵府。

且说那赵尔丰，今日在尹都督的大婚喜宴上多喝了几杯，此刻正倒在卧榻上美美酣睡呢，他的部下也额外得了不少酒食赏赐，个个喝得面如红霞，东倒西歪。

深夜寒风呼啸，尹都督所派的兵士身手了得，他们翻墙入内，犹如瓮中捉鳖，将赵尔丰活捉于床头。至于赵尔丰那些侍卫，此刻还抱着酒缸子，流着哈喇子，也在做着娶个美娇娘好媳妇的大梦吧。

第二日，赵尔丰被五花大绑，押至都督府明远楼下。尹昌衡冷着脸大声问："现在以生杀赵尔丰之权付诸君，请诸君决定吧！"

众人大吼道:"赵尔丰屠我川人制造成都血案,杀!杀!杀!"杀声如雷,震屋响瓦。

赵尔丰花白头辫早已纷乱,披头散发地站在寒风中瑟瑟发抖,想他精明一世,竟会吃一个乳臭未干的小子的瘪,这让赵尔丰恼怒不已,忍不住破口大骂:"尹娃娃,你装老子的桶子了!"

尹昌衡面色如铁,冷哼一声,挥手下令。刽子手手起刀落,刀光如白练一闪,鲜血立即四下喷溅,赵尔丰的首级被利刃闪电般砍下来,刽子手将其拿在手上,表情严肃,如托着价值连城的宝物,走了一圈,让大家环视端详。

柱生和疤爷也站在人群之中,当赵尔丰的断头伸过来时,柱生莫名其妙地说:"义父,您看这赵屠夫,眼睛都还没闭上呢。"

疤爷重重闭了闭眼睛,他低声命令柱生:"跪下。"

柱生吃了一惊,疤爷却不由分说,干脆利落地加重语音:"我叫你跪下,是不是不听义父的话了?"

柱生当然乖乖听从,他觉得疤爷真是奇怪啊,让他跪倒在地,又命他面对刑场,磕了三记响头。

柱生虽感莫名其妙,仍然依言行之,磕完头站起身,疤爷夸了一句:"好孩子!"说了这句话,便沉默地闭紧嘴巴,回去的路上怎么也不肯再吐一个字。

柱生心中纳闷,又自作聪明地猜测,赵屠夫杀害哥老会兄弟数人,手段极端残忍卑劣,此次伏法,脑袋被砍,疤爷让自己跪地磕头,只为遥祭哥老会的亡魂,告知他们大仇已报,终于可得安息了。疤爷在前头越走越快,柱生也懒得追赶,落下步子,走得磨磨蹭蹭,三心二意。

第十二章 瓮杀赵尔丰

5

柱生塞了一脑门的胡思乱想,行至半路,他竟遇到了一直想见、却以为此生再没有见面机会的云杏,哦,不,应该改口称她都督夫人。

"云……尹夫人,你怎么在这儿?"

真是怪异啊,大婚第二日,云杏扶着瞎子娘,只作平常女儿家布衣打扮,素面不施一点粉黛。

云杏让娘在茶铺稍等,自己和一脸惊讶的柱生走到墙角,神色平静从容地开口说道:"不要叫我尹夫人,这原本就是一场戏。"

接着,云杏有条不紊地将尹昌衡如何请她帮忙,她又是如何扮演他的同盟,一一道给柱生听。柱生不错眼珠地望着云杏的脸,还是那张令他魂牵梦萦的面孔,还是那粒如同笑意的朱砂痣,但她仿佛又不是从前的云杏了,她面色沉静如深秋湖泊,言语如潺潺溪水,缓缓流淌,滋润着柱生一颗千疮百孔、疼痛交加的心。

柱生只想哭,他为自己这个没出息的念头而羞愧不已。

云杏淡淡道:"好了,故事的经过就是这样的,现在蒙住整个成都城的大戏,演完了。"

柱生眼巴巴地望着她,想要说些什么,却不知从何说起。

云杏将一个小小的布包袱送给柱生:"既然大事已成,我也不会留在尹府,今日便与娘一道离开。"柱生这个傻小子,他好恨自己,为何在云杏未离开前,不打开包袱看看呢?为何当时他所在意的,只是反复告诫自己,承住眼眶的压力,不要在云杏面前流下泪来呢？倘若劝她为自己留下，她肯吗？

恳切的话语像滚烫的熔浆，快要将心房凿穿，柱生却道不出真心实意，只顾急慌慌地问她："云杏，你还会回来吗？"

云杏嫣然一笑："我会的，一定会回来的。"

云杏忍住了笑中的泪，忍住了所谓天意的喟叹。今天本来也想着去找柱生告别的，她存了一点微薄的希望，万一呢，万一他肯让自己留下，不介意自己在人前演的这场大婚之戏，转眼已是嫁过人的女子呢？万一他并不介意这些繁文缛节，这些阴谋阳谋呢？

柱生却什么都没说。云杏勇敢地将真相和盘托出，他也表情木然，不置可否。天意。我早该信命的。在他心里，毕竟早早已住了一个人，一个永远不会醒来却一直陪伴守护他的人，一个肯为了他而丢掉性命的人，这是我永远也无法企及的。云杏轻轻朝自己叹气，却依旧对着柱生笑若春花。

柱生小心忍着眼中的泪，不敢让它失重。他多想让云杏不要走，从此留在他身边。可云杏遇到尹昌衡这样顶天立地的男人，都不肯委屈自己，她是真有主见的，自己一无所有，又能给予她什么呢？戴子厚伤了她的心，她无法原谅，无法释怀，却也无法放下前尘旧事，所以才会带着母亲离开伤心地？

两个人南辕北辙地陷入各自的伤悲，爱情终究让人卑微和羞怯，那些说不出口的话，只有让它烂在肚子里。

望着云杏母女相搀相扶的身影，柱生忽然又想起了什么，拔腿跑了几步，追上云杏。他从贴身口袋里掏出两只怀表来，一大一小，造型相似，表壳花纹相似，唯一的不同，是那只"男表"

第十二章 瓮杀赵尔丰

内里,贴了一张小小的照片。柱生径直将女式怀表塞到了云杏手中。

云杏点点头。没有问柱生他为何送自己如此昂贵的礼物,也没有问此表的来处,她像是对一切了然于心,郑重泰然地将怀表放进了自己的包袱中。

云杏还说了一句当时柱生不理解,此后岁月经反复咀嚼,越想越让人泪如雨下的话:"我之前讨厌薛涛,现在不这样想了,其实,谁知道自己爱上的就一定是对的人呢?时会移,星会动,人也会变。"

柱生望着云杏,心如刀绞,他不懂她为什么这样说,只是觉得听了后,心中胀痛得厉害。

云杏走远了,柱生抖着手打开包袱,里面躺着一双针脚细密的黑布鞋,黑色鞋面,白色鞋底,鞋面上还以丝线绣了祥云,鞋长正合他脚的尺寸,没有长一分,亦没有短一毫。

尹昌衡回到新房,早已人去楼空,虽然这也在他的意料之中,但他还是感到内心虚空,一阵阵酸麻感铺天盖地袭来。他当然明白,感情不是强扭的瓜,云杏有她更好的选择、更想走的路,而他能做的,就是振作精神,团结四川同胞,早日振兴四川。

两日后,尹昌衡举行庆功大游行。行至走马街,楼上窗口里忽然打出一发子弹,将尹昌衡戴的军帽击落在地……刺客被卫兵迅速捉住,原来是赵尔丰的卫兵头领张得奎,外号张麻子。张麻子果真是好汉,哪怕五花大绑,一张白麻子脸上也毫无惧色:"我要为赵大人报仇雪恨!"

左右都怒吼，誓要即时砍杀张麻子。柱生心潮起伏地望向尹昌衡，曾几何时，他也对尹昌衡起了杀心，只不过他不如张麻子鲁莽勇敢，敢于付诸实际行动。

柱生眯眼望着尹昌衡，看他如何处置刺客，内心难免混有复杂的情绪。

让人没料到的是，尹昌衡并不怒杀张麻子，反而喝退左右，正色道："你不为时势危急而抛弃旧主人，去讨好新权贵，可称得上义士。我刑罚虽严，却也不敢重私仇而轻义士！"尹昌衡命人给张麻子松绑，挥手说："赠以路费，你自己回山东老家去吧！"张麻子呆了良久，突然跪地不起，号啕大哭："尹都督恩重如山，我死活不走了，发誓要以死报答大都督恩情！"

尹昌衡的大义之举让在场的民众拍红了手掌。在这刹那，柱生仿佛觉得自己与尹昌衡的爱恨情仇就此一笔勾销了，他再也不嫉妒也不恼恨这个高高在上的大都督，只不过，爱着同一个女子的他们，今生注定也不能成为朋友，他甚至不愿让尹昌衡知道自己的名字。

身后，穆老板在喊柱生："柱生，快一点，我们该去北平了，路途还遥远。"

是的，路途还远，刚刚加入同盟会的柱生还有很多很多事要去完成，他不能懈怠，脚下每一步路虽艰辛坎坷，但都需他一点一点去丈量行走，去探索叩问。

从这1911年一直走下去，不辞辛苦，不畏艰险，柱生自信定能走到国家真正繁荣昌盛、人民安享幸福自由的未来。

后 记

2004年9月,我换下了发电厂检修工的工作服,来到四川大学读书。在这之前,因本科念的是电力大学,我"专业对口"地在发电厂工作了两年时间。初到成都,犹如刘姥姥进大观园,在一个丹桂飘香的周末,室友提议带我去"老成都人都晓得的人民公园",在那儿,我第一次看到了辛亥秋保路死事纪念碑。

很久以前在历史课本中看到的"保路运动"不再是一个冷僻的生词,而是以纪念碑的方式,沉默地矗立在我面前。那天我围绕它转了又转,细看碑座铁轨、火车头、信号灯等浮雕图案,碑身四面四种字体,分别是楷、草、行、隶。它是历史的见证,屹立在21世纪的公园西北部,却有一种独特的魔力,将人的思绪拉回那个遥远的1911年。

1911年发生在四川大地之上的保路运动,斗争激烈,风云壮阔。

时光荏苒,当我已从川大毕业数年后的某一天,坐在电脑前,开始敲下长篇小说《激荡1911》的第一个字时,我分明感受到了来自2004年秋天的震颤,这是留给思维的余震,时隔多年仍有余温,它让我耳畔仿佛响起了1911年保路同志军的热血呐喊,市民慷慨捐款支持革命,在一次次斗争中,有铮铮的铁骨,有无悔的信念,也有暗潮涌动的阴谋。

隔着百余年斑驳的光阴,我回首打捞往昔的故事,思来想去,选取了一种最笨拙的方式来书写,即以一个虚构的历史人物,由他串联起波澜起伏的1911年。柱生,就这样穿过了风烟,穿过了血与火、爱和恨,走到我面前,仰起他年轻光洁的面庞。

柱生在1911年经历了前所未有的成长,他不仅从一个懵懂的、身世暧昧的、带着几分暴脾气的青年成长为一个心中真正有了国家和民族的战士,他还在两段不完整的爱情里蜕变成熟。

在我眼里,1911年就是一个"崭新的时代",它与热血青年柱生的内在气质是相符的,理应在茫然中一步步看清方向,坚定理想。当我为全书画上最后一个句号时,我想自己其实不是写了一本历史小说,而是"成长小说"。柱生在1911年所面对的一团乱麻的困境,比如走怎样的路,拥有怎样的爱情,在百余年后难道已经得到彻底解决了吗?当代青年,不也照样在现实中沉浮苦恼吗?只是有的人勤于思考,敢于尝试,哪怕走过弯路白白付出也无惧前程;而有的人早早放弃斗志,随波逐流,断绝了自我成长之路。

这一辈子,走怎样的路,过怎样的人生,我在年少轻狂时曾任性地作出选择,将文字视为一生一世的爱,哪怕有所抛弃和牺牲也无怨无悔。令人欣慰的是，时至中年，我还能拥有年轻时的向往，也依旧没有放弃自我成长。三十多岁的我，伏案写作《激荡1911》，无数次与二十四岁初见辛亥秋保路死事纪念碑的我对望、密语和交流，如今我已年过不惑，小说终于有了出版面世的机会。这是一条不算短暂的路，这条路也许并不平坦，荆棘与繁花并存，可我爱着这条路，于我而言，便是最好的选择了吧。

最后，再次感谢我的母校四川大学，感谢四川大学出版社编辑老师的辛勤努力，感谢每一位翻开《激荡1911》的朋友，感谢缘分让我们相遇，在这条永无止境的漫漫长路上，在距离四川保路运动110年的金秋时节。

何　竞

2021年7月